D1479571

X SHIKONG DIAOCHA

君天◎作品

中国画报出版社
CHINA PICTORIAL PUBLISHING HOUSE

目录
CONTENTS

如果，时间和空间不再是限制

　　每个人的血液里都流淌着苍凉的野性，每个人的内心深处都渴望经历与众不同的事情。每个人的脑海中都可能有不止一个自我。所以才会有那么多人为小说人物痴狂，所以才会有那么多人为电影大屏幕上的男女落泪。

　　出生在和平年代的人最向往什么？乱世。就如同大多数人小的时候都幻想着有一天离开家去流浪一样，天性的狂野与生活的安稳纠结成网，让我们看不清灵魂存在的价值。

　　出生在乱世的人最向往什么？我们不知道，因为你我未生于乱世。所以我们更加向往乱世，更向往去经历那些未曾经历过的事情。

　　如果某天，能回到烽火连天的战国，回到群雄并起的汉末，回到豪杰辈出的隋唐，那么你会选择做一个旁观者，还是参与者？

　　如果让我们回到白衣飘飘的大宋，辉煌浩荡的大唐，那么我们又该如何欣赏那些时代？

　　可惜的是，这个"如果"太飘渺，导致了之后的"那么"永远无法实现。但是，一本好书，能让你从一个旁观者变成参与者。

比如——《X时空调查》。

当你看完这些故事，你或许会问这样的问题："没了？这怎么够？我还要看更多！我还需要经历更多！……"

我看完后就是如此问君天的，君天的回答是，暂时就到这里，书总是要慢慢写才能保证质量。就创作态度来说，我当然支持他。但作为读者来说，好书当然是看不够的。

如果你还没有看这些故事，那么请看完下面的几百字。

君天常说，中华五千年，数遍英雄。华夏的历史，是我们永远取之不尽的财富，也是我们民族较之于西方的最大长处。在面对西方又或者日韩文化侵略的同时，我们需要更多自己的东西。而这次，他尝试的是用现代的思维去和过去的历史进行碰撞。

于是，"时光侦探社"随之诞生了！

这是一个关于时空穿越的故事，一个关于侦探社的故事，一个关于异能者的故事，因为这个故事的主体是围绕着一个叫做时光侦探社的异能者团体展开的。

如果你认为时空穿越的故事有点老套，侦探社的故事稍显过时，异能者的故事也已经被写烂了，就对这个故事不太感冒，那么你错了。

因为这个故事还是一个关于"过去与未来"的故事，是关于那些我们向往的，却从来不曾经历过的时代，是一个把历史、科幻、悬疑汇集在一起的全新视角。

时空的题材一直是很纠结的话题，一般来说现代人回到过去挎把AK就已经很拉风了，但或许是君天觉得AK的子弹打光了没地方补给，索性将热兵器换成了一群强大到让人无语的异能者。

但如果你认为这群异能者能在古代横行无忌，那么恭喜你，你又错了。

他们踏入的是乱世，是秦王征伐六国的时代，是江东虎狼窥视天下的时代。一人一剑便可打得我们这些身负异能的后辈欲哭无泪，多么可爱又恐怖的老祖宗啊！

　　当然，只和这些强过异能者的变态老祖宗打，这个故事即便再精彩，恐怕也很少有人会认真去看，就好比某些国际知名导演拍的电影，服饰那个华丽啊，色彩那个夺目啊，场面那个宏大啊，可电影本身没故事、没思想、没主题，当然这和女主角胸部太大没有直接关联。

　　万幸的是，描写女主角胸部的轮廓一直不是君天的重点，所以他把更多的精力放在了探寻故事的内涵与情节的构筑上。

　　正是因为如此，我们才看到了每个故事的开篇关于人生、存在、时空的一系列追问；看到了串联整个故事的"上帝棋盘"计划；看到了一群为了理想和同伴流血流泪的英雄豪杰。

　　当现代的思维和古代的历史发生碰撞，究竟会发生怎么样的情况？当五千年厚重的历史径线不再指向唯一，而是像树枝一样在每个节点不断分叉，不断前行，每一次的分叉将衍生出怎样一段别样的历史。你是否会大声高呼，这样的人生才是真正的冒险？

　　大秦国不再历二世而绝，它可以传承八百年，彪悍铁血的传统成为了大中华傲视一切的民族精神；熟悉的世界忽然充满奇异的漩涡，将你带往陌生的土地，于是当你在熟悉的大楼下看到凛然的武士身披铠甲出现面前，不用惊异，不用害怕，上去说句"从遥远古代而来的将军，您一路辛苦"大概更为恰当？让我们一起去激扬勇烈的战国时代，看大秦的旗帜如何高高飘扬；让我们一起去群英云集的三国时代，看绝代英豪们永不褪色的绝世风采；让我们深入历史的腹部，看埋葬在岁月烟尘下的枭雄柔情……

　　让我们一起去冒险，去时间里冒险！

　　然而，这不仅是一次冒险，还是一次心灵之旅。

　　一切浪漫情怀的终极来源应是一颗悲世悯人之心。面对一朵花的痴想，是缘自对一切易逝的美好事情的惋惜与赞叹；漫步海边，垂首听一波波浪涛的昵语，是缘自对无始无终、千百年生死交替的生命的沉重博大的感慨。来自心灵的浪漫情怀构成的终极关怀，如花之香，如弦上曲，如吹在木偶身上的一口灵气，一切因此而变得有意义，人类得以称之为万物之灵，生命被赋予创造奇迹的可能。

还有一个不能回避的事实，就是君天的小说正在经历一个庞大的工程，在这部书中，你可以看到曾经那些熟悉的面孔，从西伯利亚圣营的天下第一武神艾哲尔到异现场调查科的诸葛羽；从坑杀四十万赵军的白起到江东无人可敌的太史慈……

君天将过往在自己作品中的人物有机地融合在一起，逐步搭建起了一个君天小说的新世界，而建立这样的新世界，正是每个作者都希望达到的一个高度。

正如君天在故事开篇所写的那样：如果，时间和空间不再是一个限制。

那么，《X时空调查》会是一个惊天动地的开始!

时飞扬
时光侦探社社长 |

能力：具备时间旅行的能力，可以去往过去
　　　与未来，可以短暂地控制时间。
武器：长剑、诸葛弩。
身份：独立于时间委员会外的时空能力者。

司马靖雁
中间人，主要负责协调客户与时飞扬之间的关系 |

能力：长生。鉴赏古董、熟读经诗典籍、擅品酒及
　　　一切交际事宜，并修习东方奇术。
武器：乌衣镜。
身份：自称琅琊王司马睿的第九子，通长生之道。

宋采文
时光侦探社探员 |

能力：语言。
武器：长鞭。
背景：武学世家子弟，天下第一高手
　　　圣艾哲尔的弟子。

时光侦探社 人物名单 |
SHIGUANGZHENTANSHE

王猛
时光侦探社探员 |

能力：熟悉经典，武学天才，具有强大的统
　　　率力。

武器：短剑。

背景：王猛，字景略。拥有古人"王猛"基因
　　　的天才少年，来自遥远的第十三时空。
　　　因为幼年多个时空的经历，导致多重人
　　　格的出现。

林苏雨
第七时空的时间委员会代理人 |

能力：庞大的记忆库，机器人。

武器：火力强大的死光系统。

背景：时间委员会在 2229 年生产的机器人产
　　　品，拥有自主的意识和完美的外形。

慕容流浪
时光侦探社外援 |

能力：风系能力者。

武器：风之刃。

身份：杀手，原时间委员会代理人，唯一不是出
　　　自第四十九时空的时间委员会高级干部。

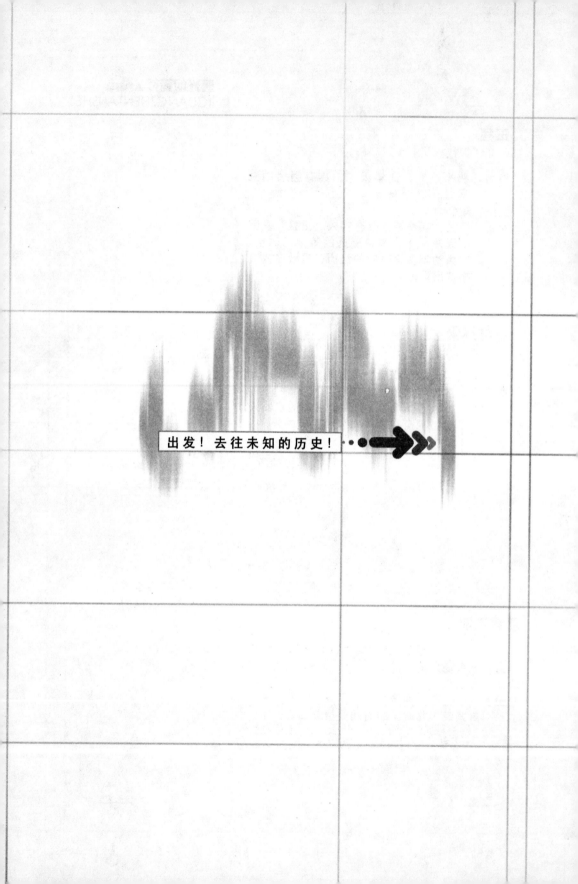

出发！去往未知的历史！

第一集
即墨星空

　　历史与未来，现实与虚幻。人生也许每天都有无数次选择的机会，但每一次的选择，却都只是单选题。起床或是多睡一会儿，上班或是辞职，结婚或是单身，生个孩子或者不要，伤害一个人或者爱一个人。

　　我们的生活因为每一次选择，不断地发生变化，却没有反悔重来的机会。有时候我们会想，如果当时选了另一个方向，事情会变成怎样？如果选择和"那个人"一起生活，如果坚持自己的兴趣，做自己喜欢的工作，如果每天坚持运动，而不是看着身体越来越糟糕……

　　我们的生活永远不存在如果，时间从来都是义无反顾地向前，从不允许倒流。你可以尝试回忆，或者尝试忘记，但通常那些记忆，你越想忘记，却记得越牢。

　　但也许，在另外一个时空，我们曾经做过别的选择，我们的生活完全是另一个样子，好的或者不好的。

　　那么，我们去看看那些不一样的自己，如何？

　　如果，时间和空间不再是一个限制。

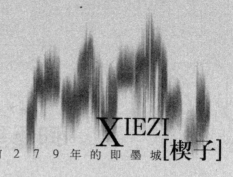

曾经的东方第一强国齐国最后的国土。燕国合纵五国攻齐，已经到了第六个年头。

身强力壮的挑夫把一担一担的黑石挑到冶铁厂，红红的火炉，猛烈的打击声，以及那巨大风箱的鼓动声，构成了极为忙碌的画面。每个人的脸上都有莫名的兴奋，以及那大战将至无法言喻的紧张。

一身白衣的时飞扬手里掂着一个铁槌，穿过那些忙碌的身影，站在一个头发凌乱，身形雄壮的大汉面前。"你已经握不稳大锤，我想你该知道自己的处境。"他低声道。

大汉原本在挑选精铁，听到有人搭讪，连头都没有抬，只是冷冷地道："我不想闲聊。"

"这不是闲聊。雷戈兄，绝对不是。我是在讨论你的生死。"时飞扬笑了笑。

被称作雷戈的大汉，抬起头望向时飞扬，露出惊异愤怒的表情，恨声道："时间委员会？"

"我是来帮你的。"时飞扬注视着对方暗黄色的眼眸，缓缓地道，"我不代表时间委员会。"

雷戈皱眉摇头，眼中瞬间充满仇恨，身上的皮肤泛起了一层暗绿色咒文，高声道："你就是时间委员会！"

时飞扬的心口仿佛被重重锤了一下，然后他就发现自己手掌上出现了一层暗绿色，剧烈的疼痛一下遍布全身。他稳住身子，眼中金色的光芒一闪而过，周围的一切瞬间静止下来，所有人无一例外地都停止在了一个时刻，无论他是抡铁锤在半空，还是刚刚把风箱抽出。

在一切静止的时候，只有时飞扬可以行动，这里只有他能够主宰时间，虽然这只有短短的三秒，但三秒已经足够他给与雷戈重重一击！这一铁槌砸在雷戈的胸口，那高大的身躯被击打得飞出棚外。

时飞扬大步冲向棚外，雷戈却又摇摇晃晃地挣扎起身。时飞扬不由得暗自皱眉，因为不想杀人才没有击打对方的头颅，但显然方才那一击并不足以打垮对手。雷戈暗黄的眼眸露出嘲笑之色，他身上的咒文越发清晰厚重。那恶魔的诅咒一下子蔓延到周围，附近的铁匠都一起痛苦地倒在地上。

时飞扬大喝一声，铁槌横扫雷戈的小腹，一口鲜血从雷戈口中喷出。时飞扬高声道："住手！我不想杀你！"

但那雷戈却如疯了一般，昂起头反手一肘顶向时飞扬的太阳穴。

嘭！时飞扬只是晃一晃，这一肘的力量并不能击倒他。雷戈眼中露出莫名的疑惑，失声道："你到底是谁？"他一面叫着，身上一面显露出越来越多的咒文。

时飞扬就觉得脑海中尽是一浪又一浪的冲击，那暗绿色的咒文也蔓延上了他的身体。他只觉得天旋地转，重重地摔倒在地上。

此时冶铁厂中出现了大批剑士，雷戈握紧拳头，大吼一声转身飞奔而逃。

那些剑士和冶铁厂的工人方要追赶，却听一个年轻而充满磁性的声音道："先看伤者！"

"死了……天啊！吕爷！这里死了近十个师傅。"

"老天！他们只是靠近了那个家伙，连碰都没有碰到……"

"那家伙一定是恶魔！是妖怪！"

周围的人颤抖着声音议论纷纷。

"胡说。这个世上不存在什么恶魔！"被称为吕爷的青年商人冷冷地道。

"这里！这里有个没死的！"有人指着昏迷不醒的时飞扬喊着。

那青年商人大步走到时飞扬身边，踢了他一脚，露出思索的表情，这家伙肯定不是即墨人，那他会是什么人？是来此避难的老齐人，还是燕国的奸细？他低声对身后的从人道："这不是普通人。好好照顾，等他醒了，我吕不韦亲自问他。"

公元 2009 年，洛阳，九州路，琅琊广场。

宋采文把填好的表格递了上去，有些好奇地端详着这个叫司马靖雁的老人。对方头发花白，八字胡修剪得极为整齐，虽然只是坐在沙发上，却给人一种难言的尊贵之气。周围布置既不新奇，也不华贵。但偏偏他坐在这里，就让人觉得此地金碧辉煌。若非来之前早已了解清楚，她还真要以为这个"时光侦探社"是什么王室产业。当然，今天的中国应该不存在什么王室产业了。

司马靖雁替宋采文沏上了一杯龙井，又给自己点上一支雪茄，笑道："宋小姐，不好意思，我们隔了那么久才让你来。"

宋采文温柔一笑，表示并不介意，事实上她这份应征侦探社助理探员的简历，是两年前投出的。她投出这份简历仅仅是出于好奇，因为她有一个在"中国龙组"的朋友，告诉她了一些关于这家侦探社的有趣传闻。但因迟迟没收到回复，她早就把这件事甩到脑后，毕竟作为曾经排名世界格斗榜前二十的女子，她并不缺少工作机会。

时光侦探社并不是大的侦探社，在世界排名百强的侦探社里，你根本找不到他的名字。但宋采文只在这里坐了几分钟，就已感觉到了和其他地方完全不同的气息。

"我喜欢你的名字。"司马靖雁做了个认同的手势，"基本上挑不出毛病。"

宋采文眨了眨漂亮的眼睛，笑道："怎么说？我不是很明白。"

"名字是大多数人出生时候父母给的记号，如果父母够细心，给孩子取一个合适进取的名字，则很可能给小孩的一生带来一个良好的开始。若是取了那些容易被人嘲笑的名字，则从幼儿园开始，他就会被同伴嘲笑，那可未必是好事情。而在中国古代，有些名字是会犯禁的，一个不好的名字会让人一生都没有被录用的机会，更甚至会让他的家族都蒙受灾难。你的名字不错，基本放在任何时代都不会犯禁忌，而且很容易引起文人的好感。从古至今，中国的文人都是具有庞大力量的族群，所谓得士子之心者得天下。"司马靖雁理所当然地解释道。

宋采文扬了扬秀眉，这个老头说话还真的别开生面，毕竟现在是 21 世纪。她轻咳一下，笑道："但我相信，贵侦探社招人，应该不会因为一个名字的问题来决定最终招聘的人选。"

"事实上，我们会。"司马靖雁看宋采文愣了下，随即笑道，"开玩笑的。"

宋采文在心里叫了声老天，只能静静地坐在那里等对方继续说。

司马靖雁淡淡一笑道："名字的确不是大问题，因为名字是可以改的。现代科技下容貌都能随便改，何况名字。但是老实说，我们侦探社的确是有很多怪毛病，当然这些毛病大多数不是来自我，而是来自我们侦探社的社长。"

"时飞扬先生？"宋采文微笑问道。

司马靖雁点头道："你可以说说看，除了社长的名字，你对我们侦探社了解多少。"

宋采文想了想，道："我知道时光侦探社是由时飞扬先生创办的，创办时间不长，大约不到五年。虽然破过不少奇案，但对外界非常低调。因此在世界侦探社排行榜上并不显眼。我听说这里常年对全世界的能力者敞开大门，所以可以想象这里的案子一定都很刺激。而且据说福利非常好，另外……也不是很忙。"她俏皮地一笑，"其他的，其实我知道的不多。但有一点，我听过一些传闻，说时先生是时空能力者，所以这里的案子或许和时空有关？而且时飞扬先生在创办这个侦探社之前就是异能者世界中的风云人物。这让我很好奇。"

"介绍下你自己，说点表格上没有的东西。"司马靖雁把简历表放在桌子上，并没有对宋采文的猜测直接做出回应。

宋采文调整了下坐姿，缓缓道："我曾经在世界最大的保安公司'黑水'上过两年班。我个人比较懒散，作为中国人和那些美国人交流也不是太容易。即便他们最后让我常驻亚洲，我也还是不太喜欢那份工作。"

"但你的直属上司对你的评价很高，并说你能迅速融入集体。"司马靖雁道。

"我是一个有团队精神的人，所以他评价我说能迅速融入集体。但工作是工作，生活也同样重要，所以在他们准备赋予我更多责任的时候，我选择了辞职。在'黑水'之前，我主要做的是功夫修行。我们家族是武术世家，家父是武当派的元老。五年前他去世后，我就一个人独自修行。"她有些不好意思地笑了笑，"我算是个武痴，作为女孩子这听上去有点奇怪。除此之外，我还算正常，没有不良嗜好，作息时间也算自律。比较喜欢古典音乐和中国画。对道家和古代文献比较有兴趣。我能背诵《道德经》等典籍，另外对你们要求的历史知识，应该也算是熟练掌握。嗯，基本就是这样。"

"我也能背诵《道德经》。"司马靖雁微微一笑，从怀中拿出一份档案，"事实上，我们收到你的简历两年，也就观察和调查了你两年。你今年二十四岁，08年是你本命年。你家学渊源，武当派的功夫给你打下了良好的基础，十三岁那年去了西伯利亚，拜入武尊艾哲尔门下。你的格斗排名很高，十八岁的时候就进入世界前三十，去年更一度跨入二十大高手的行列，你惯用的武器是长鞭和短剑。另外最关键一点，你是一个异能者，语言能力者。你半年前从'黑水'辞职，最近回了一次西伯利亚老营。"

宋采文品了一口龙井，轻声道："这真让我意外。"

"不用意外，我们是侦探社，调查是我们的基础工作。"司马靖雁站起身，指着他们所处的房间，提高声音道，"我们的侦探社的确并不大，但我相信我们的实力是世界第一，不是强手我们不会要。你也许觉得我是疯子，但事实如此。我相信你的师父西伯利亚圣营的艾哲尔大人也会赞同这一点。"他微微一顿，"为了你，我和他通了电话。"

西伯利亚圣营，又被格斗界称为老营，是天下第一武神艾哲尔坐镇的地方，是为世界培养格斗精英的训练基地。

"师尊……"宋采文惊道，有资格和艾哲尔对话的人少之又少，这个司马靖雁究竟是什么来头？但她略一思考，看向司马靖雁，微笑道："我可不可以这么理解，事实上，我已经被时光录用了？"

司马靖雁吸了口雪茄，微笑点头："没错。"

宋采文在心里欢呼一声，身子前倾，小心翼翼地问："那么请问……我什么时候能见到时飞扬先生？"

"现在不可能。"司马靖雁摇了摇头。

"不可能？"宋采文皱眉道。

司马靖雁优雅地微笑道："请放松。事实上，你被录用后第一个任务，就是去救援时飞扬。"他抬腕看了看表，站起身道，"请跟我来。记住一点，不要提问，我会给你准备一切。"

他一站起身，宋采文也只能跟在他后面，但她心中却生出无数个疑问：营救时飞扬？时飞扬如果有危险，这个老头为什么还能这么不紧不慢的？而他又为何会觉得自己能够有能力提供帮助？

"我知道一直以来你做什么事情都表现得毫无兴趣，似乎这个在寻常人看来光彩夺目的世界，始终对你缺乏吸引力。但你去时光侦探社，会遇到一些你之前从来没有遇到过的事情。人生一下会变得丰富多彩。"宋采文想到之前在圣营师父艾哲尔对她说的话。当时她还笑着反问："会怎么个丰富法？"艾哲尔大人的答案是这样的："人生不再是一个，而是很多个。具体你去了就会知道。"

两个人穿过几个房间，叫人纳闷的是，这些房间又大又开阔，单单从大楼外看，是绝对没有这么大的空间的。而宋采文的感觉告诉她，这些房间还仅仅是这个侦探社的一小部分。

这时，司马靖雁打开了一道银色的房门，房门打开宋采文就觉里面的光线极为刺眼。一道柔和的绿色光影从司马靖雁的手心放出，周围的一切才变得清晰明朗起来。房间的中心站着一个身形高瘦，眉目细长的男子，他手里拿着白色西洋帽，斯文的外表下，眼中却流露着诡异的光芒。

"司马先生，你把时光的代表带来了？"这个人用冷冷的目光望定宋采文，嘴角却挂着坏笑。

"这是宋采文小姐，目前我们时光最好的探员。"司马靖雁笑了笑，扭头对宋采文介绍道，"这位是你这次任务的搭档，时间委员会的代理人。"

那男子很优雅地一挥手，对宋采文说："美丽的小姐，请容许我自我介绍，慕容流浪。"

"流氓的流，兴风作浪的浪。"司马靖雁补充道。

宋采文温和地一笑，点了点头，她注意到慕容流浪身上散发着森寒的杀气，尽管他表情淡然，一副对周围满不在乎的样子。

"OK，两位都是被紧急召唤到位的，所以我再介绍一下目前的情况。"司马靖雁笑了笑，按动墙上的按钮，房间中央出现了一个立体投影，那是一个身形彪悍的男子影像，他身高大约有一米九零，一百公斤左右，棕色眼眸，相貌其实非常俊朗。

"这家伙叫雷戈，一个月前通过时间委员会实验组的时空机器来到我们这个空间。他被时间委员会定性为 A 级危险人物。时飞扬接到委员会的委托之后，即按照时间委员会给的坐标，出发去公元前 279 年的齐国……"

"司马先生。"话说到一半，却被慕容流浪打断，"我想宋小姐并不了解你说的话，但我可以给她解释。"他很有礼貌地看着宋采文，低声道，"我并不介意替人扫盲。时间委员会，是你们时光侦探社最大的跨时空主顾。它成立于第四十九时空的地球历 2119 年，最初只是一个国际科研组织，尝试制造时间机器。由于初次时空旅行就以惨败告终，时间委员会在成立十年之后，才开始第二次项目运作。"

"等等，我进房间之后，根本就没有说话，为何你认为我什么都不知道?"宋采文苦笑了下问。

"观察。姑娘，人的眼睛是用来观察的，而不是只是用来看的。而我和时飞扬那浑蛋打交道也不是一天两天了。"慕容流浪理所当然地道。

宋采文只能闭嘴，但她严重不喜欢被人当做菜鸟的感觉。

"地球历 2129 年，时间委员会再一次测试时间机器，设定第一次任务的目标为白垩纪。理由是那一时期没有人类存在，现在的人到那个时代不需要任何掩护，只需要具有独立生存能力就行。在第一次时空旅行成功之后，委员会逐渐加大试验范围，并给他们探索范围内的时空进行编号，目前已经设立了六十三个不同历史发展顺序的时空编号，并在每个时空都设立了时间委员会分部。你这里是第七时空，而我来自第六十二时空。"慕容流浪继续他的介绍。

"得了，流氓先生。我想，这些问题知道不知道都无所谓，资料可以慢慢看。"司马靖雁递给宋采文一本小册子，"总之，时飞扬去了战国之后，已经有一个月没有和本部联系，这是之前五年时间里从来没有发生过的。常规操作是每三天联系一次，而他之前中断联系的纪录是十天，所以他一定是出事了。为了解决这个事情，时间委员会派来了慕容流浪先生，而我这里需要你宋采文作为代表和他一起去战国。"

"Ok。"宋采文没有多问任何问题，这种反应多少让她显得有些与众不同。

"你现在对她有点信心了？"司马靖雁望向慕容流浪。

慕容流浪无所谓道："如果你不能给我其他选择，那也只能带着她。不过反正我这次的任务只是把雷戈消灭。时飞扬的死活那是附加任务。他死了最好，就怕他没那么容易死掉。"

司马靖雁苦笑了下，扭头对宋采文说："很快就要启程，还有什么问题吗？"一面说着，他一面把准备好的装备包递给宋采文。

宋采文想了想道："时间机器在哪里？"她并不是没有问题，而是有太多的问题，而她解决这些问题的办法只有一个，那就是赶快离开这里，开始寻找时飞扬。

司马靖雁把房间的东墙打开，一扇蓝色的魔法门出现在他们面前，那蔚蓝的光辉仿佛无尽的海洋。

"这是魔法阵和科技的高度结合！"宋采文看着魔法门周围的符咒和印记微微变色。

"这是时间委员会2332年的产品。"慕容流浪笑了笑一抬手，指向如银色大海的时空门，"跟上我。"当先朝通道深处走去。

宋采文回头看了司马靖雁一眼，那老头笑了笑，对她挥了挥手。宋采文一咬牙紧跟慕容流浪而去。

司马靖雁目送二人消失在时空门，摇头自语："这个丫头如果不是疯子，就是比所有人都坚强。"他拿起电话，拨动了号码，"艾哲尔先生，你

是对的。你的宝贝徒弟什么都没问就直接出发了。我欠你一斤最好的龙井。"

（贰）

去往从前的历史，算不算去往未知？

战国，以公元前 476 年为起点，到公元前 221 年秦统一六国结束。在近两百年的时间中，无数慷慨悲壮的故事在天下这个巨大的舞台上演。在秦、齐、楚、燕、赵、魏、韩七大强国的交锋中，一个又一个英雄人物站在历史浪潮的最高峰。在这一时期，你可以看到以诡诈之术将山东六国玩弄于股掌的张仪，也可以看到金戈铁马攻陷齐国七十二城的名将乐毅。

宋采文和慕容流浪出现在一条河边，抬起头，夜空中的星辰刚刚淡去。两个人的服饰也被时空门自动替换成相关时代的衣服。宋采文穿的也是男装，她本就剪着齐耳的短发，眉目间颇有古典的气质，加上灰色的武士服，俨然一个俊侠客。

农田两旁，有几个早起的农民正在耕作。他们看到突然出现在前方的宋采文和慕容流浪，却只是微微瞥了一眼，就不再关注。

慕容流浪眼睛眯成一条缝，辨别了一下方向，遂向西面的官道走去。

宋采文在他身后说："我们这么突然出现，不担心被人看到当成妖怪吗？"

"第一次时空旅行的时候，你会担心被看到。第二次，你会忙着去思考任务，而关注不了别的。之后，你就会对这一切习以为常。社会的冷漠不是今天才有的，而是古已有之，爱多管闲事的人毕竟不多。你该把司马交给你的装备适时地用起来，而不是问那么多问题。"慕容流浪对她的问题并没有兴趣。

宋采文嘟囔道："看来某人被派到这里，并不是很愉快。"但她还是开始拿出装备包里的东西。装备包里基本只是些日常用品，除了一块紫色琉璃坠、一柄短剑，以及一个类似罗盘的东西。"嗨，专家，这些是做什么用的？"她问慕容流浪。

"琉璃坠上有连接时空的时间线，你砸碎琉璃坠就可以返回时光侦探社。剑柄上的红色水晶，是用来和时飞扬取得联系的工具。"慕容流浪晃了晃短剑说，"时飞扬也有把类似的家伙。这两柄兵刃同出一炉，只要你持有其中一件，无论天涯海角，他都可以找到你。至于那罗盘，主要是用来提醒你时空的存在，里面除了各大时空的新闻接收器外，必要时候它还可以直接和其他时空连线。"

"但我拿着这个却不觉得会找到时飞扬。"宋采文端详着短剑，没看出什么名堂，她只觉得那红水晶很漂亮。

"你没听清我说的，我是说他能找到你。"慕容流浪拍了拍自己的头说，"我居然带着个毫无时空经验的人去到中国古代，而且还是最危险的战国。"

"好吧。你也别抱怨，我想我很快就能适应。"宋采文拿起那个罗盘，根据上面的显示念道，"当前时间，公元前279年；当前位置，我们距离即墨城还有二十里。"

慕容流浪望向道路的远端，忽然问道："你历史学得好不好？"

"不好怎么进时光侦探社？怎么说？"宋采文回答。

"因为我看到前面有燕国的军队，而我们穿的是齐国的武士服，所以觉得有些奇怪。我来自的第六十二时空，和你们这个时空很多情况都不同，所以历史问题就要问你了。"慕容流浪道。

"这不奇怪。这一时期，齐国被燕国占领着，即墨城是齐国仅存的两个城池之一。"宋采文解释道，但她看到那燕国骑兵调转马头向自己冲了过来，手也不自觉地握上短剑。她的身子骤然一轻，居然就一下拉到了空中。她下意识地出手抗拒，她和慕容流浪竟在半空中连换五招。

"老实点！"慕容流浪皱眉道，他脚下升起股旋风，把两个人托到二十多米高的空中，两个人就像两片风中的树叶轻轻飞舞。

"别不声不响的就拉我的手。"宋采文虽然有些不好意思，却还是辩解道。

前方两个燕国的游骑冲到二人方才所在的位置，其中一骑有些莫名道：

"刚才的确看到两个齐国武士。"

另一骑兵挠头："我也看到了，只一下就不见了。"他抬起头，看看天空，却看到了风中飘浮的两人，惊骇得张大了嘴。

慕容流浪眼中杀意陡现，手掌向前一画，一道凌厉的刀风掠向那两个游骑。血光冲天而起，那两个燕国骑士人头同时落地！

宋采文皱了皱眉，这才意识到身边的同伴是一个极为冷漠的杀手，想要说些什么，终于忍住没说。

"这里是你死我活的时代。绝对不要以为别人也会轻易放过你。"慕容流浪面容冷漠，从空中飘落下来，拍着那两匹战马，"不管怎么说，至少我们多了两匹马。"

"你是风术师，你是风能力者？"宋采文看着周围慢慢消失的旋风问。

慕容流浪淡淡地道："这是不错的能力，但不值得大惊小怪。时间委员会一个月以前分析得出的信息说，雷戈在这里附近登陆时空，如果他不住兵营，那么他最可能去的地方是即墨城。我们不需要在这里耽搁太久。"说着他翻身上马，在打马朝着即墨的方向飞奔之前，他忽然道："你身手不错，我期待着看你还有别的什么本事。"

雨后的小巷中，两个孩子趴在地上打弹子。即便远处城墙上隐约传来喊杀声，他们也仍能够享受自己的快乐。

时飞扬抱着胳臂，背靠墙壁看着那俩孩子。两千多年前古人玩的东西，两千年之后他小时候还是在玩，人要的快乐其实很简单。这时一颗弹子滚落到他的脚边，时飞扬捡起弹子，远远地对那两个孩子叫道："我站在这里也能把弹子射进洞去，你们信不信？"他的话语带着淡淡的胶东口音。

"不信，五丈多远呢！"高个的孩子高声叫道。

"三丈左右还能试试看！"矮个的小子也不相信。

时飞扬把弹子在手中抛了两抛，瞄了瞄五丈开外的那个土洞，弹子抛射而出，稳稳地落在土洞内。

那两个孩子欢呼一声，异常崇拜地看着时飞扬，若非时飞扬实在比他们大了太多，他们早把他扑倒在地庆祝了。

"你和谁都相处得来。"吕不韦从巷口走出，欣赏地望着时飞扬。

"并非所有人。"时飞扬拍去手上的尘土，微笑着朝那个在两千年后，依然家喻户晓的传奇人物走去。

两人并肩走在即墨的街道上，吕不韦身形高大，若以现代的标准足有一米八五左右，比时飞扬都要高出半个头。

"燕国又开始攻城，不韦兄你不用去帮助田单将军调度城防吗？"时飞扬笑问。

"我只负责为他提供给养。城防之事还需要他自己去作。"吕不韦英俊的脸上带着淡淡的骄傲。

"第六年了，你一直操办即墨城外的一切？"时飞扬问。

吕不韦摆手道："当然不是。田单将军在主持此地之前，早已是天下巨贾。他的朋友遍布各国，他的商社更是真正的天下第一。我也是因为他才真正地踏入商海。他苦守即墨两年后，我彻底打通即墨与外界的运输通道，方能动员各方面的力量将私盐、精铁、粮食从天下各地调配过来。"

时飞扬苦笑道："我知道商亦有士，轻利重义。但如此是否就把整个商社的资金都消耗了进去？现今的即墨你赚不到什么。"

"义者百事之始，万利之本也。没有田氏商社当年的扶持，就没有吕氏商社后来的崛起。如今他独立支撑齐国的危亡，我又何惜区区家财。"吕不韦笑了笑，望向天空，"但我知道，这一切努力终于要告结束。燕昭王寿终正寝，燕太子姬乐资继位，乐毅的统帅地位被大将骑劫取代。即墨最后的血战即将到来，成败与否在此一举。"

"乐毅是去了赵国。骑劫暴虐，血战在即。"时飞扬思索道。

吕不韦却面露异色，乐毅赴赵之事，只有极少数人知道，这时飞扬到底是什么人？他缓缓道："时兄一身正气，不韦原不该存疑兄之来历。但此刻正是即墨存亡之时，时兄能否告知，你来即墨究竟为何？"他微微一顿，"另请告知，你让我帮忙寻找的黄眼人，到底是什么人？"

时飞扬未及回答，就听城墙处发出排山倒海的哭喊声，吕不韦和他一齐色变，同向即墨城门奔去。

即墨西门，哭声喊声惊天动地，齐国的百姓和军士混杂在一起，而城外浓烟滚滚。

田单站在厚重的城门前，大声呵斥着妄图出城冲杀的齐国军民，但守城官兵群情激奋，巨大的城门迟迟不肯关闭。田单一面大叫着关闭城门，一面组织甲士阻挡汹涌而出的人潮。眼看局势要控制不住，那些手持兵器的齐国军民，即将要冲出城去。

"发生何事？"吕不韦拉住一个军士问。

"燕狗骑劫派人在城外挖掘我齐人祖坟，并把我阵亡将士的遗骨堆于一处，一起焚毁！"军士怒吼回答。

吕不韦愣了愣，齐人死守即墨六年，原本守得麻木的士气，竟然被燕人这样点燃。但如此盲目地冲杀出去，即便即墨大军骁勇，也必遭迎头痛击。"时兄……"他一拉身边的时飞扬，却发现时飞扬已经消失不见。

轰隆一声巨响，厚重的城门终于合拢，时飞扬赫然出现在巨大的城门旁。"他是怎么过去的？那么快？"吕不韦揉了揉眼睛，他们站的位置到城门何止百步。

与此同时，在高高的城墙上，宋采文和慕容流浪同时注意到了关闭城门的时飞扬。

"是他吗？只能是他吧。"宋采文眯着眼睛，看着那白衣飘飘、长发披散的文秀男子。

"气色还不错。"慕容流浪的嘴角挂起一丝笑意。

"你这算是妒忌吗？我们老大比你帅是理所应当的啊！"宋采文拂了拂云鬓，笑道，"任务完成一半，还差雷戈那家伙了。"

"刚才你是如何做到的？"吕不韦拉着时飞扬问。

"一连串的动作，只是我速度快于常人。"时飞扬轻描淡写道。

"先前的问题你还没回答，你来即墨究竟为何？那黄眼人又是何人？"

吕不韦笑了笑，重新问道。

时飞扬想了一想，低声道："我平素云游天下，接受各种委托替人排忧解难。通常取人钱财，替人消灾。一个月前，我接到委托，命我来此对付一个黄色眼眸的人。那家伙身上携带有致命的疾病，且会传染他人。若在即墨长期居住，将瓦解即墨的战力。"

"你并不像是杀手。"吕不韦摸着下颌道。

"我的确不是。"时飞扬潇洒一笑。

"你说那家伙带着致命疾病？他没有碰触冶铁厂的人，就让他们倒毙。似乎是巫师的诅咒更为贴切。但你说的没错，这种家伙的存在的确会瓦解即墨的战力，何况如今的即墨城容不得有半点闪失。"吕不韦皱眉道，"医生救治你的时候，发现你的奇经八脉都被未知的毒素侵害，原本以为你必死无疑，却不料你仅用了一个月不到就恢复了过来。他们说你体内有股神奇的力量。"

时飞扬苦笑道："我常年在外处理各种异乎寻常的事情，身体早已变得能承受各种打击，许多他人无法抵抗的东西对我来说只能构成普通伤害。我想那黄眼人上次受到我的重创后，这个月也是在养伤。他携带的疾病非常危险，若是可能请尽量远距离用强弓射之，方为万全之策。"

吕不韦笑了笑，端详着时飞扬道："我知道你隐瞒了不少事情。但关于黄眼人的事情，该是真的。天下多有奇人异士，我久跑江湖也知道不该多问他人底细。这几日我会尽力搜寻你说的人，如果我找到黄眼人的消息，会及时通知你。但你对他有没有更好的描述？比如说他到底是从哪里冒出来的。"

时飞扬沉声道："你要找的人身材魁梧，相貌特殊，有着黄色的眼眸，这两点自不必说。他大约三十多岁的年纪，记忆力不太好，外地口音，不是即墨本地人，不会轻易和人搭讪。一个月前突然出现于这周围。他如果住在集市附近，应该很容易被认出。但他到现在还没暴露，不出意外的话，他应该在即墨比较偏僻的农舍区。你按照这些线索，应该能缩小搜索范围。"

吕不韦思索着时飞扬的介绍，缓缓道："为何你之前不介绍清楚？"

时飞扬正色道："因为此人危险，我不想太多人受到牵连，而且……很难找到值得信任而且又有能力做好的人。"

吕不韦淡淡一笑，满意地点了点头。

时飞扬躬身一礼，微笑道："你帮我，我帮你。即墨最后的大战，若有需要，也请吕兄尽管道来。"

"我自然不会对你客气。"吕不韦自然地一挥手，转身离开。田单还在等待他对时飞扬的判断。若要他来说，时飞扬非但不是即墨的威胁，若是策略得当，还可能是非常好的一股助力。

时飞扬目送吕不韦离开，慢慢走到一处僻静的角落，抬头对漂浮在半空中的慕容流浪和宋采文抱拳道："流氓兄，没想到你会为了我到战国来。"

"我可不是为了你。"慕容流浪从空中落下。

"宋采文小姐?"时飞扬看了眼宋采文腰间的短剑笑问。

"是的……"刚准备做自我介绍的宋采文把要说的话咽了回去。

"我看过你的照片，我对美女向来印象深刻。"时飞扬打量着对方微笑道。

"一个月了，雷戈在哪里?"慕容流浪冷冰冰地打断了他们的寒暄。

"坐下谈。"时飞扬带着慕容和宋采文向最近的茶铺走去。

雷戈挥汗如雨地在农田里忙碌着，时空穿越让他的记忆受到了影响，时飞扬和他的战斗更让他的身体受到重创。那日他从冶铁厂逃离，昏倒在农田边。此地农舍里的老妇将其救回了屋，这一个月来他就在此将养，但显然遭受重创之后，他的记忆力比之前损害更大，他几乎以为自己就是出生在即墨，他平日将老妇称为娘亲。而那老妇孤单一人，也乐于将错就错。

只是近几日，雷戈每天都做同一个梦。前半个梦里，他梦到自己有一个漂亮的孩子，有一个美丽的妻子，而他是一个大型机构的研究员，专门处理各种古迹古董上找到的符咒。后半个梦里，他看着自己的妻子和女儿被人杀死，而身边那些同事和警察却什么都没有做。他一次又一次地因为这噩梦惊醒，孩子和妻子的样子不断地重现面前，有一次他甚至梦到自己把咒文画满了身体。

只有看着繁星点点的夜幕他的心才能安静下来。周围的一切非常陌生，却很宁静，他满脸都是泪水……

在简陋的茶铺里，时飞扬把这一个月来的事情说了一遍。

慕容流浪眯着眼睛听着，最后冷冷地总结道："你本来可以简单解决他，却因为想了解事情的来龙去脉而让他逃跑了。"

"可以这么说。"时飞扬喝了口茶水，慢慢道，"我不是杀手。"

"因为你个人想了解一个倒霉鬼的悲哀人生，却让整个历史处于危险之中。"慕容流浪提高了嗓音。

"没有那么夸张啊。"宋采文抗议道。

"没有吗？"慕容流浪连解释都懒。

"事实上……是比较危险。"时飞扬轻咳一下，对宋采文说，"那家伙身上携带的是咒文病菌，一旦他再次处于狂暴状态，那靠近他的普通人都会急速死亡。如果他出现在闹市，那后果真的不堪设想。最近即墨有大战要打，他一旦失控，的确会影响历史的进程。"

宋采文扯着头发，痛苦地说："是啊，齐国会就此灭亡。不仅战国七雄从此少了一个，它还可能是历史上第一个因为病毒灭亡的国家。OH MY GOD！你之前怎么能那么轻易地放他走！"

"嗨！你为什么在中国古代说英语？"时飞扬露出奇怪的表情。

"因为我不是古代人。"宋采文白了他一眼，很妩媚的一眼。

慕容流浪冷冷道："时飞扬，虽然你每次运气都很好，但你就这么等他出现吗？"

"即墨原本就是齐国的大城，如今更是齐国最后的两个大城之一。这里有好几十万人口，你以为我出去满大街找就行了吗？"时飞扬没好气，"好在这里我已经认识了几个相当了不起的人，按照异变每每和历史转折一体的规律，很快就会有消息的。不是我们找到他，就是他自己跳出来。"

"异变每每和历史转折一体……"宋采文念叨着这句话，赞道，"总结得真好。"

慕容流浪说："这是时间委员会文献《时间概论》中的话，又不是他说的。"

"老大，你在这里认识的大人物，是不是吕不韦和田单？"宋采文着急地问道，"我对田单是没有兴趣的，但吕不韦就不同了。我真想当面问问他，秦始皇嬴政到底是不是他的儿子。"

"嗯，吕不韦的确是最吸引女人的那种类型。他又聪明，又有钱，而且英俊，野心勃勃。"时飞扬摸了摸鼻子，摇头道，"不过他现在一定回答不了你这个问题。他才二十出头，而秦始皇现在该还在等投胎，恐怕连液体都不算。"

"在我的第六十二时空，史书上写得明明白白，吕不韦不是秦始皇的父亲。这或许可以当做你们的参考。"慕容流浪显然不耐烦宋采文的八卦问题。

时飞扬坏笑道："据我所知，在你们第六十二时空，秦始皇嬴政最后传位给了扶苏，大秦帝国长达八百年。那彪悍铁血的传统，成为了大中华傲视一切的民族精神。但这一点，你在我们第七时空是找不到参考的。"

"大秦帝国……八百年？"宋采文吃惊地张大了小嘴，"哇哦……"

"那么时间委员会的代表，流氓先生。你如果了解雷戈的情况，是否能够给我们介绍一下？"时飞扬喝了口淡淡的茶水，换了话题，"事实上，你也是那种不查清楚来龙去脉就不会轻易出手的人吧。"

"由我来说，会很无趣。"慕容流浪摇头拒绝。

"这里除了你别人都不知道，难道你要我再去问雷戈本人？"时飞扬没好气地说。

"我简单地说下。"慕容流浪撇了撇嘴，无奈地说，"雷戈是时间委员会本部的咒文研究员，他负责处理各个时空遇到的怪异符咒、魔纹、咒语、配方等东西。这家伙算是这方面的天才，不过他的日常生活非常简单。或者说，非常地幸福，每天除了工作，就是和妻子和女儿在一起。去年他带着妻女出去度假，结果遭遇了抢劫……抢劫杀人，妻女都死了。警方因为没有确凿证据，对劫匪无能为力，而时间委员会并没有对他做出任何安慰，甚至因为他受打击后精神状态不好，还提出让他长期休息。雷戈的幸福生活，由于这个突如其来的打击，一下子被全部毁了。"

"我从数据库搜索到他家人的照片，很温馨的家庭。"时飞扬插话道。

慕容流浪看着宋采文，说："如果你了解时间委员会，你会明白，他们完全有实力对这种事情做出回应，但他们冷漠的机构体系，使他们对雷戈不闻不问。"

宋采文点了点头。任何组织拥有慕容流浪这样的异能者，那他们对外界的暴力压力都该有极强的回应能力，而慕容流浪当然不会是时间委员会中唯一的异能者。

慕容流浪继续讲述："雷戈的精神状态越来越混乱，他本来是个老实人，但报仇的想法让他处于崩溃的边缘。终于有一天，他给自己使用了并没有研究明白的符咒，当然也是最容易生效的死亡符咒。那些劫匪所在的帮派没有一个幸免，而劫匪住处附近的居民，也波及了进去，大约有一百五十多人因此死亡。警方通缉了雷戈，而时间委员会答应协助。这时候雷戈已经完全失控，他决不会让别人抓住他。作为时间委员会的老员工，雷戈熟悉机构的运作，他闯入了组织三大机构之一的实验部，从实验部的时间走廊逃来了此地。我想，他已经不再是自己，所以死亡对他来说反而是最好的归宿。"

宋采文挠了挠头，皱眉说："我承认他很危险，但我们一定要杀了他吗？他真的很可怜……"

"你们不用动手，我来做就可以。"慕容流浪面无表情地说。

时飞扬沉默地看着前方，这就是他对时间委员会没多大好感的原因之一，委员会安排的任务大都能在大义上站住脚，但每次想来都让人觉得他们缺乏该有的人性。他轻声对宋采文道："把司马交给你的装备箱给我，我需要和他联系。在我通时空电话的时候，你去周围转转，看看小狗小猫们有没有黄眼人的消息。"他看宋采文愣了一下，不由得扬眉道，"你是语言能力者没错吧？"

宋采文苦笑着点头，原来他们是看中她这个能力啊。

边上的慕容流浪看着宋采文离去的背影，吃惊地说："小狗小猫？"

"人有人言，兽有兽语。语言能力者当然是能和世间万物沟通。能和动物沟通是理所当然的，我希望她连植物也能沟通。"时飞扬笑道。

所有的都准备好后，时飞扬把罗盘上的时空连接器接通，架起了时空电话。

"嗨！浑小子。你终于知道和我联系了？你怎么样？没受伤吧？我给你找的美女搭档还不错吧？"司马靖雁又惊又喜地问。

"我们隔着两千年，你居然还那么罗嗦！用时间委员会的线路很贵的！"时飞扬不耐烦地道。

"OK，说你的问题。"一说到钱，司马靖雁马上变得简洁。

"雷戈中的是极恶符咒。我如果用那个，他有几成把握恢复常态？"时飞扬低声问。

"能否恢复正常要看他的意志，但各方面报告都说他已完全失去意识，我想他恢复的可能性不会超过百分之三。而你如果使用那个，会消耗太多的力量。小心点，浑小子。如果你力量用尽，那也许情势会失控。"司马靖雁道。

"我了解，但我不想把他当做垃圾处理掉。他原本应该活得有尊严。"时飞扬笑了笑道，"不过老司马，你要对我有信心。情势绝对不会失控的。"说完他把时空电话挂断，重新抬头望天。

小猫小狗也不知道黄眼人雷戈的下落，宋采文对时飞扬极为好奇，闲暇时候总是拉着他问东问西。

"老大，你都去过哪些时代啊？去不去未来的？"

"经常去未来，但我还是喜欢在古代做事情。"时飞扬微笑道。

"老大，你去过未来的话，有没有看到过外星人？"宋采文又问。

"有吧。"时飞扬道，"来自遥远的另一个银河。当然，如果他们的形象能够算是人的话，那人这个概念，也要重新定义了。"

"老大，那一定是银河时代了吧？你去了那么多的时代，最美的美女是谁？"吃饭的时候，宋采文发挥了八卦的精神。

"各个时代的美女标准不同，而你要说最美，只怕也很难说吧。但印象最深刻的，是银河时代中的帝国公主，她是木星和火星混血儿。"时飞扬拍了拍慕容流浪，"你也是见过的，流氓兄。"

慕容流浪挂起了解的微笑，但是他觉得宋采文不停的提问更有趣，时飞扬的耐性到底有多好呢?

"这个……老大你觉得哪个时代最有趣? 我比较喜欢北宋,你呢?"宋采文拿着筷子又问道。

"老大……你是不是经常从古代拿东西到现代当做古董卖?"

"老大,你怎么会去过那么多地方,你是不是长生不老啊? 老大……"

"别再问问题……"时飞扬终于忍不住举手说,这个新人有点麻烦啊。

"可是……"宋采文刚要继续说,却被慕容流浪打断道:"无论可是什么,你再问下去,他就会心情不好。他心情不好,你就会被开除。"

宋采文捂住小嘴,可怜兮兮地看着前方,不过倒是真的不再问了。

时飞扬轻轻拍了拍她的脑袋说:"有很多事情,很多的人,慢慢你自己都会看得到。不用着急问我们见过的东西。"

两日后的黄昏时分,吕不韦给时飞扬送来两个消息,一个是雷戈在即墨东城被发现,另一个则是齐人将在当夜子时反攻。

时飞扬和慕容流浪、宋采文来到了即墨东城,暗红的夕阳让三人的身影显得分外肃杀。

宋采文抬头望了望晚霞,类似的任务在现代她早已习惯,但在古代却有一种别样的感觉,整个人都有一种淡淡的悲凉。

"这一区域的百姓都已疏散开,你可放心施为。我还在外围布置了一百弓箭手,他必死无疑。"吕不韦自信满满地说。

"和他在一起的老婆婆呢?"时飞扬问。

"她病了,两天没有出门了。我想也许是黄眼人他控制不了自己了。"吕不韦表示无能为力。

时飞扬、宋采文、慕容流浪相互点了点头,从三个方向朝农舍靠近。

夕阳的余晖中,雷戈正在院中劈柴。院子里金黄一片,他依稀又看了自己的爱妻和女儿。他嘴里哼着不知名的歌曲,把一块又一块的柴块劈成两半。忽然他没来由地感到心头一悚,抬头望向院门,一个身形高瘦,眉目细长的男子出现在门前。冰冷的目光从那细长的眼眸中射出,仿佛一下子就能把他看得清清楚楚。

雷戈脑袋一阵剧痛，身边的妻女一下子消失不见，满脑子的混乱记忆猛地涌了上来。雷戈手中的斧头脱手飞出，直奔慕容流浪的头颅！

慕容流浪右手一扬，一股凌厉的刀风迎上飞来的斧头。"当!"斧头被生生地分成两截！慕容流浪左手挥出，一股强大的旋风把雷戈卷起，重重地撞击在农舍的窗棂上。

雷戈眼前瞬间出现无数幻影，慕容流浪的身影被当日杀害他家人的劫匪的样子取代，他大吼一声："不!"墨绿色的咒文浮上皮肤，黄色眼眸中尽是癫狂之意。

慕容流浪胸口一紧，气闷得几乎半跪下来，他拼命地大口呼吸着，急速飞出了院子。

雷戈追着慕容流浪冲了出来，却迎头被一张大网罩下。宋采文抓住大网，显示出惊人的爆发力，拉着这个壮汉飞奔而起，但恐怖的咒文迅速从网上蔓延到宋采文的身上……

时飞扬眼眸中金光闪过，大喝一声："静!"

周围的一切立即停顿下来，树叶、荒草、浮云，乃至每一个人的动作……莫不如此!

时飞扬从宋采文手中拿过大网，然后将雷戈牢牢地捆住，高吊在路边的大树上。

慕容流浪和宋采文再能行动时，雷戈正在大树上拼命挣扎……

宋采文摸了摸脑袋，惊道："发生了什么。"

慕容流浪则怒吼："时飞扬你个混蛋，还在犹豫什么?"

那雷戈身上的咒文渗透到大树上，大树的枝叶树干全都布满了咒文，而在他们说话间，咒文还在不停地蔓延，连地上的泥土都开始泛起了墨绿色!

农舍中的老妇跌跌撞撞地跑了出来，但她刚刚踏上那布满了咒文的土地，立时倒地不起……

"不!"宋采文大声呼喊着冲向老妇。

时飞扬手中瞬间出现了一架金色的弩机，那弩机连珠射出十支弩箭，一刹那，农舍之外金芒大盛。夕阳一下子变得如正午的太阳般炽烈! 无数道强烈的阳光从空中聚拢到金色的弩机上……

　　十支弩箭都钉在了雷戈身上。每被射中一支弩箭，雷戈身上的咒文就淡了一分，他的眼前不停浮现出从前那些美好的生活片段，他和妻子的第一次邂逅；他带着戒指在花园饭店求婚；女儿降生，那小手第一次抓住他的手指……

　　五支弩箭时土地和大树枝干上的咒文都消失不见，十支弩箭的时候，雷戈的皮肤完全恢复正常，就连那黄色的眼眸都恢复成了黑色，而天上的夕阳也重新变得血红。

　　"你以为这样可以根除他的魔咒？即便他身上的咒文不再复发，但他心里的痛苦却是无穷无尽的。"慕容流浪近乎冷漠地说道。

　　时飞扬嘴角抽动了一下，缓缓道："这十支弩箭的射法，被称作'天地万物之初始'，可以解决一切封印禁锢，一切魔法束缚。但我能做的也只有这些，表面上的问题可依靠外力，但他心头的伤痛只能靠他自己。"他走近雷戈，大声道："听到了吗，雷戈先生。我叫时飞扬，我说了是来帮你的！但人有时候必须靠自己！"

　　雷戈全身上下都被汗水浸透，他无比憔悴地低声道："我明白……请把我送回去。"

　　"他杀了那么多人，送回去，也是死路一条。"慕容流浪道。

　　"我应该为我做的事情负责，但我不想死在这里，我根本就不属于这里。"雷戈看着周围陌生的一切，眼中满是痛苦。

　　时飞扬看了慕容流浪一眼，慕容流浪深吸口气，不再多言。时飞扬扭头对宋采文道："你和慕容一起来的，还是要和他一起回去。"

　　宋采文不同意："我们必须一起回去。司马先生对你担心得要死！他让我看着你！"

　　"那老头子才不会担心我。"时飞扬按住宋采文的肩膀，认真地道，"你和慕容一起把雷戈送回他的时空。我要他活着回到自己的时空，我要他回去承担起他该负的责任，而不是在这里莫名其妙地被处理掉。你能不能做到？这是我第一次交给你的任务！"

　　"明白了老大。那你怎么办？"宋采文举手妥协。

　　"我还欠这里一些人情。"时飞扬潇洒地一笑，"如果我现在就走，那么这人情一欠就是两千年。"

尾声

这一夜，即墨城灯火通明。

近三千头公牛置于队伍的最前方，每头牛都披着红布，牛角上皆挂有锋利的尖刀。

整个即墨城都动员起来，除了那三万齐国精锐步卒和五千铁骑，全城老少更自编了数个千人队，无论男女都投入到抵抗燕国的最后一战。六年了，六年的屈辱终于到了终结的时刻，要么战死，要么成功复国。要让全天下人都知道，老齐人还远没到亡国灭种的时候！

时飞扬远远地望着正做战前动员的田单，心头忽然涌起一个念头："若这些即墨的军民知道，田单是为了此战的士气才派人设计、挑唆燕国的大将骑劫挖齐国人的坟，那这一战又会是什么结果？"想到此处他不由得觉得有些好笑，田单到底算是英雄还是恶魔？

他身旁的吕不韦低声道："飞扬兄心情不错，有何趣事不妨说来听听？"

时飞扬哪敢把心里想的直说，但他灵机一动反问道："不韦兄弟，我在即墨已有一月，对此地多少有些了解。很久以来我心里一直有个疑问，还要请教。"

"飞扬兄尽管问来。"吕不韦微微一笑。

"六年前，燕昭王以乐毅为上将军，合纵其他五国一起攻齐。乐毅天纵奇才，区区数月即告拿下齐国七十余城。最后独留有即墨和莒城两地，即墨有田单，莒城则有齐国新立的大王。燕国不是拿不下这两个城池，而是故意不拿。从乐毅来说，他希望能够靠仁政，让齐国百姓真心归降，从而将偌大齐国完全并入燕国，以成就燕国一代霸业。但这一拖至今，已是第六个年头。这一拖，直接让燕昭王霸业成空，临死都未见齐国灭亡。"时飞扬把疑问说出来，"作为旁观者，我也说不清楚当时是强攻即墨玉石俱焚为好，还是正要拖到今日也拿不下才算仁政。不韦兄弟，你如何看待此事？"

吕不韦被他问得一皱眉，思索半天才道："这问题如同一个死结，基本无解。有人说乐毅留着这两个城池，是为了可长期执掌大军，最终可以自己作齐王。有人说乐毅名将风范，想成自古灭国仍取民心者第一人。更有人说他迂腐不堪，最终这两城不能拿下，有失名将之名。这些说法中有些正是我们即墨散出的假消息，有些则是天下人的议论。但世上之事，真真假假又有谁说得清楚？独有一点，世人皆以成败论英雄，而事在人为，乐毅究竟是何想法，只有他本人知道。"

时飞扬琢磨着吕不韦的话，不由得想到很多年后吕不韦将和秦王嬴政发生的纠葛，苦笑着点头道："的确如此，也许他自己也并不清楚。"

吕不韦哪里晓得他心里那么多想法，见他神情凝重，便岔开话题："你的朋友带着黄眼人走了。但说来奇怪，我即墨城防如此严密，却没人看到他们是如何离开的。他们走了就走了，此间事了之后，我可不希望你也不告而别。"

"放心，你定会看着我大步离开即墨城。在这之前，吕兄把田单要我做的事告诉我吧。"时飞扬淡淡一笑。

吕不韦远望着誓师完毕的田单，沉声道："我知道你不是杀手，但最终还是要求你杀一个人。"

"谁？"时飞扬剑眉一扬。

"燕军统帅，骑劫。如何？"吕不韦问。

时飞扬深吸口气，望着吕不韦年轻果决的眼睛，缓缓道："在我心中，他已经死了。"

子夜，燕军大营灯火闪烁，远隔数里就能听到那整齐安定的鼾声。

突然，熊熊的火光从大营正中燃起，中军大营顿时乱了起来。

燕军统帅骑劫从帅帐奔出，高声喝问："发生何事？"

边上的燕军大声道："中军起火，火势不知从何而起！"

骑劫高叫道："莫要慌乱！水营扑灭中军大火，其余各军准备迎击齐人！"

他身边的副将大声领命，但半夜时分即便火势稍止，那么多人马却依然混乱得可以。

时飞扬站在高高的燕军旗塔之上，嘴角绽起一丝笑意，于寒风中紧了紧衣袍，将银制面具拉起，飞身向着大军正中的骑劫掠去。他飞身而下之时，轰隆一声，两人合抱的中军大旗旗杆亦倾斜而倒……

白色的身影如离弦之箭靠近燕军统帅骑劫，骑劫身边的燕国甲士也是训练有素的，先是羽箭，后是标枪，层层叠叠呼啸而来。但就在这漫天箭雨中，那白色的身影忽然消失不见，众人再看到他时，他已出现在距离骑劫五十步的地方。

骑劫身边的近卫蜂拥迎击，但他们刚刚拔剑在手冲得几步，却发现敌人已不在前方。那些军士一齐惊呼，白色的身影即从众人的头上掠过，半空中一道霹闪，赫然长剑在手，长长的一道寒光划破长空，直取骑劫的人头！

久经战场的骑劫发出怒吼，挥动长剑迎上时飞扬的剑锋，但是那剑光的速度远在他想象之外。

就在此时，即墨城响起了震天的号角……

那些燕国近卫一齐望向骑劫，却见他们统帅的项上人头已然不见，只有无头的尸体倒在血泊之中……而燕军大营前响起了雷霆万钧的冲锋声，无数燃烧着的公牛冲入营寨！十万大军的营寨一下子就被点燃。

"是齐国人！"不知道是谁先喊了出来，紧接着所有人再次看到白影！

时飞扬站在中军大营之上，高举人头，喊道："骑劫首级在此，燕军已败！杀光燕人，复我血仇！"

愤怒的火牛顶翻了一切阻挡它们的东西，紧跟其后的即墨大军在田单的率领下冲杀而至。失去统帅的燕国大军哭喊成了一片，在即墨城外驻扎长达六年的燕军大营，一夜之间土崩瓦解！

清晨时分，时飞扬缓步走出即墨南门，仿佛昨夜于万军之中取上将首级的并不是他。

"你真的不多留几日？"吕不韦立于南门笑吟吟道。

"此时此刻，你该和田单在一起才对。"时飞扬整了整衣衫，"天下无不散之宴席，又何必婆婆妈妈。"

"正是田单将军要见你。"吕不韦一脸的诚恳。

"不用了。"时飞扬摆手道，"此役之后，齐国即将复国。田大人手边千头万绪，我这样的江湖散人就不打扰了。"

　　吕不韦沉声道："常言道，大恩不言谢。在即墨存亡之时，飞扬兄施以援手，日后若有差遣，水里火里，吕某万死不辞。"他将一个沉甸甸的包裹递到了时飞扬手中。

　　时飞扬拍了拍吕不韦的肩头，正色道："一月之前，我深受重伤，险些客死此地，幸得不韦兄相救。故我时飞扬决定为即墨尽绵薄之力。这几年你为田单，为齐国做了很多，我知道。然不韦兄志不在齐，而在天下，我也知道。"他从怀中拿出一片银色的金属片，递给吕不韦，"然当今之世，你越有能力，遇到的危险也就越多！日后若有危急时刻，将其投入炉火熔之。我会知道你有难。百岁千载，我也会尽力寻你！"他将包裹还给吕不韦，挥了挥手，潇洒地大步离开。

　　吕不韦将镂有"时间飞扬"四个篆字的银片收入怀中，望着那白衣长剑的背影，眼眸中露出难以言尽的感情。

　　城外昨日的战火还未完全熄灭，但齐国的百姓已经开始欢庆胜利。时飞扬看着被战争席卷过的大地，千年的战火起了又灭，而浩瀚的苍穹却亘古不变，站在时间的长廊中回头望去，一切都如一幕幕戏剧般精彩而震撼，但他们最终……皆会化作岁月的尘埃沉淀在历史长河中。

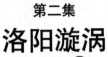

第二集
洛阳漩涡

　　每一个会游泳的人都害怕遇到漩涡，每一个远足的人都不喜欢迷路，每一个坦荡荡的君子，都讨厌不知道何时会冒出来的小人。每一个时空旅者最不想遇到的则是时空痕，因为里面有数不清的时间漩涡。

　　有朝一日，第四维会成为人所共知的现实，时空将不再是限制，但在今天如果时空错乱，万一真的突发时空事件，那肯定会是无法想象的灾难。你也许考虑过，去拯救某一个时间点的故事，比如说重新书写甲午海战的历史，比如说拯救岳飞、文天祥、袁崇焕，比如说在滑铁卢之役前去提醒拿破仑，或者说去修正更多历史上的遗憾……可一旦那些事情突然真的出现在你的面前，你会如何选择？当无数个时间断层一齐出现，出现在同一个地方，那个地方又会怎么样？

　　我想，也许我们可以假设，这种事情在某一个时空的某一个时间点，真的曾经出现过。那么也许，在那个时间点，世界需要一个英雄，或者不止一个英雄。

时间：第十一时空 2010 年

周日早晨六点，洛阳宏岚购物中心。

清洁工张晓提着大大小小的清洁工具走到三楼大厅，距离开门营业还有的是时间，但要做的工作同样也很多。她一面抱怨着慢吞吞的同事，一面尽量心情愉快地打量着巨大的商场。这幢购物中心一共有九层，中心结构是透明的玻璃构建，从一楼抬头可以直接望见天空中的白云，这是洛阳市老城区最时尚热闹的商场。

张晓把拖把浸入水桶，忽然觉得整个商场的光线暗了下来。她抬头看了看，原本刺眼的顶楼有一大块乌云似的东西从天而降。张晓仔细看了看，张大了嘴连喊声都没发出，就被卷到空中。灿烂耀眼的光芒布满楼顶，那阴影瞬间消失不见，而楼道上其他两个清洁人员更是傻愣愣地站在那里。

洛阳市街道，早晨七点。

一身着白色战甲的军士出现在大街上。喇叭声急速响起，一部公交车飞速向他冲来！那军士一个侧身，让过公交车。迎面又来了其他车辆，他连续两个起落，终于跃到了人行道上。

军士左右四顾，双眉紧锁，周围所有的人都和他穿的不同，都是很奇怪的衣服。而所有人看着他的表情也都很奇怪，不是漠不关心，而是一种荒谬的嘲讽。"某家这究竟在何处？那些铁皮怪物为何如此之快？"军士飞快地退到角落，手按刀柄重新审视着四周，露出了茫然之色。

时间：第七时空 2008 年

时飞扬看了眼办公室里的梅花，轻轻打了个哈欠。

"我以为你喜欢梅花。家里有了女人，就是不一样了，对不对？"司马靖雁笑道。

"是公司里多了女人。"时飞扬纠正道，他显然不太喜欢变化，即便这种变化是美女带来的。欣赏美女是一回事，但让她们来改变自己的生活？感谢老天，那还是算了吧！

司马靖雁摸了摸胡子，无所谓道："反正我住这里。"他把一份传真交给时飞扬，"那家伙的时空传真。你怎么看？"

时飞扬缓缓道："我还在考虑。"

"多个高手，总是好的。"司马靖雁试探道，但时飞扬不做回应。

这时候，宋采文走了进来，她把一摞文件放到时飞扬面前，道："老大，今年时间委员会的预付款已经到了。头十万两黄金我会安排从正常渠道流入市场，然后就能名正言顺地用了。你说每次这样多麻烦，让他们直接在这个时空开公司，然后转账给我们不就好了。"

时飞扬飞快地在各份文件上签字，头也不抬地道："时间委员会的介入，会让这个时空的正常秩序受到干扰。能不让他们进来就不让。"

"你的存在就不会干扰正常秩序吗？"宋采文反问道，她不太相信时飞扬的话。对这个社长她还不是很理解，这家伙时而严肃，时而又表现得有些游戏红尘，根本叫人无从知道他的想法。而且自从上次行动后，又有一个多月无所事事。大小事情都丢给了自己，美其名曰让她熟悉工作情况。

"当然也会。但他们的干扰大些。如果有一天他们要强行进来，我们就开战！"时飞扬按动桌上的按钮，一个立体影像出现在他们面前。

"大家新年好！"影像里一个身着黑色职业装，中长直发的美丽女子有礼貌地向他们打着招呼。

"不用客气！你们刚过了年就联系我，自己的年一定过得不好。"时飞扬靠在老板椅上微笑道。

"这是时间委员会的调度主管林苏雨，每次事情紧急她就会亲自联系我们。"司马靖雁低声给宋采文介绍。

"名字很好听，人也漂亮。"宋采文眨眨眼睛。

"机器人而已……"司马靖雁苦笑道。

宋采文睁大了眼睛，一下子说不出话来。机器人？怎么看都不像啊！司马靖雁叹了口气道："时间委员会喜欢制作漂亮的女机器人，按照不同的风格和年龄制定型号。很难说在那里工作会不会有审美疲劳。"

林苏雨显然没注意到这两个人的评头论足，她语调平缓地道："第十一时空出现状况，他们人手不足，需要其他时空支援。"

"那边有谭耀在，何况你们有的是人，不需要我吧？"时飞扬笑了笑。

"出问题的地方在十一时空的洛阳，在所有我能想到的帮手里，你对洛阳毫无疑问是最熟悉的。"林苏雨温柔地一笑说。

"洛阳？"司马靖雁点上了雪茄，"林指挥，你何不先介绍一下这次行动？出于危机程度排除法，我们在这里也不是无所事事，必须优先处理危险度高的问题。"

"目前在第十一空间的洛阳发现了三个以上的时空断层。你们是否能了解到那里的危机？而且时间断层还在增加，那边我已经聚集了五组人，如果你们能够马上行动，我会很高兴。"林苏雨平稳地道。

宋采文注意到影像中林苏雨一面说话，一面用左手敲击着自己的桌面，那金属桌面赫然出现一道道划痕。那家伙真的是机器人？机器人也会有这种愤怒焦虑的情绪？

"林小姐，我可以答应你马上出发。你不用继续虐待你的桌子了。"时飞扬摸了摸鬓角，不紧不慢地说，"但是，既然你要我们增援，我希望你马上把加急费安排进我们时光工作的各种费用。谢谢。"说完他摁掉了联络影像，不给对方还价的余地。

"老大，我真服气你。这种时候你居然还不忘记多要钱。"宋采文皱眉道。

时飞扬继续把手头的文件签完，淡淡道："他们又不缺钱。何况我要来的钱还不是用到你们这些人头上。"

"我们？作什么用？"宋采文怔道。

这时司马靖雁把准备好的工具包拿了过来，时飞扬将宋采文的包丢给她，邪恶地说："抚恤金。"

宋采文气得俏脸一下子变得煞白，但她刚要摔东西，就听一边的司马靖雁说："你老大说的也没错，抚恤金他至今为止送出去了没有十笔，也有八笔。丫头，你这次行动算是第二课，千万要听他的啊！"

宋采文放下东西，深吸一口气平稳情绪，自己哪里有不听话嘛。这些大男子主义的家伙！总有一天我要建立自己的权威！总有一天，要让时飞扬了解自己的实力！她正不停地想着，时飞扬启动时空门的声音隔着几个房间传了过来。她赶忙猛冲向出发的房间，那该死的家伙居然不等她也不叫她！

和宋采文上次的时空之旅不同，这次时空门的另一端，是一个类似太空舱的房间。

"老大，这个空间你来过的吧？"宋采文低声问。

"很熟悉。"时飞扬的回答很简短，他手扶到门上，想了想又说，"采文，时空痕就是时间断层汇集的地方，如果在里面迷失，就无法凭自己的能力回来。你要小心。我们是来帮助别人的，别把自己变成需要被救的人。"

"明白。"宋采文感受到时飞扬的关切，吐了吐舌头，"放心啦，我不会给社里丢人的。"

金属门被推开，外面光线昏暗，在并不宽敞的甬道内，二十多个身着黑色制服的人肃然而立。为首的是一个身材修长的光头女子，艳丽动人的俏脸因为光头显得刚烈起来，给人一种完全不同的观感。只是她刚强的外表下，却有些难言的憔悴。

"她是时间委员会第十一空间的副分会长，宁铃。"时飞扬低声给宋采文介绍。

宁铃则热情地向时飞扬伸出手，高声说："飞扬，我一直盼着你来。"

"我也一直在想你们。谭耀呢？"时飞扬笑了一笑，他用目光扫视周围的黑衣人，竟然没有一张熟悉的面孔，这里究竟发生了什么？

"死了。"宁铃带着他们一路朝外走，简单的两个字并不多做解释。

……死了。我们这样的人迟早都是这个结局吧。时飞扬没有作更多的表示，而是直接说道："他不会白死。"

"宁小姐，其他来支援的人都到了吗？"宋采文在他身后问道。

宁铃微笑道："你们是第一批。肯定是接到通知后第一时间出发的。"

宋采文点了点头，他们的确是接到通知连具体情况都没了解就出发了，说起来这个时飞扬除了补助之外啥都没有问，出奇地有效率。

这时候，时空房间的红灯又亮起了起来，时飞扬对宁铃说："告诉我谭耀出事的地方，我自己去。你继续接待后面的援军。"

"我知道你熟悉洛阳，谭耀出事的地方在洛阳古桥。你自己去吧。"宁铃想了想停下了脚步，任由时飞扬自己离开这里。

沿着出口离开时空隧道，宋采文发现这是一幢介于未来与现代之间的建筑。尽管看那些摆设和设备的样子，依稀能够分辨出它们的用处，但又仿佛那些似是而非的地方才是它们真正的功用所在。比如说立于角落的那些大圆柱子，上面的花纹明显不只是装饰，而是一种可怕的防卫系统。而浮在办公桌上的水晶球，更提示着人们这里也是魔法师的势力范围。

让宋采文不明白的只是，这偌大的办公室里没有人在办公，看布置这里完全应该有两百人的规模才对。敲了敲自己的头，她苦笑了下，时飞扬不给她介绍，她甚至连从何问起都不知道。难道真的是自己能力不足吗？

两人来到大楼外，宋采文皱眉说："谭耀是时间委员会在这里的分会长吧？他们关系不好吗？似乎宁铃心情不错。"她终于选择问出一个问题。

"他们是夫妻。我认识他们很多年了。"时飞扬低声说，正午的阳光分外刺眼，他抬手一按镜框，平光眼镜变成墨镜，"宁铃平时脾气不是很好，她现在对你做笑脸，并不是心情好，而是心情低落到了极点。这几年她的身子很虚弱，以前拥有的能力早已不在。而谭耀是她唯一的支柱，谭耀死了，这打击对她来说根本无法承受。"

"洛阳桥是哪里？在我们那个时空好像没有这个地方。"宋采文只能再次转移话题，她发现时飞扬其实在伤感，只是那种淡淡的感觉并不明显，老朋友出事也只能是这种程度吗？他难道是一个无情人？

"是洛水上的一座风景桥，这个洛阳和我们生活的那个地理差别不大。但这里的洛河更漂亮，我们去了你就知道。"时飞扬淡淡地道。他从口袋内掏出一个鸽蛋大的胶囊朝地下一扔，轰的一声，一部黑色的跑车出现在马路上。

"天！这又是哪个时空的科技？"宋采文惊叹道。

"银河时代的科技。你以后会习惯的。"时飞扬自然地坐到了后排的位置，"你开车。有GPS。"

"我和你们一起去。"宋采文还没拉开车门，就听一旁有人道。

那是一个看似文弱的大男孩，十四五岁的样子，俊朗中带着稚气，说话的时候那双原本神采奕奕的眼睛带着浓重的忧郁。

宋采文询问地望向时飞扬。车内的时飞扬面无表情，摇头道："景略，你母亲不会希望你跟着我的。"

被他叫做景略的男孩并没有回答，只是一动不动地望着时飞扬。

"开车。"时飞扬并不多说，直接对宋采文下令。

宋采文犹豫了一下，将车子开动起来。她从后视镜望着那一动不动的男孩，小心翼翼地问："谁的孩子？"

"宁铃和谭耀的养子。"时飞扬望着车窗外，缓缓地道，"他叫王猛，景略是他的字。"

"什么？"刚刚开出没多远的跑车一下子停下，宋采文惊叫一声，扭头道，"你说的是哪个王猛？"

"当然不是我们那个时空的王猛，不是那个苻坚身边的一代名臣。他来自第十三时空。"时飞扬停顿了一下，笑道，"继续开车。"

王猛看着那绝尘而去的汽车，黑白分明的眼眸忽然闪烁起了猩红的色彩，那是一种冰雪般的寒意。体内有一个声音道："我说了，他们都不会理你。要给谭耀报仇要靠我们自己！"

"但是……时大叔是所有的世界中，最了解我的人。"另一个稚气的声音反驳道。

"是吗？没有人会真正地了解我们。你果然是长不大。"冰冷的声音道。

"七年前，我在第十三时空游历。当时的时间如果在我们那个空间应该是在南北朝，但十三时空不存在南北朝。第十三时空，汉末群雄逐鹿的时候，郭嘉未曾早死，曹操拿下了赤壁之战，在有生之年统一了中国，因此他可以顺利地安排身后事。郭嘉、贾诩和荀彧主持政务，司马氏没能抬头，因此晋朝没有出现。夏侯氏作为最强的外戚倒是一度变得很危险，但强大的魏帝国还是持续了近两百年。原本南北朝时期的大批人才为魏帝国服务，但也有不少在民间未曾出现在天下人的视野中，比如很多鲜卑人和匈奴人的豪杰都没有出现。"

"历史是这样的。一起一落之间，有人会站在天下的顶端，更多的人一辈子只能碌碌无为。"宋采文思索道，"我想虽然很多南北朝时期的名人没有出现在第十三时空，在那里也肯定有很多别的时空没有的了不起的人物出现。"

"说来奇怪，这个王猛出生的地方没错，但出生的日子，比我们所了解的相差了三十多年。魏帝国虽然即将解体，但你知道时空的节奏已经和我们第七时空完全不同。我并不认为七岁大的他一定能独立地活下来，所以决定将他带走。我一个人到处流浪，当时带着他连续遭遇数场激战，才意识到带着个孩子未必能给他合适的生活。当时正好来到这第十一时空，就提议谭耀跨时空收养他。这孩子七岁的时候就显示了不错的潜质，但我们无法把一个孩子丢在即将到来的乱世中。"时飞扬陷入了回忆，缓缓道，"也许他的命运被我们改变了，而原本该由他改变命运的人，那些人的命运也被我们这一举动改变了。不过很多时候，我们无法做到面面俱到。因为我们在各个时空流浪，本身就是一种特别的存在。我们即便什么都不做，单是我们的存在就破坏了该时空的秩序。"

"你现在后悔？"宋采文问，她从没有在时飞扬的身上感觉到过这种情绪。

"停车，我们到洛桥了。"时飞扬没有回答，只是把视线投向窗外。走遍各个时空之后，他心中再也没有了最初的掌控感，取而代之的是强烈的宿命。各个时空都是一样的，无论你能预见什么，无论你想改变什么，结局永远都是出乎意料。个人永远都是渺小的，只是我们却不能不去争。抗争本身是否就是一种宿命？

　　洛阳城，雄踞黄河南岸，北靠太行，南有洛水。在冷兵器时代，它东面有虎牢关，西面则是通往长安的咽喉函谷关，为天下交通要冲，所谓居中原而应四方。建于这个位置的城市，即便不叫洛阳，也定然能昭示着中原天下的起落，无论在哪个时空，这里的城市都是中华文明的中心。

　　而贯穿过洛阳城的洛水，也是漫长的历史长河中一道美丽的风景。第十一时空的洛阳城，文明度略高于时飞扬他们来的地方，但洛阳老城区则保持着更多的旧观，尤其是洛水上的那座石桥，只怕已经有近千年的历史。

　　洛阳古桥下洛水在静静地流淌，方圆两公里已经被警方封锁。跨过封锁栏，迎面走来的是林苏雨和另两个男子。

　　"这里的时空断层在哪里？谭耀是怎么死的？这里现在情况怎么样？"时飞扬发出一连串的疑问。

　　"总部把传送门做到了这里，所以我们比你快。这里方圆两公里内有两个时空断层，一个在水里，一个在距离这里不远的停车场。给你介绍下，这是方虹，这是林克·杜兰，分别来自第九时空和第八时空。"林苏雨的回答也是语速飞快。

　　时飞扬朝方虹和林克·杜兰点了点头，显然他们早就认识。他给对方介绍了宋采文，然后问道："这里是两个，洛阳城目前一共发现了几个时空断层？"

　　方虹道："仍旧是三个没变，另一个距离这里五公里，是在一幢购物中心里面。"

　　"这么如果把时空断层看成时间漩涡，那么也许整个洛阳老城区，就是一个时间痕。"时飞扬沉声道。

　　"那么大的时间痕？从来不曾有过！"林克·杜兰不以为然。

　　"我也宁愿它们只是独立的时空断层。"林苏雨扫视四周，笑道，"但是飞扬先生分析得不错，用他的视角来看，这里仿佛真的是一个大的时间痕。时空断层像漩涡一样不停地出现。"

"但是时间痕是无法被消灭的。"方虹苦笑道，"若是真如你们的分析，这里的问题又该怎么解决？"

"一个一个解决。"时飞扬目光在众人身上扫过，"我们先去谭耀出事的地方。"

林苏雨耸耸肩，当先带路，所有人都紧跟她的脚步。宋采文悄悄从各个角度观察那个美丽的机器人，怎么看都是个美女，飘逸的头发色泽柔和，靓丽的容颜，润泽的肌肤，哪里有半点机器的样子？

"今天、昨天晚上这里接到报案，说洛河上发生连环交通事故，三艘船接连碰撞。这里通常不可能发生交通事故，通常船都隔着几十米远。这里的能见度向来很高。我们的值班人员测试出这里的磁场有问题，所以谭耀过来做例行检查。"林苏雨看了宋采文一眼，补充道："原则上，时空门打开，或者时空断层出现的地方，周围的磁场波段会出现异常变化。我们时间委员会有相关的预警系统。"

宋采文笑道："不用专门为我解释，我研究过你们的《时间概论》了。"

林苏雨点了点头，道："我只是觉得飞扬先生平时一定不会给你解释这些。"

"然后呢？"时飞扬显然不希望别人过多地讨论他。

"谭耀带来的五人小组全灭。尸体支离破碎地被冲到岸边，看上去像是被巨型猛兽撕碎，另外好像还有点电击的焦痕。"说话的时候，林苏雨已带着众人走上了洛阳古桥。

"但这不合理。"时飞扬摇头否定道。

"哪里不合理？"林克·杜兰问。

"谭耀是异能者，普通猛兽对他来说根本不是问题。"时飞扬眯着眼睛，望着桥下平静的河水，缓缓地道，"我们必须下去看看。"

"你们不能没目的性地下去。"宋采文阻拦道，"这里的水虽然不深，但下面有什么我们并不知道。"

方虹扬眉道："我们不下去，难道美女你下去？"

"就是我。"宋采文用目光征询了一下时飞扬的意见，时飞扬颔首同意。

宋采文走下古桥，从路边的树上折下两片树叶，如飞镖一样的将叶片掷向水面，接着一身白衣的她如白蝶一般舞空而起，平稳地落在水面上那两片叶子上。悠悠流淌的洛河上泛起了阵阵涟漪。

"飞扬，为啥你身边的人身手总是那么好？"方虹啧啧称赞。

"因为我挑剔，不好的人不要。"时飞扬淡淡道。

林克·杜兰抱着胳臂说："但是她就算是站在水上又能怎么样？"

"宋家姑娘可是真正的异能者，她会的决不仅仅是武功而已。"时飞扬笑了笑，一副了然于胸的样子。

林苏雨缓缓道："宋采文小姐的能力，是语言。"

就见水面上的宋采文平稳地滑行着，水面被她荡起一阵阵不一样的水圈，不多时水面开始泛起水泡。各式各样的鱼在水面上跳来跳去，宋采文的手放入水中，作着各种各样的动作，水波也随着她泛起不同的水纹。

"她是靠动作和鱼交流吗？"林克·杜兰吃惊道。

"不仅仅是动作，她还能模拟出声波，否则还不能称作异能者。"林苏雨介绍道。

时飞扬看了她一眼，说："你知道的真不少。"

林苏雨微笑道："我是机器人，看过的资料不会忘记。比如说方虹有动物系的飞鸟能力，林克则有强化系的钢刃能力。包括你们的喜好性格在内，每个人的资料都存在我的记忆库中。"她要这么说，其他三个男子只能一起苦笑。

这时候，宋采文一个翻身，从水面跃回岸上。脚踩在洛阳古桥头上，他高声道："鱼群说那是一条怪物，从来不曾在这里出现过。很大，足有……"她比画了一下，"接近二十米长的怪物。"

"时空断层在哪里，它们有没有说？"时飞扬看着沉入水底的鱼群问。

"随着河水在移动，已经距离原先所在的位置的两公里。"宋采文回答。

"这不是好消息。封锁线要扩大两公里。"林苏雨敲着自己的脑袋说。

时飞扬道："你调动警力和设备，我们先去，看看能不能先找到那怪物。"说着带领宋采文、林克和方虹沿着河道飞奔而下。

林苏雨举手招呼周围的警力，大声道："把封锁线扩大，将时空恢复器准备好！"

"时空恢复器不能两台同时使用，你要小心运作。"时飞扬在远处喊道。

林苏雨笑道："我当然知道。"

宋采文一人在前，时飞扬在中间，林克和方虹分居左右一路向前，宋采文不时停下询问河边的小鸟或者昆虫，不知不觉间跑了近三公里的路。

忽然，宋采文和时飞扬同时停下了脚步。前面的河段，水中央有一个奇怪的漩涡，无论是顺流还是逆流的河水都在向那个漩涡聚集。

"方虹兄，我要个上面的视角。"时飞扬低声道。

方虹点了点头，足尖点地连跨三步，猛地凌空而起，人在空中一个盘旋化作一只灰色的雄鹰。他在空中大声道："水流很急！这个时空断层应该就在水面下三米左右，河水正流入时空断层的另一端。"他一面说着，一面贴近水面观察鱼群和水波起伏。

突然巨大的水浪翻开，一张獠牙凌乱的血盆大口直扑方虹的脑袋。老鹰一抖翅膀，迅速向上飙升，而那庞大的鱼型生物的半截身体露出水面，一击不中迅速沉入水中，但那露出的半截身体就足有十米左右。

方虹面色苍白地恢复人形，回到了其他人身边，皱眉道："我居然没看清那怪物到底是什么！你们距离远有没有看清楚？"

"怪鱼，没鲨鱼漂亮，但比较接近。"林克·杜兰道。

"这算是进化版鲨鱼还是退化版？"方虹问道。

宋采文道："但这东西的确很难对付，尤其是它隐藏在水里的时候，如果突然袭击任谁都措手不及。也许谭耀先生就是这么……"

"不会的！"宋采文还没说完，就被人打断。不远处宁铃走了过来，她身后还跟着几个人，其中之一戴着白色的礼帽，眉目细长，皮肤苍白，赫然是慕容流浪。

宁铃抗声道："那怪物再厉害也不过是野兽，不过是条鱼！那种东西是杀不死谭耀的！"

方虹冷笑道："但谭耀和他身边的那些弟兄的确死于猛兽的利爪。"

"利爪？"慕容流浪眉毛挑了挑，冷冷地插了一句。

宁铃冷笑道："刚才那鱼有爪子吗？"

这么一问，所有人都愣了下，鱼……应该是没有爪子的吧？

"下去看看，在这里争论没有用。我、慕容、林克三个下去。如果那怪物冒出水面，空中由方虹负责，水面有屠大、屠二负责。"时飞扬用命令的口吻对众人道。他说的屠大、屠二是跟着宁铃来的一对兄弟。

宋采文一扬眉，显然不想离开时飞扬，但所有人都没有意见，她作为时飞扬的助手怎能随便抗命。

时飞扬从她的身边走过道："帮我看好宁铃。"随手摘下眼镜，交在了宋采文的手中。

宋采文点了点头，想要说些什么，却只是张了张嘴。看着周围人的表情，她只觉得似乎所有人都比自己了解时飞扬，在这里仿佛只有她是局外人。

时飞扬、慕容流浪和林克·杜兰三个人走到洛河边。

"OK，流氓先生先开始！"时飞扬嘴角挂起淡淡的微笑。

"谭耀死了你很开心吗？"慕容流浪的脚下清风卷起，人升到半空。

"得了吧，慕容兄。飞扬那混蛋现在只是有点兴奋，他只要开始打架了就会这德性。"林克冷笑道。

"对我们这种人而言，死了未尝不是解脱。痛苦的是活着的亲人。"时飞扬微微一顿，寒声道，"但是不管是什么杀了他，都要付出代价。"

慕容流浪不再多言，左手高举向天，而后迎风一挥，河道一下子向两旁分开，在水下三米的地方，一个碧绿晶莹如同翡翠的时空门出现在三人视野中。

宁铃的声音在联络器中响起："飞扬，你们有两个小时。林指挥调动的时间恢复器得出结论，这个时间断层两个小时后会出现不稳定，那时候她必须下令修复时空断层，否则整条洛河都会受到空间裂痕的影响。"

"了解。"时飞扬回复道，他眯着眼睛看着那时空门道，"话说回来，说到打架，你们两个难道就不兴奋？"他一面说着，一面迈步向前。突然被风刀劈开的这条水路中，起了一道裂痕，水墙中那十多米长的怪鱼再次冒出头来。

时飞扬的步伐丝毫不变，仿佛没有看到那怪鱼一样，而那怪鱼显然被突然分开的河水刺激，近乎疯狂地冲向时飞扬。

此时，林克·杜兰突然出现在怪物的身前。那怪鱼毫不客气地一口将其吞下。但林克稳稳地站在那怪物的嘴里，头顶、脸上、身上、手脚、肩头突然生出无数把利刃，每段利刃都有一米多长，那怪物嘴巴合上的时候，就被那些利刃刺穿！

林克·杜兰冷笑道："可不要乱吃东西。"他身上长出的利刃突然变长到两三米，怪物的脑袋直接被利刃穿透。林克·杜兰身形转动，人如陀螺一样转动起来，带动起身上的刀锋就好像一架绞肉机一样。

那怪鱼瞬间被屠成了鱼片！林克·杜兰一身血腥地站在怪鱼的尸体上，利刃重新收回体内，低声道："这东西杀不了谭耀。"

"我们早就知道。"时飞扬这时已走到了那碧绿的时空门前面，他对另二人道，"我过去五分钟后，你们开始穿越。"

"好。"林克和慕容流浪一齐答应。

时飞扬跨前一步，走入了时空门。

远处河岸边的林苏雨轻轻地握住宋采文的手，低声道："不要担心，那三个家伙从前合作过，配合很默契。他们和死去的谭耀都是第一流的好手。"

"他们都是好朋友吗？"宋采文在心里问，她看了眼一旁的宁铃，那个外表刚强的女子，眼神明显有些迷离，显然不在状态。宋采文悄悄朝宁铃靠近一步，又不由得想到："如果是老朋友，为何出了那么大的事情，时飞扬都没有停下脚步，认真地安慰她一下？"

时飞扬走过时空门的一瞬，眼中金芒闪动，周围的一切就静止下来。时间不再流动，所有的事物在这一瞬间全都不再运行，除了他自己。

这一端的时空是一片并不宽广的蓝色水域，水岸和河流重叠，仿佛是沼泽，但水又出奇地清澈。由于一切静止，时飞扬连衣服都没有湿就站到岸上。从这一端看，时空门在这里一半没于水中，一半露在外面，洛河的水不停地从那一头流过来。

那条怪鱼该就是从这边的水域过去的，那么这里是不是还有同类？时飞扬从口袋里拿出一个圆筒一抖，赫然是一张银色的喷气滑板出现在手中。滑板平稳地停在空中，他熟练地跳了上去，又快又稳地从这陌生的水域上滑过。

向前滑行了几百米，河道忽然变宽，前方是一个巨大的水潭。那巨大的水潭弥漫着浓厚的雾气，数十条怪鱼在水中浮沉着，最大的长达三四十米，最小的也有八九米。

"先前过线的那条不会只是幼崽吧？"时飞扬猛地停住滑板，深深地吸了口气道。他正慢慢绕着那水潭滑行，耳边联络器中传来林克和慕容登陆的声音，时飞扬低声道："时空门正前方三百米，水潭。"

忽然天空中响起一声昂扬的吼叫声，就见一只翼展达到三十米的猛禽呼啸而来，时飞扬被那怪鸟带起的气流一下子掀翻入水中。但那猛禽的目标并不是他，而是在水面一个起落就又高飞而去，爪子里赫然抓着一条十多米长的怪鱼。水潭中的那些怪鱼一起仰天咆哮起来！

时飞扬从水中冒出，抹去脸上的水珠，刚想伸手抓住滑板，却看到不远处一条二十米长的怪鱼正盯着他，那血盆大口中不停地有唾液滴下。他抬手看看手腕上的诸葛弩，苦笑了下，这把家伙用来打那怪物是不是有点浪费？

但那怪鱼显然闻到了美味的味道，哗啦哗啦地破水朝时飞扬冲来！时飞扬叹了口气，朝那怪鱼举起了诸葛弩。

噗！血光爆起，那怪鱼还在冲刺，头却已被劈成了两半。鲜血喷了时飞扬一身，时飞扬抬头看了看半空中的慕容流浪，没好气道："我宁愿浪费一支黄金弩，也不想弄得全身是血。你为啥不早点出手？"说着从水中驾着喷气滑板飞到空中，停在慕容流浪身边。

慕容流浪不理他的抱怨，而林克·杜兰则傻愣愣地看着水潭里的怪物，皱眉道："这绝对不是鲨鱼，也不是什么进化版。我想据我所知，这些东西在时间委员会的空间资料里面还没有记载。"

"时间委员会没有记载的东西多了去了。"时飞扬没好气道，"不过这里还没看到可能杀死谭耀的东西。进到这里之后，我觉得我们之前的推测有方向性错误。我们在第一时间看到了怪鱼，就把怀疑方向定在怪鱼或者怪兽上。却没有想明白，谭耀是火系的魔法师，而且是暴力火法，这些畜生虽然强悍，但谭耀的能力足以抵抗飞龙。"时飞扬低声分析着。

"有理。"慕容流浪也点头道。

"其实最简单的办法是你尝试回到洛阳古桥清晨的时间点，去看一眼到底发生了什么。"林克·杜兰一只手搭在时飞扬肩头，一只手拉着慕容流浪的胳臂，摇摇晃晃地站在半空道。

"我说过了，目前洛阳古桥方圆五公里的地方至少有三个时空断层。这块地方相当于一个大的时空痕，磁场不稳定，时间漩涡到处都是。"时飞扬思索道，"我无法找到几小时前的精确时间点。而我们这里的问题又很紧迫，必须把这三个已见的时间断层搞清楚。所以你说的最简单的办法，目前并不可行。但我们一定会搞清楚到底发生了什么。"

林克·杜兰撇了撇嘴，忽然指着水潭大叫一声，原来先前那巨翼大鸟居然不知足地又来抓鱼，而那些怪鱼同仇敌忾，竟然分别占领了有利位置，对大鸟进行了伏击。那大鸟俯冲的时候一击不中，竟然被一条三十米长的怪鱼跃空撞到，生生被击落入水中，然后十多条怪鱼一拥而上，那大鸟瞬间就被撕碎。

"所谓双拳难敌四手啊。"林克·杜兰感叹道。

他们三人从空中回到陆地，林克开始测量地质，采集泥土样本和植物样本。慕容流浪和时飞扬站在高坡上，远远地看着水潭里的怪鱼，林克的工作他们一点兴趣都没有。

"我看到了那个你一直提的小王猛了。"慕容流浪道，"好像古人优秀的基因并没有让他有何了不起。"

"你也这么觉得？我一直担心这个。"时飞扬苦笑道，"那孩子一定可以成为优秀的人，但是他如果只是生活在普通温暖的家庭中，就无法如那个古人王猛一样优秀。也许英雄都要在磨难中才能成长吧。"

"我的传真你收到了吧？"沉默了片刻，慕容流浪忽然道。

"收到了。"时飞扬笑了笑，"尽管你不愿意说离开第六十二时空的具体理由，但你愿意来我这里，还是让我很高兴。"

"但是呢？"慕容流浪耸耸肩，"你可以继续说，因为你并没有第一时间回复我的传真。"

"所有的时空都是一样的。"时飞扬看着远方道，"人都是被未知的力量推着走，没有自主的权利，就像月亮围绕着地球转动，地球围绕着太阳转动。我们在这些时空中，也无法掌握自己的命运。是不是？"

慕容流浪笑了，他细长的眼睛里尽是笑意，时飞扬刚才的话，是很多年前自己对他说的。时飞扬当时并没有去反驳自己，而是回答他说："可是我们不能不去争。去争了才能看见自我。"

慕容流浪低声道："谢谢你。"

"我现在刚刚让宋采文来帮我，加上你之后，不仅仅时光侦探社的规模会变得更大。你和我的联手在时空这个领域也会变得引人注目。你当然知道树大招风会带来什么。时间委员会总部看到我们两个联手，一定会盯着我们。从前我就说过，总有一天我们会和他们作战。他们的野心一直都给我们不好的感觉。和他们的斗争，这也是我们早就估计到的。"时飞扬缓缓地道。

慕容流浪坐到一块岩石上，向来淡漠的脸上露出难以诉说的疲倦，"时间委员会的势力已经遍布六十多个时空，最近的很多举措更是肆无忌惮。他们在我那个第六十二时空设立了三个分支，为了自己的利益不断地改变历史进程。尽管很多事情看似在能够接受的范围内，但更多的行动我不会知道。而且我也感觉到了他们越来越深的敌意。我想离开也许也是一种选择。"他的眼睛藏在帽檐儿的阴影中，再没有先前刀锋般的犀利。

"我认识谭耀八年，他今天死了。我认识你也已经有六年，是不是？"时飞扬拍了拍慕容流浪的肩膀，沉声道，"我的朋友本就不多，我当然欢迎你来时光。再大的困难我们一起扛，不然要兄弟做什么？"

慕容流浪笑了笑道："六年了。真是让人怀念的日子啊。"

"谭耀如果还活着就好了。"时飞扬感叹道。

"我看你根本就没有安慰宁铃。"慕容流浪没好气。

"你要我怎么安慰?"时飞扬反问。

"也是,当年是你自己推她到谭耀身边的。也因为这个你很少来这个时空,跟谭耀他们的关系也自然就疏远了。"慕容流浪缓缓地道。

时飞扬苦笑道:"人是需要交往的,用语言用眼神来交流,用各种沟通来保持关系。君子之交只是古书上的理想罢了。你难道没有这种问题?"

"很多年前的事情了,不提了吧。"慕容流浪也只能苦笑,虽然平时面对生活的态度不同,但他和时飞扬却也算是知己。

"谁叫你是时飞扬?时飞扬就是一辈子命犯桃花!"远处的林克忽然接了这么一句。时飞扬和慕容流浪只能一起摇头。

"土壤和水质报告说这里是十一时空地球历五千年左右的情况。"林克继续高声道。

"那算什么时代?"时飞扬皱眉。

"总之是同一根时间线上的时空,别的不用多管。"慕容流浪道。

就在这时,大地忽然震动起来。

水潭里的怪鱼纷纷潜入水底,时飞扬抬头看天,就见黑压压的一片怪云漫天而来。慕容流浪皱眉道:"不是云,是鸟!是先前那种巨鸟,而且是一群!"

"林克快跑!"时飞扬大叫,林克·杜兰飞快地收拾装备仪器,但天空中的巨鸟群已经到了!

那些翼展超过三十米的大鸟,居然满天都是!这到底是什么世界?!大多数的巨鸟都飞至水潭,巨大的羽翼掀起的飓风,将水波高高地卷起,那些怪鱼刚刚露出水面,就被它们一下卷走!

其中一只巨鸟半路看到了林克·杜兰,呼啸着就俯冲而下。林克一抬手,手臂变成刀锋正拦在鸟爪上,那巨鸟鸣叫一声,重新飞回天空。而林克受到大力的冲击,在地上连滚了十多个跟头。但他还没站起,那巨鸟就再次凌空而下,巨大的羽翼带起的大风压迫得林克头都抬不起来。

哗啦一声,那大鸟的脑袋被慕容流浪一记风刀劈下,而林克睁开眼睛的时候,他正被时飞扬背负着,在河岸边高速飞奔!他回头看半空中给他们护航的慕容流浪,那家伙一个人在空中来回飞舞,带起的旋风把那些巨鸟吹得东飘西荡,居然连续击落了六七只巨鸟。但也正因为这样,鸟群的注意力也被吸引了过来，那些扁毛畜生报复心极重，一下子全部掉头离开水潭，朝慕容流浪和时飞扬他们飞来。

"别打了！还差一百米，全速回时空门！快！快！快！"时飞扬冲着慕容流浪大吼。

慕容流浪怒道："该死的！是鸟飞得快，还是人？"

"他们进去多久了？"宁铃来回在洛河边走着，突然停下脚步问。

"一小时零七分十二秒。"林苏雨精确地回答。

"我以为已经两个小时了。"宁铃苦笑道，"前面接到消息，这里三公里的地方，早上发现了古代武士穿着的人。看来附近的公路也要封锁，我们面对的不仅仅是异世界的猛兽。事情越来越复杂了。"

"不要太过担心，至少大部分的事情已经在我们的掌控中。时空断层并没有进一步增加，目前为止依然只有三个。两公里外的那个时空门已经找到，是在公路附近。我已经派了特警封锁现场。而最初发现的那个时空门所在的商场也早已经关闭，任何人不得踏入商场半步。"林苏雨平静地道，"等那三个家伙出来，我们就能一个个把时空断层消除。所有事情都能恢复正常。"

宋采文开始明白为何林苏雨可以做时间委员会的调度主管，只有机器人才能丝毫不带个人感情地去分析事情，然后作出最客观的判断。当所有人都在考虑是什么杀了谭耀的时候，对林苏雨而言，这却并不是第一要事。

这时，盘旋在天上的方虹忽然说："你们说的古代武士是什么样子？东南方有一个白衣白甲的家伙，腰间带刀正在向这里靠近，他的身后似乎还跟着警察。"

"屠大、屠二去解决警察。宋采文去拿下那个古代人！"林苏雨快速下令。另三个人毫不犹豫地就去执行，水边上只剩下宁铃和林苏雨。

　　宋采文和那白衣甲士在河岸边高速追逐，两个人同时越跑越烦躁，因为他们都没想到对方的速度会如此之快。两个人你追我赶地转眼就出了三里地。

　　白衣甲士深吸口气忽然停下脚步，手按刀柄转身面对宋采文，一脸的杀气道：“汝为何要追某家？”

　　宋采文看着面前这个只有古装电影中才会有的人物，笑了笑道：“问你三个问题，若老实回答，我放你走。”

　　“问。”白衣甲士道，看清楚对方是个美丽女子让他略微放松了点。

　　“你的名字。你的大将军是谁？你这次作战的目的为何？”宋采文上前一步问道。而远处屠大、屠二将警察阻拦后，也在向这里靠近。

　　“某家姓蒙名旗。车骑大将军麾下伍长。大军任务护送元颢回洛阳登基，任务已达成。魏大军反击，我七千甲士正枕戈待旦。”蒙旗高声道。

　　“车骑大将军，护送元颢回洛阳登基……七千甲士……”宋采文秀眉微皱，惊道，“阁下是陈庆之的部下？”

　　“蒙旗不敢提大将军名讳。”蒙旗略作思考，低声说，“某家亦有问题要问阁下。”

　　“问吧。”宋采文上下打量着蒙旗，那一身白衣袍甲就是传说中白袍队的服饰吗？所谓“名师大将莫自牢，千兵万马避白袍”，对面的古人居然是那个传奇的一部分。

　　“这里是哪里？我看到了洛河，但似乎又不是？这里到底是哪里？你们是谁？”蒙旗浓眉紧锁地问道。

　　“我可以给你解释这些问题，但或许你很难相信。”宋采文低声道。

　　“你说。”蒙旗已经注意到后方屠大、屠二的存在，嘴角挂起了冷笑。

　　“简单地说，这里就是洛阳，但这里是一千五百年后的洛阳。”宋采文苦笑道。

　　“荒谬！”蒙旗扬眉斥道。

　　就在此时屠大、屠二从他背后扑来，那两个人中屠大旋动身子，两腿如风车般扫向蒙旗的后背，屠二则是直线一拳猛打蒙旗的后脑海。锵！蒙旗出刀，排山倒海的刀风呼啸而起，屠大吓得猛地向后退，踢出的腿全部端在一旁的大树上。但屠二就没那么好运了，鲜血飞溅，他的整条右臂都被削下。

"都住手!"宋采文大声说,"蒙旗,你必须跟我走。我可以送你回你来的地方。屠大照顾好你的兄弟!"屠大、屠二的身手绝对没有问题,但两人同时动手居然被对方一刀击破。这蒙旗简直厉害得离谱,他不过是白袍军的一个伍长而已。

蒙旗冷冷地看了眼断臂的屠二,转而面对宋采文傲然道:"跟你去可以,但不要再做这种尝试。"

就在这时候,洛阳古桥那里发出一声巨响,宋采文勃然变色,转身飞奔说:"蒙旗,我有很重要的事情。你跟我来!"说着高速朝古桥方向跑去。

时飞扬、林克·杜兰、慕容流浪三人从时空门中挣扎而出,紧随他们出来的还有那大得超出常规的鸟群。一直在半空监视时空门的方虹,被那巨大的飞鸟带起狂飙般的飓风卷出去老远,而岸边的宁铃更被其中一只大鸟的羽翼扫到,直直地飞出去了十多米。

"妈妈!"藏匿在附近的王猛从草丛中冲出,重重一拳将那巨鸟的脑袋击碎。

"林苏雨! 启动时空恢复器!"时飞扬高声道。

林苏雨毫不迟疑地按动按钮,整个洛阳古桥地区都晃了晃,洛河的水一下子沸腾起来。二十多只大鸟飞出了时空门,而有些飞到一半的,因为时空门的关闭而被切成了两半。但那二十多只翼展可达到三十多米的大鸟,让天空都变得暗了下来。

"全部杀了!"慕容流浪大喝道。

"把我扔上去!"林克·杜兰大叫。

林苏雨一个箭步上前,举起林克,娇小的她惊世骇俗地把林克高高抛到空中。林克人在半空身体内生出几十把钢刃,人像飞碟一样在空中舞动,那些妄图靠近他的大鸟,都被生生切开。其余大鸟四散飞逃,而林克·杜兰也开始下落。

忽然慕容流浪在半空托了他一把,林克再次飞向鸟群。慕容流浪和他一个用刀锋,一个用风刃,把那些巨大的猛禽像鸽子一样切开,不多时满河道都是那些巨鸟的尸体。

宋采文他们飞奔回来的时候，正好看到惊魂初定的众人，以及正抱着宁铃的王猛。

"她没事吧?"宋采文怯生生地问时飞扬。

时飞扬冷冷道："她原本只有半条命，现在只怕半条都没了。你说她有事没事?"

"对不起。我没有守在她边上，我去……"宋采文说到一半，被时飞扬抬手打断。

"不需要对不起。"时飞扬面容冷漠地道，"但不要有第二次。"

"时飞扬，是我让宋姑娘去追那个古代人的，其他人跟不上古代人的速度。"林苏雨拉住宋采文的手道。

"我的人不听我的，却听你的。你很行。"时飞扬语气淡得让人直冒寒气。

"林指挥别说了……"宋采文心中气苦，几分钟之前带来蒙旗的她还以为自己立了大功，现在反而似乎只有她一个罪人。

时飞扬的目光落在了蒙旗的身上，扬眉道："陈子云的人?"

蒙旗点了点头，时飞扬的目光让他感觉到空前的压力，手不自觉地又朝刀柄握去，但他握了个空，腰间的佩刀居然不见了。他再抬头就见自己的刀在时飞扬的掌中，不由得大骇。

时飞扬把刀抛还给蒙旗，沉声道："我不想要你的刀。只是提醒你一下，别轻易拔刀。否则回不了你的大军中。"

"汝能让某家回去?"蒙旗惊喜道。

时飞扬道："只要你带我去你最初踏足这里的位置。"

蒙旗重重地点了点头，道："好!"

一旁的王猛大声道："飞扬叔，我要和你们一起去!"

时飞扬深深地看了宁铃一眼，低声道："好。"于是除了屠大留下照顾屠二和宁铃，其余几个人一起跟着蒙旗走。

宋采文跟在众人后面，走了没几步她忽然发现，慕容流浪的步履发生了微妙的变化。之前慕容流浪不论什么情况都是远远一个人若即若离地走，现在他却是稳稳地跟随着时飞扬的脚步。

"宋姐姐，你不要生气。我家大叔就是那个脾气。他安排好的事情，如果别人不听，他就会生气。只是一般只对自己人发火，对外人反而会克制。"王猛走在宋采文的身边，低声道。

"我不生气，的确是我不对。"宋采文撇嘴道，"我没照顾好你妈妈，是我的错。"

"不生气为啥撇嘴？"王猛低声道，"妈妈对我很重要，但我并不会因为这个怪你。我从八岁的时候就认识了飞扬叔。我认识他甚至还在认识我养父母之前。其实，如果那时候让我自己选择，我会选择跟他回第七时空，而不是到这里。他和我养父谭耀是好朋友，和我妈妈宁铃则比较尴尬。"他自顾自地说着，丝毫不在乎宋采文是否在听。但事实上，宋采文的好奇心已经被他寥寥数语勾了起来。

"当时我妈妈最初喜欢的是飞扬叔，换了我肯定也一样。飞扬叔人帅，本事大，说话风趣。哪里有女人不喜欢的？和他比起来我养父谭耀虽然也了不起，但你也看到了，在这群精英组成的人群中，飞扬大叔一直都是头领。他就是那种人，只要他真正进入某个圈子，就能注定成为领袖的人。但他对我母亲宁铃并没有感觉，更何况他知道我父亲谭耀很喜欢她。人说时飞扬的身边从来不缺美女，怎么说呢？对，他就像是老电影里面007那样的人物。"

"你们这个时空也有007电影？"宋采文诧异道。

"是呀，第十一时空和第七时空很多方面很像。据说只是在古代绕了一个大圈，有几个不同的分歧点，而后在接近现代的时候，很多历史事件又变得殊途同归。"王猛摆了摆手，"我们要说的不是这个。我说了这么多，只是给你解释，虽然飞扬大叔拒绝了我妈妈，而且这个过程闹得很尴尬，但他和我养父母是真正的好朋友。这一切我都是看到眼里的，他绝不是你认为的感情冷漠的人。时飞扬是一个浪子，他当然也希望自己能有家，但他真的不适合有家。他见了太多的生离死别，已经不再轻易表露感情。"

"你一直在开解我，难道你不为你妈妈担心？"宋采文皱眉道。

"在时空这个圈子久了，你就会明白，或许死亡可以带给你愤怒和遗憾，但它并不可怕，也不是无法接受的事情，担心更是没用。"王猛轻声道。

"你真的不像只有十四岁。"宋采文看着面前这个大男孩，调侃道。

"谁告诉你我才十四岁的?"王猛正色道,"老夫已经一千好几百岁了。"

宋采文的脑袋顿时黑线起来,啪地给了王猛一个脑瓜子,笑骂道:"小破孩!你还老夫?"

王猛忽然低声道:"我跟着你们的车子来到这里,在暗中看到了些你没看到的东西。时间委员会来到这里的好手,不止是这几个人。他们为何要隐藏实力?这也许是慕容大叔忽然开始紧跟飞扬叔的原因吧。总之,大姐你在能跟上大叔脚步之前,自己要小心了。"他稚嫩的脸庞一脸严肃。

宋采文心中一动,重新关注时飞扬和慕容流浪的背影,她微微点头道:"你飞扬叔已经感觉到了。"但她依然觉得,慕容流浪的变化,并不是单单为了这个才发生的。

伍

蒙旗带着时飞扬他们来到他最初踏足的公路,这里只有封锁之后空荡的街道,但没有时空门。

"现在那个时空门在哪里?"时飞扬问林苏雨。

林苏雨皱眉道:"距离这里一公里左右,很难想象它不在水里也会移动。为了封锁它的消息,我们动用了太多的警力,外围有很多媒体记者在等着。"

"很难想象,很难想象机器人也会觉得烦。"时飞扬微笑着从怀里拿出记事本,电子地图上显示三个已知的时空门只有购物中心的那个没发生变化,而已经消失的那个和目前他们关注的这个,移动的方向都是向购物中心靠拢。

"街道上的这个时空门,应该维持不了多久了。"方虹提醒道。

时飞扬看了眼蒙旗,笑道:"那么我们加速!"说着带头向漂浮在街道中央的时空门飞奔。但就在他们接近时空门的时候,前方忽然传来了马蹄声!

蒙旗脸色一变，高举拳头道："飞扬兄莫再前进，前方是魏兵！"

时飞扬立即停下脚步，问道："你是在前线误闯来这里的？"

蒙旗面色阴沉道："是。我是在魏兵军营误闯入此。"

时飞扬笑了笑，拍拍蒙旗肩膀道："不打紧的。"他扭头对方虹道，"方兄去看下对方有多少人？"

"不用看了，有百余骑。"蒙旗道。

方虹耸肩化作雄鹰飞出，在空中一个盘旋高声道："百骑！阵型凌乱，显然不明白自己身在何处。队伍装备精良，要处理他们很麻烦。"众人不由得对蒙旗这个陈庆之麾下的伍长刮目相看，这家伙居然只用听的就能知道敌人的情况。

时飞扬转身对众人道："我送蒙兄回军！大家先去宏岚购物中心外等我。"

慕容流浪道："我与你同去。"

时飞扬欣然道："也好，你不用过时空门，只需为我开路。"然后他走到宋采文身边耳语了几句。宋采文点了点头，朝林苏雨走去。

商议已定，时飞扬、慕容流浪和蒙旗大步向时空门外那百多骑的魏兵靠近。

尔朱荣以俊美的容颜见诸于史书，他统率的北魏军团，在整个南北朝时期绝非弱旅。但这个自己常常打出以少胜多的漂亮仗的尔朱荣，在面对南朝梁人陈庆之的白袍军时，却从未曾胜出一场。后人观看史书时常常会认为这是《梁书》的夸大其词，但千古之下陈庆之白袍军的战绩依然让人悠然神往。

慕容流浪人在半空，驾驭起一阵又一阵的飓风，而时飞扬和蒙旗都是一身白衣。那些原本就不知自己身处何处的魏兵，见到白袍皆不由得面色大变。时飞扬眼中金芒闪动，低声道："静止。"

周围的一切都停顿下来，时飞扬拉着蒙旗的衣带，从马上飞身而起，待得那些魏兵恢复意识，时飞扬和蒙旗已出现在那些骑兵的后方。

后队的骑兵方要转身追击，天上的慕容流浪手中光芒汇聚，晶莹的风元素不断地在他的掌心集中，一道又一道的风刃呼啸而下，那些不明就里的魏兵一个个人头落地，而蒙旗还未明白发生了什么，就被时飞扬拽着进入了色彩斑斓的时空门。

时飞扬和蒙旗方穿过时空门，前方迎面就来了一队巡逻的士兵，他眼中金光再起，喝道："静止！"

周围一切再次停顿，迎风招展的大旗，来回巡逻的士兵脚步，还有山坡上的杂草都一动不动。

这是一个山谷，有北魏大军驻扎在此。时飞扬绕过那巡逻的队伍，长出了一口气，才在一处僻静的地方放下蒙旗。

时飞扬将他拉起，笑道："凭你的本事，应该能够自己摸出去。我就不送你了。"

蒙旗跪倒在地，低声道："多谢恩公，以后恩公如有差遣……"他还没说完，却发现时飞扬已经踪迹不见……他悄悄再望向那穿越过来的时空门，时空门也已消失。蒙旗挠头自语道："恩公的本领好生了得。但仔细想来，和大将军的本事倒有几分相似呢。"

时飞扬回到第十一时空，那百多骑魏兵有一半被屠在时空门外。他不由得皱眉道："流氓先生，你就不能放他们一条生路？"

慕容流浪摸了下帽檐，摇头道："他们只要是后退入时空门的，我都放过不杀。但他们要朝前冲，你让我怎么办。人生本来就是进或退，生或死的单选题。"

时飞扬被他直接驳得没话说，但士兵面对危险通常都会选择冲锋，这些人的选择又哪里错了？他只能望向正拿着时空恢复器关闭时空门的宋采文，并没有开口表扬，只是冲那美丽的女子点了点头。宋采文扭转脸去不睬他，但显然嘴角还是露出了笑意，毕竟是这次行动第一次被肯定。

这时联络器内响起林苏雨的声音："时飞扬，我们已经到了宏岚购物中心。这里磁场混乱，时空能量不稳定。你们快来。"

"OK！"时飞扬关闭联络器，对慕容流浪和宋采文道："二位，摊牌的时候到了。我叫你们出手的时候，莫要犹豫。"

慕容流浪和宋采文一起重重地点了点头。

宏岚购物中心距离洛阳古桥五公里，是洛阳老城区的中心建筑。在星期天要控制住这里，想不引起关注也不可能，但时间委员会还是做到了。

众人站在大楼外，等待时飞扬布置任务，而时飞扬的安排却很简单，所有人都进入大楼，除了王猛。

此时已经是黄昏，购物中心的电路虽被切断，大楼内光线却已很充足，夕阳从九楼顶上的玻璃天窗下照耀下来，使得整个购物中心亮堂堂的。

"第三个时空门在哪里？"一直转到三楼，依然没看到时空门，林克·杜兰转了一圈终于不耐烦道。

时飞扬眯着眼睛笑道："你马上就会知道。"

他身后的慕容流浪腾空而起，一个纵身直奔楼顶，天窗被巨大的阴影遮挡，整个大楼一下子暗了下来。

"Oh my God！"林克·杜兰失声道。

黑暗的楼宇中，一块又一块如镜子般闪亮剔透的光芒闪烁起来，每一块亮点赫然是一个时空门，这里不是只有一个而是有很多！

"如果说，每一个时空门是一个时间漩涡，那么这里是真正的时空痕。这里是这次问题的核心所在。"时飞扬冷冷地望着林苏雨，"而这些是你们时间委员会做的。"

"我不知道你在说什么！"林苏雨不解地道，"我们在这里难道不是为了解决这里的问题？时飞扬先生，你的怀疑毫无道理！"

时飞扬在众人之前踱着步子，笑道："或许你只是牺牲品，但我相信真正运作这次计划的人就在现场。而这个人是你，方虹兄。或者说你不是方虹，而是另外某个人。"

方虹皱眉道："你一定是疯了！"他的话音未落，慕容流浪在半空就是一记风刃劈下。方虹向边上一让将将躲过，但风刃一道道如暴雨而下。方虹愤怒地抬手就是一道闪电挥出，怒骂道："慕容，你要造反？你现在依然还是我们时间委员会的人。"

慕容流浪不再出手，时飞扬不紧不慢地道："闪电能力。这可不是方虹的能力。时间委员会虽然人才济济，但精通易容和飞鸟术，又具备闪电能力的人，只怕不多。想来想去，只有文斯·里德先生了。是不是？你这次带了多少人，把他们都叫出来吧。要杀我时飞扬，你一个人总不够的。我想你也不会那么看得起你自己。"

文斯·里德的身形慢慢膨胀开来，变成了个褐色头发的白人男子。他笑了笑道："其实，时飞扬先生，我和你也没有仇。我长期在第一、第二、第三时空做执法者，用你们中国话来说，跟你是井水不犯河水。但时间委员会接管第十一时空的时机已经成熟，我们投入的资金和人力物力不能白白浪费。谭耀以为可以阻挡这时间的巨轮，纯粹是自取灭亡。所以我用怪兽作诱饵伏击了他！"

一旁的林苏雨开始有些不知所措，她的工作程序设定是不能攻击时间委员会成员的，但目前这个情况她又该怎么做？她到这里本来应该是处理时空危机的。

"但我和他是朋友。"时飞扬冷冷地注视着文斯·里德道。

"不错，所以我制造一个时间断层让你来到这里，我会让你死在这里，这是我们时间委员会大多数人认同的。第七时空如果没有你，对我们时间委员会而言并不是坏消息。"文斯·里德停顿了一下，继续说，"不过你猜错了一点，我的确不觉得自己一个人能对付你们那么多人。但我是来拼命的，外面虽然我带了不少人，但进来冒险的只有我一个。"他说着摁动了手中的开关，轰隆一声，整个大楼一阵震动，所有的时空门发出了噼噼啪啪的响声。

最顶端的时空门突然飞出一只翼龙，那巨大的翼龙一把抓住了慕容流浪的肩膀，从楼顶向下飞落。而文斯·里德乘机化作飞鸟撞破了楼顶的玻璃腾空飞去。宏岚购物中心暗藏的炸药炸个不停，所有时空门的磁场都被颠覆，有的时空门中冲出古代的战车，有的时空门中跑出了野象群，甚至有一个时空门出现了一大片混乱的气流。紧接着所有的时空断层因为连锁干扰形成了个时间漩涡，把所有人都吸了起来。林克·杜兰第一个被卷入漩涡，连惨叫声都没发出就消失不见，紧接着是宋采文，而时飞扬由于过于靠近时间风暴的中心无法停止时间……

慕容流浪人在半空终于腾出手来劈掉了翼龙，他驾驭起庞大的风元素，在九层楼高的商场中掀起了强大的旋风，直接把时飞扬、林苏雨和宋采文卷到了商厦的入口。时飞扬一把抓住商场的圆柱，大吼一声："一分！"终于将世界停顿下来……

宋采文、林苏雨，以及其他第十一时空时间委员会的黑衣人，都被他一个个丢了出去。但这一分钟的时间转瞬即逝，时飞扬再一次被时空痕中的黑洞卷了起来，而他已没有精力第二次停止时间。

突然，慕容流浪有力的大手抓住了他的肩膀，二人伸手拉住宋采文抛进来的长鞭，连滚带爬地冲出了宏岚购物中心。

文斯·里德冲破天窗，刚落在商厦的屋顶，却见一个十四五岁的大男孩正坐在不远的地方。"看到了你，我父亲尸体上的电击焦痕就好解释了。"少年道。

"王猛?"文斯·里德嘴角挂起冷笑，小孩子没有什么好怕的。

王猛站起身，手中握着一柄短剑，眼中猩红之色闪过，微笑道："不错。吾来取汝性命。"他的身上散发着一种肃杀之气。

文斯·里德感觉对方有些不对劲，这似乎不是之前认识的小王猛，他一抬手一道闪电朝王猛打去，但那王猛竟比闪电还快，转眼就到他的面前，剑锋稳稳地抵在了文斯·里德的喉咙上。

"景略，我或许不该杀人。""小猛子，他是杀谭耀的仇人。""可是父亲一生不曾杀一人。""所以谭耀才会死! 时飞扬就不是这样!"

"是多重人格……"文斯·里德听到王猛体内竟有两种声音在争辩，惊恐之余他悄悄地朝边上挪去，突然他看到王猛眼中露出天真而寒冷的笑意，他的腿弯上轻轻挨了一脚，向来都能控制自如的身体，忽然失去平衡从方才冲出的窗口落下。而宏岚购物中心内的时间黑洞张大了嘴巴吸收一切，这一切混乱的始作俑者，居然就这么被吸了进去。

"景略，刚才那一脚是你出的?""才不是我。亲手杀了他才是我的风格。小猛子，你以后别扯后腿。""不是你? 难道会是我自己踢的?""这很难说，说不定你骨子里也不是好人。"王猛拍了拍脑袋，从商厦顶楼缓缓地向下滑去……

街道两旁死里逃生的林苏雨开始启动时空恢复器，宏岚购物中心最终只留下一片苍白的地面。

尾声

宏岚购物中心被毁之后，由于原来第十一时空的分会长谭耀已死，时间委员会宣布派人接管该时空。而宁铃在医院中抢救了半日，最终还是因医治无效辞世。

时飞扬和王猛一起守在病床边，静静地目送宁铃离开这个世界。

弥留之际，宁铃忽然道："飞扬，你可有爱上过什么人吗？那么多年，那么多个世界，是否有人让你真正动心过？"

"有。"时飞扬苦笑道，"当然有。"

"真想看看那个人呀。能让时飞扬动心的女人，真让人嫉妒。"宁铃轻轻叹了口气，"景略，去第七时空吧。跟着你飞扬叔去见识一下真正的时空吧。"说完再无动静。

王猛王景略跪在床边泪如雨下，这个世界最后一点留恋终于离他而去了。

医院外，宋采文打量着慕容流浪和林苏雨吃惊道："你们两个真的都加入我们时光侦探社了？"

慕容流浪淡淡道："我只是去第七时空做杀手，没说做你们的侦探。顶多临时客串下，但时飞扬必须拿更多的钱出来。"

林苏雨则是一贯地平静道："委员会既然把我作为牺牲品，说明已经找好了替代者。所以我打报告说申请去第七时空，他们第一时间作了批复。其实我不是去你们侦探社，我只是去做那边时间委员会的联络员。"

宋采文却不管那么多，送给林苏雨和慕容流浪一人一个大大的拥抱，笑道："太好了！终于有新人让我欺负了！"

慕容流浪尴尬地看着刚从医院里出来，正好看到这一幕的时飞扬。

时飞扬却毫不在意，安心地坐到汽车后座，对宋采文道："开车，我们回家。"

"为什么你不自己开？为什么每次都是我开？"宋采文轻抚刘海，嘟囔道。

"因为他有心理障碍。"慕容流浪耸耸肩道，说着也坐到了汽车后座上。

"慕容先生，你那么着急地坐在后面，难道你也有心理障碍？"王猛调侃道。

"是。"慕容流浪把帽檐儿拉下，径自打起了瞌睡。

林苏雨小心翼翼地也坐到后座，缓缓道："等我熟悉你们那里之后，这些事情都可以交给我的。"

"还是小雨好！"宋采文拍拍自己心口，又拍拍林苏雨的心口，笑道，"永远都是好姐妹。"

时飞扬将车窗慢慢摇起，对乐不可支的宋采文道："采文。"

"怎么？老大。"宋采文扭头道。

"帮我照看好，王猛王景略。"时飞扬低声道。

宋采文没来由地心里一热，沉声道："一定。"

而在副驾驶位置上，一副天不怕地不怕表情的王猛正憧憬着第七时空的生活，他揉了揉哭红了的眼睛，缓缓道："飞扬叔，我七年前就想跟你走。"

时飞扬笑了笑，司马老头看到那么多人回去一定会很高兴吧，但是和时间委员会的战斗就要开始了。他忽然想到那个南北朝的蒙旗，当时忘记跟那家伙说，渡黄河的时候要小心大水，不知道会不会有问题。

邯郸名将

英雄是可以把瞬间定格为永恒，也能把永恒浓缩为瞬间的人。在漫长的中华历史中，英雄往往和伟大的战争联系在一起，尽管中华民族并不是好战的种族，但毫无疑问在五千年的历史长河里，那些带甲百万的名将，绝对是最耀眼的存在。

有时候我们会想，这些伟大的人物最初的样子是怎样的？这些古人在他们那个时代真实的样子是怎样的？在他们的形象尚未被时光打磨，在这些人还没迎接他们注定的时刻前，他们是怎样的人？

其实，这些想法很可能是多余的。我想，在他们尚未迎接那些命运的时候，名将也好，君王也好，在旁人眼中也只是普通人罢了。

把王猛和林苏雨从第十一时空带回来后，时光侦探社一下子热闹了起来。

王猛虽然有着古人的胸怀，毕竟还只有十多岁，何况第十一时空和第七时空本就差别不大，他很快就喜欢上了"时光"的一切。他和风风火火的宋采文好像姐弟俩，时不时地惹出各种麻烦。而事实上，他的到来也带给了司马靖雁很大的乐趣。从基因上说，他们都来自南北朝，几乎算是同一时代的人，这老头子终于遇到了同样对围棋和茶道感兴趣的人。

漂亮的机器人林苏雨则每天都在不停地忙碌着。她时不时地到街上转转，然后就把自己关入实验室，每过几天就从实验室中倒腾出一个新物件放到办公室里。尽管连时飞扬都不理解她在忙什么，但至少"时光"办公室里的自动化工具日新月异地变化着。更何况林苏雨在折腾各种设备的同时也不忘记打扮自己，肤色头发甚至胖瘦高矮都时不时地发生变化，时飞扬不由得大为后悔，当初去时间委员会的时候，早就该带一个机器人回来。

"实在是太管用了。"时飞扬感叹道。

"何止管用，还很养眼。"老头子司马靖雁笑眯眯地补充道。

时飞扬瞄了眼林苏雨匀称柔美的背影，露出了流氓的坏笑。

边上宋采文不轻不重地给了他一肘，低声道："有事做了，老大。"

时飞扬笑了笑，上下打量了下宋采文的身材，煞有介事地摇了摇头，才高声道："景略，说吧。什么情况？"这眼神真让宋采文有要杀了他的冲动。

"在我们这个时空，发现了接入信号。"王猛的影像从监控室传来。

"具体时间和方位？"时飞扬问。

"公元前260年。方位还在扫描。"王猛回答。

时飞扬眯着眼睛，缓缓道："一个非常壮丽的时代啊。"

宋采文带着疑问望向司马靖雁，却见林苏雨从实验室里出来道："这个时空，那一年最大的事情是长平之战。这一战放在任何时空、任何年代都是极为壮丽的一役。"

"长平？"宋采文问道，"小猛子，时间是公元前260年，那位置出来了吗？"

"出来了！邯郸。从对方的接入手法看，应该和时间委员会有关。"王猛的眼中露出思索的神采。

"战国史景略熟悉吗？"时飞扬笑问。

王猛王景略老老实实地道："这个时空不熟悉。我还刚刚开始接触。"

司马靖雁笑道："我来简单说下长平之战。"他清了清嗓子，肃然道："这场战争要从公元前262年说起，最初的时候是秦国攻打韩国，占领野王城，切断了韩国上党郡和国都的联系。"

时飞扬同时点开了一个立体地图，将上党郡孤立的样子显示了出来。

司马老头继续道："韩国不甘上党就这么交与秦人，他们几经考虑，最终想出了献出上党郡给赵国，将战火转移给赵人的策略。这一策略其实颇为高明，既转嫁了战争，又从某种程度上重新激活了原本三晋盟友间的关系。但无论这条策略有多高明，关键在于赵国要愿意接受上党郡。"

"是啊，有谁会接受一个'上当郡'呢？"宋采文坏笑道。

司马靖雁耸耸肩道："从今天的戏说角度来看，的确上党郡颇有点'上当郡'的味道。但当时赵国自恃军队强大，加之前几年曾经在阏与之战击败过秦军。赵国早有与强秦争雄天下的念头。所以赵国君臣决心接收上党。"

"从战略考虑，这一步棋没错。"王猛看着立体地图，眯着眼睛低声道。

"做人或者建国治国都不能太消极，我也同意景略的意见，赵国接收上党是对的。"司马靖雁点上了雪茄道，"于是秦国和赵国的大军就在长平一带开始交战。从最初的交锋后，赵国的大将廉颇就采取了守势，导致战斗很快陷入僵持，两方谁都不肯退让，最终把全国的兵力和资源都消耗了上去，变成了举国大战！"

"别的国家不管吗？"王猛奇道，"这难道不是合纵攻秦的机会吗？"

"秦国固然要攻，事实上赵国的强大也让其他国家恐惧，所以所有的人都乐得看他们两虎相争。"时飞扬笑了笑道。

"那场仗的细节我们就不用管了，最终这一场兵力旗鼓相当的战争，被秦国的武安君白起打成了歼灭战。四十万赵军死在长平。"司马靖雁并不想给所有人上课，很快就做了总结。

"四十万……"王猛愣愣地看着立体图上的长平，缓缓道，"但是赵国并没有马上被灭掉。这却为何？"

"那就复杂喽，一下子可说不完。"司马老头吐了个烟圈道，"总之这一战出奇的是，胜利者白起的名字却不如失败者赵括来得响亮，那个'纸上谈兵'的赵括作为战争史上的笑谈流传了几千年。失败者却变得家喻户晓，这也是历史上很罕见的事情。"

"这个时候，这个位置，时间委员会的家伙想要做啥呢？"宋采文皱着秀眉，把话题拉了回来。

时飞扬拍了拍宋采文的脑袋，笑道："我们去了就知道了。"

司马靖雁皱眉道："委员会的正常行动通常会通知我们。如果是需要隐瞒我们的，一般我们也探测不到。这次行动算什么情况？"

时飞扬手揽林苏雨的香肩，微笑道："因为我们的科技进步了。"他提高声音道："老爷子留守，其他人出发去邯郸。当然，是战国的那个。"

战国七雄中的赵国，在现代很多人的心目中并不算强国，因为从国土大小来说它并不算大，就军队数量而言也不算最多。粗粗一眼看去，楚国、齐国似乎都比它赵国要强。齐国和秦国曾经一度分别称为东帝、西帝。楚国呢？不仅很久之前就成为春秋五霸之一，到了战国的时候更是带甲百万，且地处南方远离战乱。

但赵国其实很强，在战国时期真正在军事上一度可以和强秦分庭抗礼的，就是赵武灵王变法之后的赵国。常说的战国四大名将——起翦颇牧——秦赵各占两人。如果没有长平那空前惨烈的一战，或许战国这一段在中华历史上的传奇与精彩远远大于之后的那些岁月，还要持续很久。

而邯郸，就是赵国的都城。

宋采文看着青色的邯郸城墙，低声道："公元前403年，晋国大夫韩虔、赵籍、魏斯三家自立为诸侯，偌大的晋国变成了韩国、赵国、魏国。如果没有三家分晋，之后的秦国应该不能一家独大吧？"

"历史没有如果。"林苏雨淡淡道。

"小雨说的不对，历史应该是充满了如果的。但我们到这里，就是为了消灭所有的如果。"王猛一面东张西望，一面反驳道。

时飞扬笑了笑，一个板栗敲在王猛头上，眯着眼睛道："不要进行无聊的辩论。没有意义。"

王猛一脸无辜地躲到宋采文身后。

宋采文看着一身白衣，胸有成竹的时飞扬问道："我们从何入手？这两千多年前的邯郸，居然是如此的一个大城。"

"此时的邯郸，处于这个城市最巅峰的时期，若干年后秦兵围困邯郸，赵国人死战到底。邯郸元气大伤……"林苏雨就像历史典籍一样娓娓道来。

"而后此地又经历了秦国灭赵、秦末战争、楚汉战争三次大规模的战乱，每战邯郸都是生灵涂炭。再往后中原虽几度复兴，但邯郸城终不复昔日龙虎之气。"时飞扬低声补充道，"在长平之战前的邯郸，此地应该有六十万人口。"

"有那么多？"王猛奇道。

"算是保守估计。"宋采文笑了笑，"老大，你还是没说我们应如何着手。"

"跟我来。"时飞扬笑了笑。

时飞扬带着一干人沿着长街打马而下，飞奔来到了南城的一处宅院。

台阶上的青衣老者见到时飞扬，惊喜地跑前十余步迎接，高声道："主人，你可回来了！"说着跪倒在地。

时飞扬下马扶起了老者，微笑道："张伯，最近邯郸太平吗？"

"主人你有日子没回来了。这两年邯郸本地是没大事,但我们赵国跟秦国打仗,所以作为国都的邯郸绝对不能算太平。"张伯一面将众人迎入屋内,一面介绍道。

这房子很大,前六进后六进,还有一个花园。宋采文低声问林苏雨道:"这也是时光的产业吗?"

林苏雨笑道:"这里是时先生的私人产业。时先生在各个时代,都有自己的产业。以后他哭穷千万别相信。"

宋采文点了点头,时飞扬这个坏人,平时买咖啡的钱都要她掏腰包,其实却富得流油。不对!如果他各个时代都有产业,绝对是富可敌国!敌世界!

王猛却不关心这些,他认真地观察庭院的布局以及家具陈设,忽然道:"这里常常有外人住?"

"我听主人吩咐,这里常年租给外人,但要严格挑选入住人员的身份。话说,本来今日会有一魏国的客人入住,我方才原本是在等他。今天既然主人回来了。我当然会跟他解释。"张伯认真地回答王猛。每次时飞扬都会带不同的人来,每次带来的人都身怀异能。王猛虽然看上去年少,这老爷子却也不敢怠慢。

"魏国客人。什么背景?"时飞扬居中而坐,扬眉问道。

"信陵君的门客,名叫公孙烈。只有一个人。"张伯恭敬回答。

"只有一个人?可以让他住下。如果他不介意我们这里住了其他人的话。"时飞扬浅尝了口张伯递上的茶水,微笑道,"魏无忌的人这时候来到邯郸,该不是来游山玩水的。有趣。"

"是。老奴会知会他。"张伯他忐忑地看时飞扬一眼,笑道,"主人的气色真好,两年没有消息,老奴真的很担心。"

时飞扬笑了笑道:"两年没回来,我很想念这里的赵酒。再露两手你的绝活让这些家伙尝尝。另外你晚上不要住在这里。"

张伯笑道:"是。"他知道时飞扬有事才会来邯郸,躬身退了出去。

"大叔,这老伯不能算侦探社的人吧?"王猛笑问。

"不算。但我认识他已很久,非常可靠。"时飞扬道。

"我一直有个时空问题，不知道怎么问。似乎《时间概论》上也没有提。"宋采文摸着真正的战国茶具，不舍得放手，这是绝对的古董啊！

"问呗。"时飞扬显然心情不错，流露出浅浅的坏笑，"这些东西带回去才是古董，放在这里并不值钱。"

这样一来宋采文反而不敢问了，天知道这个家伙会不会唬她。林苏雨则鼓励她道："问吧。说不定我能回答。"

"我只是想问，我们到了各个时代，在各个时代看到了不同的人。我们有时候会承诺，在他们遇到困难的时候，我们还会帮助他们。但如果我们承诺的时候他们是二十岁，而他五十岁的要找我们求助，我们是否能够帮助。理论上应该可以，因为我们可以突破时空的限制。但他们的时间过了三十年，我们这边的时间难道是不变化的？这个问题好乱，我都不知道该怎么问。"宋采文漂亮的脸蛋涨得通红。

林苏雨美丽的眼睛眨了眨，似乎她那计算机做的大脑也有点晕。作为电脑虽然能回答很多问题，但关键的是要有合适的问题才行。采文的问题相当地混乱，不过林苏雨仅仅是考虑一下，还是微笑着回答道："作为时间委员会我们是这样解决问题的。时间轴上，绝大多数时空都有各自的频率，有时候某个时空过了二十年，我们的时空只是过了两年，有时候则相反。也有他们过了两年，而我们的时空是过了二十年的情况。作为使用时间机器穿梭时空的我们，会有时差不能完成我们的承诺。时间委员会把时间差太大的时空任务，交给下一代人。但是时飞扬不会，他靠的是时空能力。他给出的承诺，他可以通自己的能力来弥补时间差，他用异能完成……"林苏雨说到这里，忽然很不淑女地敲了敲脑袋，摇头道："这样也不对，若是这样时飞扬岂不是忽略了时间，那他就不会衰老，他难道是不死的？"她茫然地望着时飞扬。

"我给出的解释是这样的。"时飞扬笑了笑，缓缓道，"虽然我的确有解决的办法，但是我给不出完美的解释。"他拿出一片银色的金属片，上面镂有"时间飞扬"四个字，他晃动着金属片道，"我在这上面作了时间线，我给出一个承诺会交出一个金属片，这个我处理过的金属片，会帮我忽略各个时空的时间差，也就是对别人来说那个承诺给出的时候是三十年前，对我来说，也许只有三年。但这个稀有金属真的非常难找到，所以我也很少给出承诺。"

"所以，对时飞扬老大来说，你给出的承诺在成本上是真正的一诺千金。"宋采文思索道。

"不错。但我这个人很善良，经常给那些古人承诺，所以我就变成了穷人。"时飞扬笑了笑。

"你穷？你善良？"宋采文俏美的脸上作出鬼才相信的表情。

林苏雨思索道："时飞扬先生的能力是委员会最感兴趣的能力之一。我的程序中，有几个在最初就被标示的名字，时飞扬就是其中之一。"她思考的时候，眼中闪烁着彩色的光芒，非常吸引人。

王猛则打开了窗子，望着外面的花园道："大叔你对邯郸很熟悉吗？尽管有了落脚点，我却想不出那么大的城市，该怎么去找寻时间委员会的人。"

林苏雨笑了笑，道："时飞扬先生，司马大人的电话。"她从肩头抽出一根天线，将一个手机交给了时飞扬。

王猛咋舌道："高科技就是高科技。跨越千年的电话……"

时飞扬瞪了他一眼，低声道："司马大人，有没有消息？"

"有。托人打听之后，了解到这次时间委员会似乎运作了G计划。"司马靖雁的声音听上去有些遥远，但是很清楚。

"G计划。"时飞扬皱起了鼻子，"具体指什么？"

"我接触的层面不是很清楚具体情况，也许漂亮机器人知道。"司马靖雁哈哈一笑，然后他好像忽然想到了什么，"对了，你上次去帮平原君做事，就是在我们这个时空吧？"

"你现在思维也越来越跳跃了。没错，就是我们这个时空。"时飞扬回答。

"你抽空去见下老朋友，还有那个赵宁吧。应该没相差几年。"司马靖雁嘱咐道。

"看情况吧。慕容什么时候能过来？"时飞扬问。

"我让他去了秦国，我们既然捕捉到了委员会到邯郸的信息，去下咸阳也是很必要的。"司马靖雁挂断了电话。

"苏雨，G 计划是什么？"时飞扬望向林苏雨，问道。

"上帝计划。"林苏雨飞快回答道，"已经筹划了二十年的计划，但是可能一直没有启动。具体的计划内容我也不清楚，我只知道这个计划叫上帝棋盘。"

"上帝棋盘……"时飞扬揉了揉脑袋，这似乎毫无头绪啊。

这时，张伯在门外道："主人，公孙烈来了。他愿意住在这里，想要拜见主人。"

时飞扬微笑道："采文和苏雨退下，景略和我一起见那个人。好好观察，莫说话。"

（贰）

公孙烈是一个身着黑色文士服的青年，看上去二十五六岁，不算很清秀的相貌，却颇有男性魅力。这家伙灵动的眼神在时飞扬身上扫过，未语先笑道："在下公孙烈，见过时先生。"他没有魏国口音，却带着一些邯郸的乡音。

时飞扬一抱拳道："公孙先生似乎是本地人？"他也带着邯郸口音问。

"在下祖上是赵人，出生之时已在大梁。我家世代经商，大多数时日却是在魏国度过的。"公孙烈不紧不慢地道，他悄悄瞟了眼内屋，迎上了宋采文观察的目光。

"听闻公孙兄是信陵君门下，不知道公孙兄做的何种买卖？"时飞扬也客气起来。

"铁和马。在下如今只是替敝上忙碌。"公孙烈一团和气道。

时飞扬笑道："我在大梁也有买卖，日后还请公孙兄多多照顾。"他接下来具体谈了些经商的事情，两人居然谈得颇为投机。聊了半个时辰，公孙烈起身告辞。

"如何？"时飞扬问。

王猛缓缓道："他会武，实力看不清楚。若要我猜，我觉得他应该很强。"

"采文你说。"时飞扬对内屋的宋采文道。

宋采文笑了笑道:"一对一,我不是这个人的对手。"

"有那么强?"王猛惊道,宋采文是能进入天下黑榜前二十的高手。

"采文是骄傲的人,如果她这么说,对手一定是强得离谱。"时飞扬沉吟道,"这个人不简单,即便贵为信陵君,门下这种人也不会多。他或许是魏国派来观察邯郸形势的间谍。"

"据我的观察,这家伙易容了。电眼扫描才能看出,易容的技巧在这个时代是顶尖的。"林苏雨补充道。

"大叔,这种高手误打误撞地和我们住一起,会是巧合吗?"王猛扬眉道。

时飞扬淡淡道:"巧合,其实就是命运。采文,你去城里收风,看看这些日子有何风吹草动。苏雨你架设设备,探测邯郸城里的异常频率,如果委员会在这里行动,他们也会架设空间系统,你应该能找到他们。景略你保护苏雨,顺便监视公孙烈在屋内的行动。我想通过苏雨给你的设备,你隔着几间房子监视他应该没有问题。"

"这就是穿越的好处吧?那家伙可不知道自己在提防谁。"王猛笑了笑,追问道,"大叔你呢?"

"我去拜访几个古人。这年头的邯郸,可是热闹得很。"时飞扬潇洒一笑。

公孙烈从时飞扬的房间出来,眼中闪过一丝疑虑,心中道:"这房东高深莫测。难道我一到邯郸就被人盯上了?"

迎面走来了张伯,老头子笑道:"公孙先生,晚上用饭吗?"

公孙烈笑道:"不麻烦家老了,我晚上去拜访几个朋友。"

战国的时候有四大公子,数千年后他们的存在依然是耀眼夺目,更不用说在他们活着的时候如何地辉煌。

赵国的平原君,名赵胜,为赵武灵王之子,赵惠文王之弟。世人皆说他不如魏国的信陵君惊才绝艳,不如齐国孟尝君那么豪气干云,也不如楚国的春申君把持朝政二十年,但他偏偏始终能在战国风云中宠辱不惊,更能在家族斗争中屹立不倒。

时飞扬坐于平原君前，微笑着饮尽一杯美酒，赞许道："赵酒肃杀凛冽，当真过瘾。"

平原君笑道："你个闲人，三年不回邯郸，在这个时刻回来，究竟为何？"

"我走到哪里，麻烦就到哪里。君上你还是不要知道太多的好。"时飞扬端详着新添几分皱纹的平原君，低声道，"秦赵大争天下，近来邯郸可有异常？"

平原君沉声道："你我多年交请，实话实说，邯郸作为大城一切如常，作为国都则摇摇欲坠。"

"天下精锐都在长平，赵国要撑不下去了？"时飞扬低声问道，事实上他当然知道接下来会发生什么。

平原君站起身，高大挺拔的身躯，居然有几分落寞。他看着院内的大树道："国力尚可支撑，但人力已经不支。"

时飞扬眼中闪过一丝黯然，道："那就是国君坐不住了。"

"长平之战一打三年，廉颇将军拖住了秦军锐卒，但仅仅拖住是不够的。秦赵两国如今举国之力都在进行此战，胜则天下在手，败则国本动摇。"平原君笑了笑，自嘲道，"其他人在那个位置，或许早就动摇了。"

"赵王对廉老将军不满，也不是一日两日了。"时飞扬淡淡道，"何况，我亦觉得廉颇的战略没啥不对。"

"但是……"平原君欲言又止，他犹豫了一下，"你觉得赵括那小子可以领兵吗？"

"笑话了，马服子若不能领兵，难道君上去领兵吗？"时飞扬哈哈一笑。

此时，门外的家老进来在平原君耳边说了几句。时飞扬知他有事，起身告辞。

平原君笑了笑，轻轻叹了口气道："今夜我这里有一晚宴，你有兴趣吗？很多人都好久没有见你，赵宁也会到。"

"相见不如不见。"时飞扬脚步微微一滞，低声道。

时飞扬离开平原君府的时候，依稀看到一个熟悉的身影，赫然是公孙烈，不由得好奇心大起。看来那家伙绝对不是信陵君的普通门客那么简单了。

公孙烈也同样看到了时飞扬，亦吃了一惊。但他是惊雷在耳也不动声色的人，一切如常地步入大厅，见到平原君躬身施礼道："公孙烈见过平原君。这是我家主人给您的信。"说着递上了信陵君的书信。

平原君微微一笑，不着急看信，而是示意公孙烈坐下，面色平静地道："听说公孙世兄刚从咸阳回大梁，赵胜原没想到你那么快就来邯郸。无忌也不知爱惜人才。"

"事关重大，自然是我亲自来。"公孙烈淡淡一笑。

平原君沉声道："白起如何了？"

"我到咸阳的时候，他已经连病了有三个月。市面上各国的人都在，似乎是楚国的一个公子把他生病的消息传出来的。"公孙烈低声道。

"如此说来，白起不行了？有没有进一步的消息？"平原君沉吟道。

"当然有。若是没有确切消息，我怎么敢此时来邯郸见您。"公孙烈微微一笑，"我在咸阳各方面得到的消息，都是白起重病。但却也有人说，他是诈病。"他见平原君面色一沉，摆了摆手，"于是我决定夜探上将军府邸。"

平原君一把抓住他的手腕，惊道："你好大的胆子！"

"他的确病了，莫说带兵，根本无法起身。"公孙烈眼中精光闪烁，缓缓道，"我断断续续地去了十多次，都是如此。"

平原君沉默了片刻，低声道："我知你公孙烈的轻功天下无双，你说夜入咸阳上将军府，我当然信得过。"他打开信陵君的书信，脸上亦浮现了激动的神色，"如此说来，你魏国已经决定参战？"

"不。"公孙烈稍稍一顿，正色道，"我只是信陵君的门客，不代表信陵君也不代表魏王。我只说若事有可为，你有大赵铁骑，我有魏武卒。"

"何谓事有可为？"平原君皱眉问道。

"赵若转守为攻，我三晋子弟当同进退。"公孙烈低声道。

平原君将杯中水酒一饮而尽，深吸口气道："转守为攻……"廉颇只怕不会同意，不，廉颇不是不同意会同六国攻秦，而是不会相信魏国韩国的承诺。

公孙烈看着平原君的表情，露出了笑容，话锋一转，悠然道："今夜平原君举行夜宴，只怕邯郸的贵胄们又要夜不能眠了。"

平原君深深地望了公孙烈一眼，沉声道："我信得过你。只是转守为攻还需大王下令。"他面色一缓，"事实上，最近城内常有种说法，说秦国不畏惧廉颇，独惧马服子。你觉得呢？"

公孙烈昂首道："马服子赵括乃名将之后，且向有才名。对他，君上该比我了解。我只说一言，赵括虽然未经战阵，却生平最喜进攻。其父为将亦以进攻见长。"

平原君点了点头，笑道："你最近也颇为辛苦，今夜我备好了美女佳酿，你我共醉。"

公孙烈笑道："谢过平原君。"他忽然问道，"我来时见到一个白衣人，面生得很。"

"那是一个过路的游侠。即便是你，也莫要招惹他。"平原君淡淡道，他并不想多谈时飞扬。

时飞扬除了拜访了平原君，又去了好几个邯郸名人的府邸，例如久居于赵的乐毅，又如隐居于市的本地游侠。毫无疑问，如今的赵国举国都将生死压在了长平之战上。只是似乎没人注意到，最近邯郸是否有生人，又或者说碍眼的事情出现。

如果那些家伙都觉得最近很正常，那要到哪里去找时间委员会的人？时飞扬一边想着，一边来到了和宋采文约定碰头的地方。宋采文正好在大街的拐角处跟一只流浪狗对话，一面说着一面还在画着什么。

看到美女和一条狗对叫，即便声音不大，时飞扬依然还是觉得很好笑。他走到角落，打开联络器，呼叫道："苏雨。你那边有收获吗？"

林苏雨柔和的声音从另一端传来道："有一点。我侵入了时间委员会的网络，通过收集网络垃圾，得到了一点点关于上帝棋盘的信息。"

"一点点是多少？"时飞扬问。

"就是我现在了解到，上帝棋盘和人类基因有关，似乎类似于克隆人。又或者是天才培养计划。具体的依然不清楚，所以我说是一点点。我无法侵入时间委员会的核心内网。"林苏雨简单地回答。

时飞扬抬头望了望天空，这点消息还真的是浮云啊。他挂断联络器，自语道："天才培养计划，难道要靠猜才能知道具体是什么？"

"你不是最擅长猜吗？"宋采文停止和流浪狗交流，笑嘻嘻地看着时飞扬。

时飞扬苦笑道："那也要有范围才行。你有什么进展吗？"

宋采文点头道："也是一点点。"她显然听到了林苏雨和时飞扬的对话。

时飞扬只是微笑地看着她，宋采文只得拿出了一幅画，画上是一气魄挺大的宅院，以及两个从光环中走出的男子。这个宅院有点眼熟，时飞扬低声道："是不是说，委员会的人穿越的时候，被流浪狗看到了？"

"差不多是这个意思。但是那个狗老兄，说不清楚对方的长相。所以我让它带我去他们穿越出来的地方。就是这个宅院的所在。"宋采文得意地笑道，她知道这条信息绝对是突破性的线索。

果然时飞扬点头道："做得好！"他和气地对那条流浪狗做了个手势，那条狗立即摇摇尾巴，飞快地朝西北方跑去。光天化日之下，这却也难为了时飞扬和宋采文，追着条狗满街跑毕竟不光彩啊。他们心意相同，猛地飞掠上房，偶尔被人发现在房顶跑，也比被人看到追着狗跑要好吧。

他们穿过了几条街道，最后在一处和画像里的宅院相似的房子前停了下来。

看着宅院前的牌匾，时飞扬拍了拍脑袋，低声道："看来，有猜测的方向了。"

宋采文美目眼波流动，微笑道："这就是名流千古的纸上谈兵的地方吗？赵括大人的府邸？"

时飞扬的脸色却严肃起来，这个宅院里的家伙绝对不是如传言的那么没用。更令他头疼的是，时间委员会真的盯上了这里？他们到底要做什么呢？

"如果是我，我要在公元前260年做点什么逆转历史的事情。我会选择什么，关键问题是，有很多事情不在今年做也可以。所以我选择的一定是必须在今年做，而且必须是在邯郸做的事情。"坐于屋子正中，时飞扬带着坏笑问道。

"大叔，你都这么限定死了，那我只好回答你，今年和赵国有关的事情，最重要的事情，只有长平之战的胜负。所以，如果是我，我会选择逆转历史上长平之战的战局。"王猛说完轻轻拍了拍手，叹息了一声，"完全没难度。"

"难度是会增加的。"时飞扬瞪了他一眼，提出第二个问题，"如果扯上赵家，我们会怎么做？"

"杀掉赵括，不让这个该死的、一定会输的家伙上战场！"王猛抱着胳臂干脆地道，作为十四五岁的大男孩，他似乎很喜欢自己的"成熟"。

时飞扬用目光扫了扫边上的两大美女，宋采文和林苏雨也一致觉得王猛这小家伙很有道理。

"时间委员会的人比我们先到，如果只是杀人，不用那么麻烦。哪怕赵括有万夫不挡之勇，委员会也有办法秒杀。"时飞扬淡淡道。

"这话不对。按照你的说法，那时间委员会要杀我们的话，是不是也是秒杀？但尽管我并不觉得自己有万夫不挡之勇，却还是觉得自己不会那么容易死。"宋采文轻抚秀发，不赞成道。

"你是现代人，你知道委员会的存在。最重要的一点，你身边有我。"时飞扬挥了挥手，笑道。

明明知道这家伙说的是老实话，但宋采文就是觉得不爽，她其实已经接受了对方是自己老大的事实，但还是觉得自己很委屈。

"我接受大叔的说法，时间委员会不是为了直接杀死赵括。至少，杀赵括一定不是他们的唯一目的，他们一定还有其他企图。"王猛思索道，"回到我们前面的思路，他们是为了让赵国赢得长平之战。那么如何才能赢，如何才能百分之一百地拿下对方的白起。杀白起吗？那他们该去咸阳才对。"

"跳过百分百成功的说法，要赢得这场战争，其实有很多别的办法。比如说邯郸城内，如今可不止有赵括这一个会带兵的。老将军乐毅在这里，还没有成名的李牧也有一点机会。"时飞扬看了眼始终沉默的林苏雨，微笑道，"但是要符合上帝棋盘计划，则又排除了很多方法。"

林苏雨美丽的眼眸中光华流动，她缓缓地道："那么，上帝棋盘也许是一个种子计划。我们可以来猜一下，时飞扬先生你是最擅长猜的。"

"在其他时空培养一个强人，拿到这里来做统帅！"时飞扬沉声道，"这个人就是棋子，这个天下就是棋盘，在无声无息中，改变历史的走向。"

屋子里变得很安静，大家隐约都猜可能是这样的一个答案，但这个答案得出的时候，所有人都不禁会想，如果是这样的话，"上帝棋盘"计划里，有多少棋子？而他们又准备在多少个时空下棋？

宋采文忽然道："小猛子，你好歹也是拥有名人的基因。你说时间委员会是不是有其他的王猛？"

"也许……这也是有可能的。"王猛挠了挠头，苦笑道，"希望时间委员会下的是象棋，不是围棋。王猛太多可不是啥好事情。"

所有人都笑了起来，但根据之前掌握的时间委员会掌控各个时空的情况，对方极可能下的就是围棋啊……

时飞扬站起身道："接下来，我们盯着赵括总归是没错了。但在赵王点他为将之前，不用担心他的安全，我们只需要关注着。时间委员会的管理者有点偏执，他们总是想用接近神的手法来改变历史。"

"接近神的手法？"王猛不是太明白。

"他们总是希望用最小的改变，达到最大的效果。就好像历史转折时，那轻轻的一推。上帝棋盘的确是他们最喜欢的感觉。"时飞扬苦笑了下，低声道，"我虽然不是秦国人，但这个时空，这一年的这场仗，赵国必须要输，而且必须要按照史书上说的方法输，否则带起的连锁反应会造成啥惊天动地的影响，我可不敢想。"他看了眼王猛，苦笑了一下，"就如你之前说的，历史应该是充满了如果的。但我们到这里，就是为了消灭所有的如果。赵国必须输，长平那四十万人必须死。"

王猛王景略的面色变得阴沉，赵国必须输，长平那四十万人必须死。这是无奈的正确选择吗？

宋采文推开窗户，看着血色夕阳，缓缓道："你们知道吗？传说女娲就是在邯郸抟土造人炼石补天。我想她在补天的时候，也不清楚是否应该自己动手，还是让人类自己去挣扎。她那么做是出于责任和爱。"她转过身背对着晚霞，整个人有种惊心动魄的美丽，她微笑着说，"我觉得我们也是。"

夜，平原君府夜宴盛大进行，不仅院落中灯火通明，就连府外正门的长街上也摆满了宴席。平原君麾下，门客三千，他府上进行的宴席，赫然有风卷江山的感觉。

高台上艳丽的舞娘们腰肢轻摇，院落中来自不同府邸的武士正比较着剑术。柔媚与刚劲同时存在于璀璨的夜空下。

平原君和蔺相如都已微醺，坐于二人身侧的却是公孙烈，三个人中唯有他面不改色。

"大王已有换将的意思。"平原君沉声道。

"不意外。"蔺相如笑了笑，缓缓道，"只是不知如何换法，换谁。"

"乐毅年老多病，李牧在外两年功劳不小，但军中威望仍然不足。大王觉得赵家的小子最合适。"平原君道。

"廉颇不肯与赵括合作，是否能让乐毅在军中坐镇？他经验老到，正好弥补赵括冲劲有余，沉稳不足的毛病。"公孙烈替二人满上酒道。

"乐毅给赵括打下手？"蔺相如笑了，"公孙兄弟，莫开玩笑。"

"乐毅家的两个儿子其实也不错，但乐毅似乎对统兵出战热情不大。他这些年在赵国，虽然也算熟悉赵军，但毕竟没有再上过战场。"平原君晃动着酒杯，思索道，"如大王选定赵括前去，邯郸虽有众多名将，亦无法再入长平。马服子脾气就是那样，但为大将者，这并不是缺点。"

"李牧能否前去辅佐呢？我知李牧能力不俗，且与赵括向来交好。"公孙烈仍然不死心。

"他不能去。李牧回邯郸，一为讨论长平形势走个过场，二也是为了催促他那两万骑兵的装备，并非为了长平军职。"平原君摆手道。

"如此就只有赵括是最适合的人选了。"公孙烈微笑道，"马服子终于能够统率大军决战沙场，了却多年的夙愿。只是，希望他能一战成功。"他的语气里有些萧索的味道，但平原君和蔺相如都有些醉了，没感觉出他的异样。

平原君的目光落在远处独立于月下的赵括身上，那青年将军身高过丈，面容方正颇有威严，站在人群中如出鞘的宝剑一般卓尔不群。平原君轻轻地重复了一遍公孙烈的话："望他能一战成功！"这话语充满了期待。

远处于暗中关注公孙烈的时飞扬露出思索的表情。在他把目光投向场中的赵括时，没有注意到公孙烈朝他藏身的地方望了过来。

赵括乃名将赵奢的儿子，自幼与其父论兵法时，他父亲就常常说不过他。多年来作为策划者，他几乎参与了赵国所有大小战争的决策，赵国相当多的青年将领是由他推荐上位的，因此他非常受赵军的拥戴。

赵括立于场中，长剑在手笑对前方的三个武士，剑光掠过如闪电雷霆，那三个身手一流的武士被他攻得只有招架之功。忽然，赵括收剑回鞘，对始终站在角落中的高瘦武将道："他们不行。小牧有没有兴趣下场试试？"

被他叫做小牧的，正是日后名震战国的一代名将李牧。几年前，雁门缺人统兵，正是赵括推荐李牧上任，才将这一代名将推出水面。

李牧清瘦的面庞浮起一丝笑意道："谁都知道马服子为大赵第一剑手，何必要我李牧献丑。"

赵括笑骂道："你少学他们跟我来这一套，听说这些日子你在雁门带出了大赵最剽悍的骑兵，身手定有长进。我要看看！"

"若在平时，我或许真的下场试试看，今天马服子就别要我献丑了。你看有公孙兄在此。你要比剑，他正是对手。"李牧指了指刚离开平原君的公孙烈。

"他？"赵括皱眉道，"我已经连赢他三次了……"他的话没说完，公孙烈却已不见了。

时飞扬发现公孙烈正朝自己藏身的位置走来，就悄无声息地转出了宴席。那家伙虽然可疑，却并不见得就是时间委员会的人。但公孙烈身形掠起，看似漫不经心的步伐，竟快得离谱。时飞扬飞身后退，而公孙烈居然如影随形地贴着地就到了。时飞扬可不想和他打照面，他眼中金光闪动，周围一切静止下来，一下子将和公孙烈的距离拉开。

公孙烈只觉前方的人影骤然不见，但他毫不迟疑，只凭感觉就朝着时飞扬消失的方向而去。

时飞扬几个起落，来到平原君府的后院，忽然听到一阵淡淡的歌声，说是歌声也不全是，只是一种柔和的哼唱声，没有歌词只有乐曲，而那乐曲却是如此地熟悉，并不是战国时期的任何曲子，而是……两千年后的味道。

一个清丽的女子坐于秋千上，秋水般的目光，微翘的鼻子，动人的红唇，长长的裙摆正好露出白皙的玉足，美得动人心魄。时飞扬深深吸了口气，不敢再前进一步。这个在月光下的绝色女子名叫赵宁，平原君赵胜的侄女。

在时飞扬愣神之时，背后似乎公孙烈又到了。如果向前就会见到赵宁，若是向后就会遇到公孙烈。时飞扬叹了口气，转身迎着公孙烈高速掠去，一道灿烂的剑光霎时划破夜空……公孙烈眼中露出惊诧之色，随即嘴角露出冷笑，一道金虹从他袖中流出。

庭院之中，风动树摇，片片叶子散落下来。

"当！"两人在空中交换了九剑，却只发出一声剑锋交击的声音。

时飞扬眼中金光闪动，一个翻身跃出平原君府。

公孙烈按着肩头的伤口，看着剑锋上的血迹，面色古怪。赵国的游侠居然有这种身手的人，之前怎么不曾听过？

时飞扬走在大街上，点点鲜血从手臂上滑落，他用了时间控制，居然还被对方伤到了手臂。那家伙的剑实在太快了！绝对是战国时期的顶尖高手……时飞扬随即苦笑了下，不管怎么样，如果真的是在受伤和见到赵宁之间选择，他宁愿受伤。因为……相见不如不见……

他嘴角挂起一个毫不在意的微笑，哼起先前那个乐曲，那首很多年前他唱了哄人入睡的英文歌。

"See The Pyramids

Along the Nile

Watch the sun rise

On a tropic isle

Just remember darling

All the while

You belong to me……

......

I'll be so alone

Without you

Maybe

You'll be lonesome, too

......"

一个人的长街，影子好长好长。

（肆）

"他的房间有人在等他，但今天公孙烈好像不想回来了。"王猛拿着夜视镜注视着借给公孙烈的小屋，那里坐着个身形粗豪的男子，两个时辰了那个男子动也没动过。

家里只有王猛和林苏雨，宋采文一直在赵府，而时飞扬还没有回来。

林苏雨扫了眼屏幕上对那粗豪男子的状态分析，对王猛道："小心点，这个家伙不比姓公孙的差。"

"小心啥。他能隔着好几间房子感觉到我们？就算能感觉到我们，也不会觉得我们在观察他吧？"王猛显然不服气。但他话音未落，那个粗豪男子却站了起来，不仅仅是站了起来，还推门朝外走，直接向王猛他们所在的屋子走来。

王猛面色微变，整个人静了下来，手持长剑走到门前。他和那粗豪汉子隔着房门冷冷对峙。

林苏雨看着屏幕，缓缓站起，左手赫然组合成了枪管的样子，虽然时飞扬规定不许在古代使用热兵器，但为了王猛她可不管那么多。

突然，也未见外面的大汉动手，木质的房门猛地碎开。王猛想也不想一剑刺出。那大汉一拳迎上剑锋，王猛的长剑应手而折……

那大汉见到王猛只是个少年，亦愣了一下，但他的拳头依然击向王猛的太阳穴。林苏雨的左手立即开火。那大汉大骇，连向后退，袖中赫然出现一柄短锤，那舞动的锤头居然……居然把子弹都挡了下来。

"时间委员会吗？"林苏雨从不动容的脸上，也阴沉了起来。就在此时，她架设的仪器拉响了警报，在邯郸西南的赵宅出现了委员会的信息，而那带着强大能源的家伙，正高速向他们靠近。

"请求支援。"林苏雨在联络器中叫道，"时间委员会袭击基地。请求支援！"

"全体回基地！"时飞扬在网络里叫道，他如风而起。

房顶上站着二十多个灰色衣服的时间委员会干事，他们手上拿着电子雷霆弓冷冷地看着王猛和林苏雨。出乎林苏雨和王猛意料的是，那些电子弓同样对着那粗豪汉子。

"你不是他们的人？"王猛低声问。

那汉子摇了摇头。"你们是什么人？"那汉子提高了嗓门，对屋顶上的时间委会干事道。他浓眉扬起，挺拔雄壮的身躯威风凛凛，仿佛决战沙场的将军。

那些灰衣人沉默了一分钟，突然按动了电子弓，无数道弓箭激射而出。

林苏雨猛地拦在王猛身前，被雷霆弓箭打得飞出老远，整条右臂都变成了飞灰，露出了闪烁的电子线路。

王猛挣脱出她的怀抱，他体内另一个声音道："敌人。"那声音冷静而残酷，一柄短剑滑落掌心，他飞身而起，穿过电光般的箭网，一剑劈翻了个灰衣人。与此同时粗豪汉子也一起动手，这一大一小两个人在房顶上来回飞舞，竟然连杀五六人，但就这一个照面，两人也同时流血。

那些灰衣人训练有素，飞身后退队形一变，王猛他们若再向前，就等于把自己送到对方的弓下。

粗豪汉子不由得大骇，六国最强的弓弩他都面对过，但那么快的弓箭是什么东西？就好像刚才那个女人对他打出的，那又是什么东西？

这时，有人下令道："杀了！"那些电子雷霆弓同时发射，红色的弓箭如暴雨而至。

王猛和那汉子都是性格极为刚强的人，他们竟然不退后，反向前冲。

在他们拼命的一瞬间，突然一切都静止了。王猛就觉得眼睛一花，自己已经在屋檐底下，时飞扬将他和粗豪汉子都拉了回来。

"大叔！"王猛激动喊道。

时飞扬笑了笑道："交给我！"他身形一动就飞上了屋顶。

"时飞扬，你又多管闲事！"灰衣人中有人道。

"这次不算多管闲事。"时飞扬笑着冲入了敌阵。

那些弓箭手后，忽然冲出了二十多个重甲剑士。而那些剑士之后赫然还有其他的长矛手、盾牌手等。

"奶奶的，他们在这里附近开了时空门？"时飞扬怒道，"景略释放干扰，关闭这里的时空门！"

王猛远远地答应了一声，而时飞扬已经陷入了那些灰衣人的包围，剑锋向前扫过，每跨一步，都斩翻一人，但不多时前方竟然出现了近百人……

时飞扬有些犹豫，他不怕敌人人多，但也不想莫名其妙地斩杀百人。就在此时，一股凌厉的剑气在那些灰衣人之后冲天而起。公孙烈不再是笑嘻嘻的模样，眉宇间杀气升起，简直是一个拿着剑的杀神！

公孙烈手中那带着暗红光芒的长剑，在月色下流光般舞动，仿佛突破了时空限制一般，剑锋掠起就有数人倒下。在他动手后，不多时从赵府回来的宋采文也加入了战团，那妮子的长鞭彪悍无比。那些灰衣人这才怕了，一时间死的死逃的逃。

"你不杀人，人不怕你。"杀退众人后，公孙烈即恢复了和气的笑脸，懒散地面对时飞扬道。

院内和林苏雨一起关闭了时空门的王猛，挠了挠头道："天，居然有人敢给大叔上课。"

"采文和景略处理一下这里。苏雨调整下自己。"时飞扬微笑着打量着公孙烈，道，"公孙兄，你很出乎我的意料，不如我们进屋谈谈？"

公孙烈很有风度地点了点头道："我也正有此意。"

时飞扬简单地安排好其他人的任务，重新回到屋内。此时屋内真正只有他和公孙烈两人。

"我不想骗你，也不希望你骗我。所以我不问你的身份，也不介绍自己的身份。我告诉你的名字是真的，我的确叫时飞扬，你可以把我当做一个游侠。"时飞扬开门见山，毫不虚伪地开始了两个人的交谈。

"我不叫公孙烈，我不能告诉你我的名字，但我的确是信陵君的门客。"公孙烈笑了笑，他觉得这样的交谈很有趣。

时飞扬给公孙烈倒满了酒，道："我来这里的目的，是为了赵括能够平安地前往长平。"

公孙烈沉默了片刻，小心翼翼道："我也是。"

时飞扬慢慢转动着酒杯，低声道："我们的目的一样，是否能合作？我不是赵人，不是魏人。"

公孙烈嘴角绽起一丝笑意，慢慢道："我喜欢跟人合作。"他注视着时飞扬的眼睛，沉声道："你能给我什么？"

"我不能给你什么。"时飞扬大咧咧地一笑，"我只能给你承诺。我保证在这些日子，不影响你做的任何事情，而你，则用你掌握的所有关于赵括的消息来交换。"

"我的消息很贵。"公孙烈摸了摸下巴，坏笑道，"而且我不觉得你自己很安全，你的敌人很麻烦。和你结盟，说不定是惹祸上身。"

"如果我说，正是那批人才是影响你计划的人呢？那批人才是我们结盟的原因。"时飞扬笑了笑，打出了底牌。

"他们是谁？"公孙烈扬眉问道。

"同样不可说，我想你也查不到。"时飞扬的表情有点无奈。他其实很想说实话，但他不能随便看到个人就跟人说自己是另外一个时空来的。

公孙烈想了想，站起身道："好，我跟你合作。你保证赵括的安全，我给你提供消息。"他又笑了笑道："你我一起并肩杀人，天下只怕没有人能挡得住。"

时飞扬淡淡道："天下比你想象的要大。"

公孙烈转身出门，轻松地道："再大也不怕！"

门外王猛、宋采文他们重新回到房间。

林苏雨第一个道："那大汉居然能够接下子弹，这世界也有异能者？"

"异能者本来就自古就有，但未必只有异能者能够对付子弹。"时飞扬看了眼林苏雨，这美女空荡荡的右臂叫人心疼，他皱眉道，"没材料修吗？"

林苏雨却是毫不在意，淡淡地道："没现成材料，要花点时间。反正我不出门，不怕引人注目。"

宋采文问道："老大，我们和姓公孙的是盟友了？你是不是已经知道他们的身份？"

"秦国人。"时飞扬缓缓道，"我猜。"

"他们的目的就是要让赵国换将。"宋采文想了想道，"如此，我们的确是多了个强悍的盟友。那家伙的剑真快，我从来没见过那么快的。"

时飞扬摸了摸情绪始终不稳定的王猛的头，道："控制住自己。"

王猛用力点了点头。

时飞扬低声道："无论脑海里有什么想法，都只是你自己的想法。你所要做的就是控制住自己。"他嘴里虽这么说，心中却也知道这很难，人最大的敌人就是自己，但王猛的成长却是他现在最希望看到的。

公孙烈和那粗豪大汉一起走出门去，两个人一直在商量着什么。

那粗豪大汉皱眉道："这些人很怪，主人你要多加小心。"

"老孟不用为我担心，这些人的来历我也猜到了几分。你回去禀告应侯，就说邯郸一切进展顺利，赵括为将已无可阻挡。"公孙烈微笑道。

"那时飞扬到底是何来历？"那大汉亦不由得好奇地问道。

"数年前，有一大盗横行于山东六国，最终在邯郸落网。那大盗是在平原君府被抓的，当时的目标是平原君的侄女赵宁小姐。我觉得时飞扬就是那个对付大盗的人。"公孙烈沉吟道，"但的确，我也只知道这点而已。他仿佛是凭空出现的一般，几年前就是如此。"

"若他是赵人，主人你岂不危险？"大汉停下脚步道。

"大丈夫行事，岂能畏首畏尾？"公孙烈看着天上的星辰，低声道，"举国之争，有时候需要一点运气。你去吧！我相信天意在我大秦。"

"主人说得是！"那汉子恭恭敬敬一礼，大步离去。

春秋战国时期，由于战争空前频繁，各国的谍报组织就已相当强大。

秦国有黑冰台，赵国有白马营，魏国有风华楼，齐国的是天机社。

赵国白马营知道公孙烈是魏国风华楼的人，却不知他身后真正的力量是黑冰台。的确始终处于议论中心的人，才是最不容易被人怀疑的人。

公孙烈从各种渠道去搜索情报，但就是找不到关于时飞扬的具体资料。尽管他发现，除了几年前捉拿那个邯郸大盗外，在若干年前那场即墨大战中，也有过似曾相识的身影出现。但如果这两件事情是同一个人做的，这样的家伙本该名动天下才对，为何默默无闻呢？

另一件让他头疼的事情，是那些围攻时飞扬的人的来历。那么多人，居然和时飞扬一样，凭空出现，又凭空消失，丝毫没有头绪。

对于以收集天下情报为第一要务的秦国黑冰台而言，这实在是无法想象的事情。更何况他公孙烈其实还掌握着风华楼的情报资源。只要他公孙烈想，他甚至可以知道赵国大王昨晚上过几次厕所；只要他想，连平原君最爱的宠姬身上有几处胎记也瞒不过他。但现在他却对想了解的这两股势力毫无所知。

静默的时候比较难找，但他们总会有行动的时候，公孙烈决定把宝押在最后。

不过这几日对公孙烈来说，毕竟还是好消息多过坏的。赵王已正式下旨，命赵括为上将军，代廉颇统率长平大军。邯郸臣民立刻沸腾，谁都知道，马服子赵括取代廉颇，意味着河内长期的对峙将会结束。长平决战之日，即将到来！

"三日后，赵括拜将出征。你是否要一路护送他到长平？"公孙烈帮时飞扬满上了酒杯。

"未必，但我会送他一程。"时飞扬和公孙烈对饮了一杯。

"要不要帮忙？"公孙烈低声问。

时飞扬笑道："有些事情不是人越多越好的。"

公孙烈也笑了，有点不好意思道："我只是很好奇，奶奶的。"他甚至忍不住说了句粗口。

时飞扬当然知道对方这几天为了调查他，几乎算是挖地三尺了。他看着院内正日益变红的枫树，低声道："我观察了很久，赵括作为将军如何且不去说，至少作为武者，他绝对是一个强大的存在。目前赵国的第一剑手就是他，是不是？"

"是。"公孙烈看着偶尔掉落的枫叶，若有所思道。

"为何秦国一定要让他上阵呢？"时飞扬微作停顿，认真道，"你不用否认自己是黑冰台的。"

公孙烈不置可否，拿着酒杯沉默良久，低声道："两年前，国君、应侯、上将军讨论对赵方略。上将军言道，秦赵长平大决至少要相持三年，三年后是否有决战时机要看赵国。国君不是很高兴，我秦国固然强大，但大秦的对手可不止是赵国一家，长期如此消耗只怕为他国所乘。但他依然说哪怕要相持六年，这场仗也还是要打。应侯在国君和上将军之间，忽然动起了让赵国换将的念头。"他笑了笑，"我第一次见到你的时候，觉得很紧张。赵国或者魏国也好，除了信陵君、平原君、乐毅等寥寥数人外，基本上没人能带给我这种压力。但你显然不是他们，因为在当今天下，知名的人物我全都见过。即便有未曾见过的，我也都了解。但奇怪的是，那日你说要和我做交易，我却完全地相信你。你是为我们大秦做事的。你也不否认吧？"

时飞扬一笑点头，不可否认在见到公孙烈的时候，他也感受到同样的压力。这个未曾在历史上留下名字的家伙，比那些所谓的豪雄要强大得多。

二人举杯饮尽水酒，公孙烈道："所以我不妨告诉你，赵国换将的选择很多，名将乐毅，又或者长期在赵军中的他的两个儿子，近年来在北面防卫匈奴的李牧，刚刚客居于此的田单。这些人个个都是强悍的大将，他们都有机会。而应侯和上将军算定，赵括为将我大秦赢面虽未必是最大的，但诱使赵括为将，却是这换将一策中，成功机会最大的！"

"我明白了……"时飞扬用手指点着桌案，缓缓道，"大秦求的是战局的变化，换掉廉颇以求摆脱长期相持的局面。赵括是破局的最佳人选，而并非因为赵括是赵国大将中最容易对付的。"

"挑个最容易对付的拿出来。你以为赵王和平原君是傻的吗？赵括向来名声在外，连信陵君都支持赵括为将。"公孙烈看着时飞扬，其实他一直都有拔剑杀人的冲动。并非他不相信自己对时飞扬的判断，而是他觉得自己说的话对方早就了解，时飞扬之所以听他说，只是为了印证一些什么。为何会这样？那个家伙给他一种已经把握了一切的感觉。这对于习惯于掌控他人的自己而言，实在是很不舒服。

（伍）

赵括出征的日子，邯郸上下一片欢腾。他本是将门之子，军中将魂，更是大赵第一剑手，登台拜将完全是众望所归。再加上几年来，秦国的黑冰台不断地给他造势，赵国人都仿佛有种感觉，只要马服子到了前线，长戈所指破秦只是谈笑之事。

时飞扬他们跟着赵括的大军出发，临别之时张伯依依不舍，因为老爷子不知道何时才能再见到主人。

"他一把年纪了，让他这么留守没有问题吗？"宋采文悄悄问时飞扬。

"你别小看张伯，他年轻时跟在苏秦身边，也曾经目睹过天下风云。"时飞扬拍了拍宋采文的脑袋，笑道，"何况，我留给了他承诺。有大事发生，我会在他身边。"

宋采文耸耸肩，却听背后那个从咸阳回来的慕容流浪道："你最近同情心泛滥。"宋采文不理他，这个流氓先生真的说不出好话来。

"赵括的中军在前。背后却跟着几条尾巴。时间委员会的人、公孙烈的人、平原君的人。真是热闹。"慕容流浪一脸的不屑。

"估计是公孙烈跟着我们，而他又通知了平原君，于是平原君也派了人护送赵括。"王猛笑道。

公孙烈这种行为也在意料之中，只是可惜了平原君的那点精锐。时飞扬扭头问林苏雨道："你预测委员会将在哪里动手？"

"以目前的行军速度，赵括五天后会在红枫谷驻扎。那是他距离前后军最远的时候，也是防御最薄弱的时候。"林苏雨依然只有一条手臂，不过那断落的右手上她加了把赵国长剑，也算是杀气腾腾。

"五天……还要那么久吗？"时飞扬轻轻叹道。

公孙烈带着七个黑衣人，尾随着前方的灰衣队伍，他并没有保护赵括的想法，好歹赵括也是大赵第一剑手，他只是好奇而已。公孙烈当然知道好奇心杀死人这句老话，但他实在想知道前方那个意图偷袭赵括的队伍的真实面目。这足有百多人的队伍，是如何在邯郸逃脱他的耳目的他不清楚，但他有种感觉，这支队伍并不是截杀的主力。

五日后，红枫谷。此地距离赵军粮仓还有三日路程，也就是说过了此地，就进入了长平战场。

秋天方到，整个山谷的红叶还未到火红，却也已经有了几分样子。

赵括来到此地心怀大畅，早早就命中营休整，自己则在大帐中研究大战方略。为面对长平的秦军，他已经作了三年的准备，长平的山川地势早已了然于胸。帐外秋风吹过，赵括拿起桌案上的酒杯，全不知死亡的阴影正向他笼罩。

忽然帐外有人报道："上将军，西北方出现可疑敌军。"

"多少人？"赵括面色不变。

"人数不多，但战斗力惊人，已经突破我军前哨。"巡逻将军说道。

赵括冷笑道："红灯示警，举火围剿。"说完重新埋首到战略中去。

"大队人马无法在此地展开，所以不怕被人偷袭。因此他在此时的护卫也是最薄弱的。"时飞扬看着正展开突袭的时间委员会，对着联络器说，"慕容，可有其他发现？我料定西北方的是佯攻。"

"还没有。不过平原君的门客已经出手救援了。"飘在空中的慕容流浪回答。没过多久，他忽然道："来了！"

营内一直守候在中营旗塔上的公孙烈也说道："来了！"

一个奇特的景象出现在红枫谷的上空，一个银色的时空门划破云际，一个铁甲红袍的大将迎风落下，他身后跟着五十名赵国甲士。

"赵括……"公孙烈一脸困惑，但他立即意识到将发生的事情。他拔剑出鞘，整个人化作一道灿烂的剑光飞射向"赵括"。

"赵括"身后的甲士分出两人截住公孙烈，纵横的剑气激荡而起，一个照面两个甲士同时倒下，但公孙烈亦受了道剑伤。放眼天下，能伤到他的人本就不多，如今居然随便出来个赵兵就能做到。

而另几个赵兵见同伴倒下，亦为之大怒，各举起兵器朝公孙烈冲来。公孙烈双目精芒大盛，磅礴的杀气一下子弥漫整个军营，挺长剑向敌人杀去。

与此同时，时飞扬几个起落就到了营内，"赵括"看到时飞扬，淡淡地一笑，他身后的甲士一下子冲出三十个。慕容流浪在空中率先出手，凌厉的风刃一道道劈出。但那些甲士抬头看了他一眼，竟然有六七人也飘了起来，他们一个个肋生双翅，如大鸟般在天上盘旋。

时飞扬的诸葛弩绽放起金色的光华，二十多支强弩箭不虚发。但那些悍不畏死的赵兵依然围了上来。更要命的是那些原本镇守中营的赵军，看到时飞扬他们和赵兵厮杀，亦不分青红皂白地冲了上来。这些赵兵本就是精锐中的精锐，他们结阵而守，时飞扬和公孙烈竟不能马上接近"赵括"。

"赵括"嘴角露出骄傲的笑意，傲然步向中军大帐。

此时大帐内的赵括亦正好大步而出，两个赵括目光一碰，"赵括"手扶剑柄，眼中露出森寒的杀意。而真的赵括先是一愣，两目瞬即神光若电，他已了然了解对方的意图，脸上露出好笑的神色，不退反进伸手按向"赵括"拔剑的右手。

"赵括"原本不将对方看在眼中，但对手这简单的一按，却让他避无可避。右手被制，剑在鞘中竟然无法拔出。对方手上强大的力量汹涌而至，"赵括"大喝一声，全力出剑，那剑鞘整个碎裂，三尺多长的剑锋终于亮了出来。

此时，真赵括的另一只手按上了"赵括"的肩头，排山倒海的力量从他身上爆发而出。两个人一较劲，"赵括"大步后退，赵括步步紧逼，两个人一下子冲出了二十多步。"赵括"撞在一棵棵红枫上，漫天的枫叶撒落下来。

周围所有人都被两个赵括的出现震住。尤其是时飞扬和慕容流浪，他们怎么都没想到真的赵括强悍到如此地步。

"赵括"被撞得眼冒金星，双手握剑猛劈出去，赵括却进退有度地滑出了三丈多远，冷笑着手扶在腰间宝剑上。"赵括"的目光扫过消失在空中的时空门，眼中闪过绝望之色，他大吼一声剑芒暴长，昂扬的剑气雷霆万钧地杀向赵括。

一声悦耳的长鸣，赵括长剑潇洒出鞘，一朵灿烂绝美的剑花在枫树林中闪过，血光冲天而起，"赵括"人头滚出很远。

所有的赵军爆发出震天的欢呼声。赵括目光扫向那些一度在混乱中作战的人们，随着假赵括来的人，都在方才被人杀死。而那些突然出现保护他的家伙，也在欢呼声中悄无声息地退去了。

赵括脸上流露出淡淡的傲意，对身边的副将下令道："今夜的事情不要多做讨论，大军继续休整，明日奔赴长平。"

"是的，上将军。"副将脸上露出深深的敬畏。

尾声

时飞扬他们退出老远才停下脚步。

一直在远处观战的王猛他们抑制不住眼中的惊讶。

"怎么会是这个样子？"王猛敲着脑袋，不停地重复着，"怎么会这样啊？"

"纸上谈兵的赵括，那个被嘲笑了几千年的赵括，怎么会这个样子？"宋采文也觉得难以接受。

只有身为机器人的林苏雨才不受干扰道："真实的赵括就是这个样子。你们第七时空的赵括，就是比其他时空的赵括都要出色，都要强悍。所以哪怕是时间委员会挑出来了其他时空的、最出色的赵括来做上帝棋子，却也无法打败这里的人。这不仅仅是时间委员会没有想到的，也是我们时光侦探社没想到的。"

"上帝棋盘计划就是个笑话，几个凡人掌握了一点力量就以为自己是神。"慕容流浪冷笑道。

"会不会是有人偷偷换了个赵括放在这里啊？"王猛忽然道，"会不会有比时间委员会更强大的存在啊？"他拉着时飞扬的衣袖追问道："大叔你说，这些都是真的吗？"

"我不知道……"时飞扬也有些茫然，但他游荡在各个时空多年，深深知道其实要改变一个时空的历史并不容易。他摸了摸王猛的脑袋，笑道："但我可以告诉你，这个赵括绝对是真的。不过即便有这么强大的武艺，也不见得能够赢得战争。历史不止一次地告诉我们，当一切事情按部就班之后，单纯一个人的力量并不算什么。"

宋采文在一边没好气地道："反正就是白忙活了，辛苦了那么久，原来根本就不用我们操心。"

林苏雨忽然很严肃地道："小猛子，你可要认真修行。万一委员会也派一个人来换掉你，而你又不堪一击，那就糟糕了！"

王猛张大了嘴，一下子说不出话来。

"你觉得一对一，你能不能赢赵括？"时飞扬看着一直在发愣的公孙烈道。

"打了才知道。我本来以为我一定赢，现在则觉得未必。"公孙烈想了想道，"其实他有这种表现并不奇怪，那么多年来，在邯郸挑战他的人有很多，但他从没有出全力。乐乘、李牧、庞援他们都不是他的对手。"

"但他的实力既然高于你们原本的估计，你自然要回去告诉武安君。"时飞扬笑道。

"我对武安君有信心。"公孙烈傲然道。他微微一顿，扭头看着时飞扬道："我今天看到了很多奇怪的东西，但我不想问了。我知道你也无法跟我解释清楚，因为如果可以，你早就对我说了。"

时飞扬眼中露出欣赏的目光，低声道："多谢。"

"像你这样的人，原本该名动天下的。还是说，这个天下本就太小？"公孙烈感慨道。

时飞扬笑了笑，反问道："你也该是名动天下的人才对。但进了黑冰台自然知道的人越少越好。"

公孙烈看着漫天的星斗，低声道："我叫嬴鸿。昭王第七子，但没有人知道我的存在。"他表情严肃地对着时飞扬深施一礼道："后会有期。希望下次见面，我们仍然是朋友。"

　　嬴鸿这样的人，把名字告诉别人就等于将生死交托给别人。时飞扬当然知道这一点，他亦深深地还了一礼。

　　目送嬴鸿的离开，时飞扬嘴角露出浅浅的笑意。正是有这些出乎意料的人，出人意料的事情，历史和时空才让他如此着迷。这天下对他时飞扬来说，绝对不是太小，而真的是太大了，但这一点作为秦昭王第七子的嬴鸿永远都不会明白。

　　时飞扬他们回到现代不久以后，始终跟踪这条历史线索的林苏雨汇报，历史监测显示，第七时空的一切都很正常。也就是说尽管有那么强悍的赵括，赵国和秦国的长平大战依然是以赵国的落败结束。赵括兵败身死，四十万赵兵被秦武安君白起坑杀。

　　宋采文等人表情古怪，虽然结局早就知道，但真的很难想象白起到底是何等强悍的存在。历史依然还是那段历史，而时飞扬他们对它的理解却已不同。

　　忽然王猛朝着时飞扬跑了来，他一边跑一边叫道："大叔！我终于想明白了！"他眼睛里面闪烁着智慧的光芒，"赵括就是赵括，但白起也依然是白起。也许历史是由无数个偶然串联而成的，但真正的结局却是偶然中的必然！"

　　时飞扬拍拍王猛的肩膀，微笑着自语道："真正的结局吗？什么才是真正的结局呢？"

　　[注：文中歌曲为 Jason Wade 的《YOU BELONG TO ME》]

第四集

江东烟雨

　　很多人都曾梦想自己拥有穿越时空的能力，其实这个渴望通常是源自一种情绪——"后悔"。后悔自己做过的"错事"，或者为他人做过的"错事"感到遗憾。穿越回过去无非是为了悔改从前的过错，又或者为了修正他人的行为。

　　只是，如果真的能回到过去，如果真的能改变从前已发生的事情，你能保证这次做的就一定是对的吗？

　　历史的长河中，隐藏着很多真相，有着数不清的未知。很多时候，史书上所写的，也未必就是真实的。当我们回到过去，发现想要修改的事情其实并不存在，我们该怎么办？当我们来到另一个时空，曾经史书上的一切都被推翻了，这时我们是根据已知的轨迹去重复过去，还是选择重铸历史？

　　在历史的偶然和必然间，作为凡人究竟该听从心灵，还是循规蹈矩？人越有智慧，往往活得越痛苦，所以这个年头，像时飞扬这样的人真的越来越少。

时飞扬站在玻璃门外，看着屋内正持卷读书的王猛。那孩子从邯郸回来后，仿佛变了一个人，不再如从前那样玩闹，而是把更多的时间用在了读书上。

"景略似乎一下子明白了知识的重要，我为他专门准备了学习程序。不过他还是喜欢看书，多过喜欢电脑。"林苏雨对时飞扬解释道，她一身雪白的职业装，头发微微烫卷，平添几分妩媚。

"我看他是怕时间委员会送个新王猛过来，才突然用功起来。"宋采文抿嘴笑道。

"不管什么原因，用功总是好的。他虽然生活在这里，身体里却是古人的基因。"时飞扬对林苏雨道，"他的学习就拜托你了。"

林苏雨点了点头，时飞扬看了眼另一个房间趴在桌上睡觉的慕容流浪，撇了撇嘴，看来觉得无所事事的不止自己一个啊。他想了想，又扭头问道："机器人为啥要烫头发？"

"因为我是女机器人。"林苏雨理所当然地道。

这时司马靖雁在过道的尽头，大声叫道："飞扬，时间委员会发来消息。"

这一嗓子，把睡梦中的慕容流浪也叫了起来。时飞扬好笑地看着慕容流浪醒过来的表情，大步向自己的办公室走去。

林苏雨、宋采文等人也紧跟着他，宋采文一面走一面皱眉道："我以为我们已经跟时间委员会决裂了。他们怎么还发消息给我们？"

司马靖雁摇头道："至少我们还没有公开决裂。另外时间委员会各部门之间沟通也一直有问题，他们每年给我们那么多资金，各个部门都会希望我们能为他们出力。所以这次他们的实验部发来消息，也并不奇怪。"

林苏雨则低声道："事实上，时间委员会主要由三大机构和一个中心组成。战斗部、实验部、监控管理部，是他们的三大机构。每个机构下又按时空设置了分支，可谓非常庞大，我就是属于监控部。而委员会的核心是'时间之核'，它高于三大机构，但除非有大事情发生，一般不会对三大机构发号施令。它主要负责时间委员会大的发展方向的规划，并且拥有自己的战斗部和直属实验室，上次我说的'上帝棋盘'计划，就是出自'时间之核'。"

"那也就是说，我们上次已经得罪了委员会的高层，只是他们没有直接宣战。"宋采文笑道。

"不错。但实验部是我们时光侦探社的老朋友了。"时飞扬坐在老板椅上，看着由时间委员会发来的消息，皱眉道，"他们居然又发现了新的时空信号。"

"什么？"连机器人林苏雨也都吃了一惊。

司马靖雁不动声色地道："其实没啥好大惊小怪的。所谓已知的六十三个时空，只是他们在资料中公开宣布的数字，并不代表他们手中就没有掌握其他的时空信息。另外我绝对不相信在时间线和空间线构成的这个世界上，仅仅只有这点数量的时空，所以会发现新的世界真的很正常。"

林苏雨也恢复了正常，问道："那么他们有没有发来时空门的启动程序？"

"有。"时飞扬点头道。

林苏雨直接连接上了网络把程序下载到脑中，转身离开去到实验室。

"具体他们要我们做什么呢？"宋采文认真地问。

"这是一个登陆行动。"时飞扬靠在椅背上道，"我们的任务有两个。第一，根据他们的提示穿越到新时空，再平安地穿越回来。然后把穿越得到的数据提供给他们，让他们分析后确立新时空的时空坐标和编号。第二，在那个未知时空继续寻找其他未知时空信号，因为也许一个未知连接的是就是另一个未知。这个任务会花费我们大约半年的时间。"

"这种事情他们为啥要我们时光侦探社来做？"宋采文挠了挠头道，"他们自己人去做难道不是更精确吗？他们一定有比我们更专业的科学家。"

"这个问题你去问委员会比较好。"司马靖雁淡淡地一笑，倒了杯红酒道，"事实上，去未知的时空是很冒险的事情，第一次穿越你不会知道自己会去到什么时间、什么位置。第一次穿越成功后，你也不知道能不能确保自己回来。"

"除非你是时空能力者。"慕容流浪插嘴道。

宋采文恍然道："这就是他们每年给我们'时光'数十万两黄金的真正原因。我们拥有一个有时空能力的社长。"

时飞扬坏笑道："不错。要喝牛奶，若非必要没人会要养头奶牛。他们当然不会雷打不动地给一个雇佣兵那么多金子。我多少还有些他们所不具备的能力。"

"不过奶牛老大，委员会已经有十年没有发现新的时空信号了。"慕容流浪面无表情地道，"在我们和他们即将决裂的时候，这会不会是一个陷阱?"

"奶牛老大……这个称呼好恶心。"宋采文吐了吐舌头。

"信号问题，林苏雨会分析清楚，这不用担心。"时飞扬浅尝了口红酒，"至于陷阱，人生原本到处都是陷阱。是不是。流氓兄?另外采文同学，女生不要乱吐舌头。"

"总之，不管是不是陷阱，我是要去的。"王猛的声音在门口响起。

"景略，你不用念书吗?"时飞扬不置可否道。

"读万卷书，不如行万里路。我想我本就是在时空中成长起来的。"王猛负着手傲然道，"生于时空，死于穿越。"

时飞扬摸了摸鼻子，苦笑道："我以为这是我的台词。"

宋采文终于忍不住笑出声来，而慕容流浪的眼中亦露出温暖之色，这里的人果然个个都是宝贝。

这时，办公室广播中响起林苏雨甜美的声音："我已经分析了他们的时空门程序，的确是一个未知的时空信号。这个时空门的准备时间不会超过两个小时，时光的各位同学们可开始准备。我们出发，去往未知的历史!"

　　光华闪过，时光侦探社的众人出现在一片空旷的平地上。

　　林苏雨打开设备，低声道："平安降临新时空，编号确定之前，此地暂定为第零号时间点。"

　　"采文帮苏雨收集这里的时空信息，流氓兄去前面看下这里的情况。希望我们到的是城市，而不是蛮荒时代，我可不想和野兽打交道。"时飞扬抬头望了望天空，千万年的历史，无论人类的世界如何变幻，天空始终是一个样子。

　　慕容流浪也不多言，直接朝前去了。

　　王猛则给宋采文打着下手，又忙里偷闲地问道："大叔，为啥老头子他每次都不跟着来？我看他平时精神得很，完全能够胜任穿越。我听说就算大叔你遇到危险，他也是坐在家里不动的。"

　　"那是因为他知道我不会出事。司马老头他不穿越，并不是没那个体力，而是没那个心力。"时飞扬正努力让自己的精神力和周围的时空信息融合，没有精神具体给王猛解释。

　　王猛想了想也没有多问，又开始摆弄起林苏雨分配给他们的小设备。

　　不多时慕容流浪在联络器中道："飞扬，我们到了你最喜欢的时间段。"

　　宋采文吃了一惊，奇道："老大还有最喜欢的时间段？"她早以为时飞扬已经穿越得麻木了。

时飞扬淡淡一笑道:"多少年?"

"接近于第七时空的公元 200 年……左右。"林苏雨机械地报出了一个时间,"地形勘测显示为中国东南部。"

"流氓兄那么兴奋,一定已经找到具体信息。说吧,我们在哪个城附近。"王猛笑嘻嘻地道。

"是流氓大叔,你有啥资格叫他流氓兄,没大没小。"时飞扬纠正道。

慕容流浪早已习惯他们二人的调侃,平静地回答道:"你们向东五里路,就是吴郡城。"

时飞扬微微扬眉,低声道:"景略最近你认真读书之后,对这个时间段有何看法?"

"若在我们第七时空,公元 200 年一共两件大事情,上半年江东孙策遇刺身亡,下半年曹操在官渡击败袁绍。"王猛不假思索地道,但他随即又愣了下,"我们现在是身处江东吗?天啊!小霸王孙策啊!千万别已经死了,我还想看他一眼!"

"我们是在江东没错,地图我做出来了,但具体时间我得不到。因为相对的时间是各个时代人们自己定义的。"林苏雨收起肩膀上细长的天线,然后递给时飞扬一个电子地图板,方圆两百里的地形图已经都在这个盒子中。这块电子板会随着它的移动,继续扫描周边地区,存储的地形也将越来越大。

"你真了解我,苏雨亲爱的。谢谢。"时飞扬接过电子地图看了一眼,然后底气十足地说,"来吧,孩儿们!兵发吴郡去也!"

王猛兴奋得大叫一声,跟着时飞扬就走。边上传来宋采文鄙夷的话语:"路盲,没地图就不敢走路的傻瓜。"

时飞扬则毫不在意地道:"采文同学,人总有各自的弱点。你可不要打击一片,流氓兄会不高兴的。"

联络器中一片沉默,慕容流浪虽然一言不发,宋采文已经可以想象到对方的表情。

吴郡城,也就是在今日苏州的位置。苏州城早在公元前 514 年就已建城,据说是由英雄无双的伍子胥监督建造。遥想起来,这古老的城池到 21

世纪已有两千五百多岁了。

时飞扬带着"妇女儿童们"进入吴郡城正值正午时分，来来往往的人群昭示着远离中原乱局的江东正蒸腾日上，经济与人气和他们的统帅孙策一样，到处都显示着昂扬的朝气。

众人找了个客栈安顿，然后步入客栈对面的听雨茶馆，等待慕容流浪。茶馆内很热闹，店家告知众人雅座已无，时飞扬他们找了个楼梯口靠窗的位子，虽然楼梯口人来人往，却也能看到外面的街道。

茶馆中，人声鼎沸，有的说着家长里短，有的议论着吴郡风月，更多的则是说着江东时事，以及北方的曹操与袁绍之争。而在这些议论中，最多的还是周郎和孙郎这江东双璧的事迹。孙策的勇武霸气，周瑜的雄才风流，大乔小乔的绝代风姿，是这一代江东人的骄傲。作为江东的百姓，可能没听过白马斩颜良的关羽，却绝不会不知道孙策和太史慈的惊世决战。作为东吴的臣民，或许不知道中原谋士郭嘉、贾诩的决策千里，但一定都知道周瑜周公瑾的运筹帷幄之能。

小霸王孙策带领他那一干江东虎狼，彗星般崛起江东的过程，让人几乎分不清，到底哪些是历史上的真实，哪些是民间的传说。

林苏雨从怀中拿出一个古朴的茶壶，壶盖旋动了一下，发出"嘟"的一声，她朝众人点了点头，示意隔音效果已经打开，可以随便发言。

"老大，你既然最喜欢这个时代，该来过很多次吧？"宋采文好奇地问道，她一身男装，灰色的武士服和武士髻掩饰了美丽的容颜。

时飞扬一摆手道："不常来。"

"为什么？"宋采文眨眨眼睛。

"因为太喜欢，所以很难按捺住改变历史的冲动，所以不敢多来。"时飞扬给几个人都倒上茶水。

"但那些大叔你喜欢的时间段、欣赏的人，你一定都见识过了，所以如果遇到名人，大叔一定要给我介绍啊。"王猛一脸期待地道。

时飞扬眯着眼睛若有所思，点头道："这是自然。三国时代绝大多数名人我都见过，不过真正让人惊喜的，是你在不同时空发现之前不知晓的天下奇才的时候，那才是真正的惊艳。"

这时，几个青袍人上楼，店小二看到他们忙不迭地迎了过来，他们之后一个锦袍公子微笑而至。但真正让时飞扬等人注意的是锦袍客之后的青衫书生，那人面容俊朗，一双星目顾盼风流，举手投足间说不尽的温文儒雅。

"那个青衫客一定不是普通人。"宋采文压低了声音道。

时飞扬在宋采文和王猛殷勤的目光下，只得道："这就是陆伯言。"

"陆逊陆伯言……好年轻啊。"宋采文一直目送对方进入雅座，才感叹道。

时飞扬轻轻给了她一个脑瓜子，皱眉道："你至于那么大的反应啊。真不专业。"

"老大，我知道你为啥喜欢这个时代了。"宋采文笑了笑，"这里是传奇最多的地方。我们随便喝个茶就能遇到名人。"

"他们为何过来就有雅座？我们比他们早，店家却说没有。"王猛在意的却是这个。

时飞扬笑道："吴郡四姓，顾陆朱张。刚才进去的分别有陆家和朱家，你觉得自己还有必要问这个问题吗？古代，出身往往决定一切。"

王猛撇嘴道："现代也是如此。现代的老百姓自以为过得很好，其实只是社会体制造成的假象。"

"老大，这里真的是不同的时空吗？"宋采文悄悄地问道，

"关于这个问题，最专业的人士应该是苏雨。你不要问我。"时飞扬淡淡道。

"只是……你难道不觉得我们一路的见闻，都告诉我们这个时代和我们第七时空没有差别吗？"宋采文问道。

林苏雨认真地答道："两个不同时空的局部历史是可能相似甚至相同的。何况我们一路过来并没有机会接触这个时空的史籍，光听市井间的对话，不能妄下定论。"

"会有时间让你研究两个时空的不同。晚些搞部《史记》看就行了。"时飞扬笑道。

"你就知道这个时空一定有《史记》？"宋采文皱眉道。

"当然，到十个时空，十个时空有《史记》，就连流氓兄所在的第六十二时空都有，他们那个时空连汉朝都没有，却有《史记》。司马迁大人在

任何时空都是超强的人啊!"时飞扬看着走入茶馆的慕容流浪笑道。

"这个地方不一样。"慕容流浪带着唯恐天下不乱的表情坐到他边上。

"怎么不一样呢?"王猛一下子来了兴致。

"这个地方的孙家只有三兄弟,孙策、孙翊、孙匡。"慕容流浪看着时飞扬道。

时飞扬笑了,很舒服地换了个坐姿,低声道:"我爱这个时代。"他看向王猛道,"明白问题所在了吗,景略?"

王猛早已开始皱眉,沉声道:"果然是很麻烦啊。"

一旁的宋采文皱眉道:"怎么麻烦了? 不就是没有孙权吗?"

"大姐头,你不明白没有孙权的意义?"王猛吃惊道。

宋采文想了片刻,笑道:"我知道孙权很伟大,但是有他没他世界还不是照样转。"

"你错了。"王猛严肃地道,"事实上,如果没有孙权,就在这个时间段三国的历史就已危如累卵。"

时飞扬看着这有趣的姐弟,笑了笑道:"其实你们两个都没错。世界不会因为缺失了某个人就停止向前,但孙权这个人对于我们曾经熟悉的那段历史,的确也是不可或缺的。"他站起身,推开窗户望向茶馆外的街道,缓缓道:"按照我们自己时空的历史,如果没有孙权,在这建安五年,孙策就不可以死。孙策如果死了,孙家无人能掌大局,江东可能重新陷入战乱。连锁反应就是,曹操拿下官渡后,赤壁大战都不用打了。三足鼎立的格局将不太可能出现。如果没有孙权,'生子当如孙仲谋'这句话也不会有了,如果没有孙权,很可能不会再有三国!"

宋采文道:"这倒有点像小猛子出生的第十三时空,晋朝未曾出现,长达两百年的魏帝国。"

"千古江山,英雄无觅,孙仲谋处。舞榭歌台,风流总被,雨打风吹去。"时飞扬轻轻叹了口气,外面居然下雨了,而这个时空真的没有孙仲谋。

"斜阳草树,寻常巷陌,人道寄奴曾住。想当年,金戈铁马,气吞万里如虎。"王猛亦叹息道,"如果没有三国,后半句的刘裕刘寄奴恐怕也不会有。"

看一大一小在那里感慨，宋采文却很难投入进去，她虽然也爱好历史，但第一对江东孙吴不熟悉，第二她原本就不是那种喜欢热血山河的人。就好像宋词分为豪放派和婉约派，时飞扬他们是豪放派，而她一定是婉约派。

宋采文举手打断二人的感叹，问道："我们这次任务和有没有孙权无关吧？既然是一个未知的时空，自然会有不一样的地方。"

连林苏雨也支持宋采文道："我们的任务只是成功完成这次穿越，并尝试找寻新的时空信息。我想我们的第一个任务已经完成，至于第二个任务，则要看运气。"

"那有什么好玩？"王猛一脸的不情愿，"如果只是这么简单，我们不如马上回去得了。未知时空的信息，他们时间委员会十年才找到一个，我们这次行动纯粹是碰运气。如果光是为了完成穿越，那太没意思了。"

"老大，你说吧。"宋采文不理睬那小子，直接问时飞扬。

"第一个任务没有悬念。但为了确定这个时空的历史进程，我们还需要搜集一些这里的史籍和经典。这个任务就交给采文了。而我个人觉得，在一个新时空找寻未知时空信息的可能性，的确要大过在那些被他们时间委员会研究烂了的地方。"时飞扬的语速听不出一丝情绪，他只是心平气和地在布置任务，"收集时空信息的任务交给苏雨。只要你觉得有必要，你可以用足半年的时间。如果需要，我们也可以换地方，比如去荆州城和许昌看看。如果觉得有必要，我们也可以去这个空间的其他时间段看看，这个需求采文同样可以提出。你知道也许去其他时间段，能够得到更丰富的书籍经典，也更能看清楚这个时空的历史走向。"

然后时飞扬按着王猛的肩膀，笑道："至于景略，我们找机会一起去看看孙策的样子吧。流氓兄，你是否和我们一起？"

一直看着他们讨论的慕容流浪耸耸肩道："为什么不？我想你应该已经感应出来，只这个茶馆中，就有实力很强的高手在。"

"这就是我喜欢三国时代的原因，走到哪里都有让人惊喜的高手存在。"时飞扬目光扫视众人道，"任务布置完毕，接下来就是自由行动时间。联络器始终开着，请各位随时保持联系。吴郡城是很休闲的一个城市，我想大家很快会了解到这一点。"

听雨楼，雅座。

"听闻最近孙伯符意图北上许昌，伯言你怎么看？"仆从全都退下后，朱桓终于说话。

"这对孙郎而言是最好的时机，亦是之后十年都难见的时机。官渡之战不论袁绍和曹操最终谁赢，北方豪强的实力都会变得空前强大。"陆逊淡淡道。

"江东已是他的天下，自然该望向更远的地方。"朱桓看了看陆逊的脸色，笑了笑道，"这些都是全天下都知道的消息，只是伯言近来可收到其他风声？"

陆逊刚刚拿起的茶杯，又重新放下，看着朱桓笑道："休穆，你到底想说什么？"

"听闻许贡死后，他的门客蠢蠢欲动。"朱桓低声道。

"你是为孙伯符担心，还是在幻想着什么？"陆逊侧头道。

朱桓道："许贡门人素来悍不畏死，我得到风声，其家人更散尽家财，重金请了几个剑客。"

"你都知道了这个消息，孙郎怎会不知？他即便不放在心上，程普、张昭他们亦会小心。"陆逊摇头道。

"偏生他们就是没有放在心上，孙郎最近一切如常。就我的观察，他身边的护卫甚至不如以往。"朱桓冷笑道。

陆逊沉默了片刻，低声道："那你叫我来此，意图如何？"

朱桓站起身，沉声道："孙郎不能有事，我不管张昭还是程普究竟是有意也好，无心也罢。孙郎绝对不能有事！"

陆逊脸上露出和他年龄不符的成熟，低声道："江东四大家族，向来谁都不服谁。吴郡四姓亦是如此。因此朱治支持孙家入主江东，原本就是为了在此乱世，给原本你死我活的局面寻求缓冲，却不料孙郎和周郎进退有序，短短几年就一统江东。他孙伯符一旦北上，江东四大家族能否成为天下四大家族犹未可知，但孙家的名望定将无人能够抑制。从此无论他北上成败与否，江东都只是他孙家一人之天下。只是吴郡四大家可能会不让孙郎北上，张昭和程普却不会。如此，那两人该为孙郎着急才是。"

孙桓皱眉道："那伯言的结论是？"

"他们在观望。"陆逊苦笑了下，叹息道，"南方大族缺乏纵横天下的气魄，故从古至今甚少有经略中原的机会。每遇大事，他们不是裹足不前，就是左右观望。孙家初起江东，根基未定，一旦孙伯符出现危机，则孙家无人能掌大局。"

"是……"朱桓想了想道，"因此他们既不支持刺杀，也不反对。许贡门客本是外人，成败与否与各大家族无关。而孙策身边的人，也因为被人掣肘而护卫不力。"

陆逊笑道："休穆若想助孙伯符，就当送信给周郎。周瑜若暂回吴郡，孙策必无危矣。"

"谈何容易。"朱桓站起身道，"我已派人密切关注孙郎动向，如有危机随时支援。我的确担心伯符，但你有没有想过，万一孙伯符真的有难，江东会归属何人？"他看了看茶楼内热闹的场面，目光落在了时飞扬等人的位子，思索道："近来吴郡生人不少……"

陆逊眼中闪过一层阴影，朱桓心里到底在想什么呢？

不多久，陆逊离开了雅座，经过时飞扬他们的座位走下楼去。

宋采文的注意力又一次被陆逊吸引，时飞扬不由得觉得有些好笑，调侃道："你那么喜欢这里的人，不如定居在吴郡得了。周郎、孙郎都是帅得惊天动地的家伙。"

"少烦我，我都不能去搭讪，光看看也不行吗？"宋采文举手抱怨道。

"谁说你不能搭讪的？"王猛正要取笑她，却发现时飞扬的目光也不对。顺着时飞扬的目光望去，一个青年文士带着一个灰衣老仆正从另一侧的雅座走出。那文士身着蓝白衣袍，发髻高束，留有短髭，俊朗的眉宇间却自有一股狷狂之意。

时飞扬眼中露出复杂之色，低声道："流氓兄，跟着他们。小心。"慕容流浪眼中精芒闪过，竟从窗口无声无息地飘忽而出。时飞扬看着王猛，沉声道："孙策危险了。"

"老大，这家伙是谁？"看着拾阶而下的文士，王猛凭直觉感到对方非寻常之辈。

"郭嘉郭奉孝。"时飞扬面色凝重，郭嘉出现在江东自然是为了杀孙策，他作为曹操帐下最重要的谋士，此时离开官渡来到江东显然是志在必得。

"我以前关注过郭嘉这个人，据说在官渡决战前，他成功地预测了孙策的结局。"王猛皱眉道。

"策新并江东，所诛皆英豪雄杰，能得人死力者也。然策轻而无备，虽有百万之众，无异于独行中原也。若刺客伏起，一人之敌耳。以吾观之，必死于匹夫之手。"时飞扬微微一笑，低声道，"我曾经在一个时空，亲耳听到他说出以上这番话。但在那个时空，他可没有亲自来江东，我一直很欣赏这个家伙。"

此时，一个青袍人从朱桓的雅座出来，对时飞扬道："这位公子请了。我家主人请公子到雅座一叙。"

时飞扬看了眼郭嘉消失的方向，也不多问，留下其他人，起身随对方而去。

而王猛仍自震撼于时飞扬的经历，自由在各个时空游走，见识天下兴亡之时，力挽狂澜于即倒。什么时候自己也能这样？他忽然想到自己也曾经拥有在天下指点风云的命运，而如今呢？即便回到出生的地方，他也并没有足够的信心能重拾那个"王猛"指点江山之路。

朱桓端详时飞扬片刻，才笑道："公乃非常人也。"

时飞扬微微一笑，"在下时飞扬，你我素未谋面，朱公子有何见教？"

朱桓诧异道："你认识我？"

"在江东，谁不认识朱公子。"时飞扬道。

朱桓显然很欣赏时飞扬的回答，微笑道："坐。"时飞扬没有动，朱桓更满意了，他收起笑容，问道："时先生来吴郡何事？"

时飞扬道："我是军马铁器商人，今中原大战已近尾声，故带着仆从来江东看看有没有新的机会。"

"军马铁器。"朱桓笑道，"只有有实力的人才能做这种生意。不知时先生是否已找到机会？我朱家对这种生意向来是有兴趣的。"

时飞扬点头道："那多谢朱公子了。"他再次躬身施礼，远远听茶馆外的街道上忽然人声鼎沸。

朱桓笑道："这定是老神仙于吉又出巡了。这十多年他常往来与江东各城治病救人，近来每日都会在此间的无念阁布道，这条街道是必经之所。那些信徒会聚集在这条街上，焚香礼拜。"

时飞扬展眉道："没想到江东也有海外仙人停留，如此吴侯必定对他礼敬有加。"

孙伯符会礼敬有加？朱桓嘴角挂起一丝冷笑，没有接这个话茬。这当然都落在时飞扬的眼内。

此时街道上的声音忽然小了……朱桓道："必是神仙于吉到了。飞扬若未见过，可于窗边一观。"

时飞扬走到窗边，见于吉老道身披鹤氅，长发随意一束，悠闲坐于辇上，正徐徐前进。他方要说些什么，却见车架后方的人群忽然一乱。数道人影跳跃而出，猛扑向街道西面的几个看似大户人家模样的人，正中那人身形雄健，俊朗刚毅的面庞霸气十足。

朱桓看到那个英伟无比的青年男子遭到袭击，亦吃了一惊道："居然是伯符和老夫人！"

时飞扬却道："公子莫慌，久闻孙伯符为当世强者，区区刺客必定伤不了他。"

话虽如此，街道上早已乱成一片。那五个持剑而来的刺客奇快无比，只两三个起落就到了孙策身边。五人配合极为默契，长剑前后交错而来，剑气纵横俨然成剑阵之势。而孙策却凛然不惧，长剑在手大喝一声，居然一剑迫退五人！

同时隐藏于街道中的侍从亦大叫着上前护卫，但这些刺客显然计划周详，在街道两旁各有一个弓弩手放出冷箭迫住了前来救驾的人。

街心的刺客两旁一分，三人前后杀向孙策，另外两个冲向孙策身后的老夫人。那吴老夫人拉着个小女孩急向后退，又如何快得过杀手。孙策手中的长剑剑芒暴长，起落三剑竟然快速刺翻三人，但另两个刺客已经到了吴老夫人面前。

刺客的剑光扬起，直朝吴老夫人头上落下。

忽然一柄短剑架住了刺客的剑锋，王猛冷笑着站在吴老夫人身前，对着刺客摆了摆手道："祸不及妻儿眷属，你们不懂江湖规矩吗？"

那两个刺客大怒，左右分刺王猛。王猛淡淡一笑，平时训练的成果日渐显现，他并不出剑而是侧身一个横扫，一人一脚正中对方的太阳穴。两个刺客当即昏倒在地。但这时街道两边各有弩箭从天而降，直插在那两个刺客的咽喉上。掩护王猛的宋采文身形飘起，手中长鞭迅即卷向射箭出来的窗户。

这时，奇特的事情出现了，窗户晃了一晃却并未看到人影，但整个街道上立刻起了一阵旋风。

孙策只感到森寒的杀气笼罩向自己，却不知道敌人究竟从何处攻来！他双手持剑，整个人散发出一阵昂扬的剑气，突然一声暴喝，长剑向前劈出。"当！"孙策感到剑锋将对手挡了出去，但与此同时他的肩头也有血花绽出。孙策一咬牙，长剑旋风舞动，连续挥出十余剑，却没有再接触到任何敌人，而那恐怖的杀气仍然挥之不去。

吴老夫人大叫道："侍卫何在？速速保护吴侯。"

朱桓亦按捺不住，从窗口跳下，指挥侍卫奋勇上前，但那些侍卫方一靠近战局，就连续倒毙了十余人，而且都是身首异处，一剑断头干净利落。

孙策大吼道："由我来杀此人！他人不许靠近！"其他人听了只得远远地站了一圈，显然不知道该怎么做。"把街道两边全都封锁住。"孙策深吸口气，终于在危急中显出名将本色，他剑尖遥指四方，以剑意寻找敌人的踪迹，竟然连续封住对方五次攻击。

尤自站在茶楼上的时飞扬看到这里，微笑摇头道："看不见敌人也能感觉到对方的攻击，孙郎果然不同凡响，但他的脾气还是不管在啥时空都是那么差。"他把目光投向周围的护卫，那些家伙似乎一个个都不敢靠近孙策，更别提近身保护了。江东的局势很是微妙啊。但那个刺客到底有何神通，隐形人吗？他在联络器中道："景略，你边上就是一家染坊。知道怎么做了？"

王猛嘴角挂起坏笑，冲入边上的染坊，抱出一桶绿色的染水，大步冲入战局。

孙策见王猛跑了进来，大吼道："小鬼这里不是你来的地方！"

王猛一进入战圈就感到场内的杀气远过他的想象，忽然他本能地向左一侧身，他的右面掠过一道劲风。王猛举起染水桶，身子一转圈绿色浓稠的水浆洒向四方。

孙策身上几块绿色的染料沾身，不由得剑眉一展，而场中这一瞬间出现了一道绿色斑斓的身影，他的长剑呼啸而起。那绿色人影一闪便迅速冲入周围的人群，那些百姓被他撞得东倒西歪，朱桓带领侍卫一通猛追，但没追几步就又失去了对方的身影。

敌人离去，身边的那些侍卫才护卫上来，孙策看着剑锋上的一点血迹，面色冰冷。这时远处居然响起此起彼伏的祷祝声，那些膜拜于吉的百姓丝毫未受这边孙策遇袭的影响。孙策深吸一口气，眼中杀气一盛。但他转身面对吴老夫人和王猛的时候，俊朗的脸上却恢复了常态。而小女孩孙尚香则牢牢地拉住王猛的衣角不放手，天真的眼睛里写满了崇拜。

时飞扬在联络器中道："景略做得很好，好生应付孙伯符。一会儿你就要看到历史上的那些桥段。"不等王猛回答，他又调到慕容流浪的频道问道："流氓兄，你那边怎么个情况？"

"郭嘉的住所在吴郡城的西面一处乡间小屋，但我跟他出茶楼时那个灰衣老者就消失不见，之前毫无征兆。我为了跟郭嘉也没有多考虑那个人。"慕容流浪回答。

"那个灰衣人或许就是隐形能力者。"时飞扬思索道。

"郭嘉藏身之处，已经来回进出了三拨人。尤其是最后一个，有很强的实力。那人发色微红，面容很年轻，从配剑的方式看，似乎是左手用剑。"慕容流浪继续道。

时飞扬沉声道："我明白了，看来这次孙策想不死很难。"

"那却未必，就看我们是否出手。"慕容流浪淡淡道。

"你觉得我们该出手吗？孙策可从来都不讨人喜欢。"时飞扬抬头看了看天空，无论走到什么时空都要做选择题啊。其实这些都是古人自己的事情，与我们何干？他下意识地摸了摸心口，郭嘉把许昌第一剑手夏侯河图带了来，这步棋对江东人来说有解吗？

三国是名将的时代，和其他朝代不同，由于其他朝代最后总会有一家诸侯统一全国，所以人们往往能够记住的就只是最后胜利者的名字。如大家都知道汉朝的韩信、樊哙、曹参，而和他们对抗曾经获胜无数次的项羽大军中，除了无敌统帅霸王项羽外，其余将领的资料都无从稽考。又如大明有常遇春、徐达等人威震天下，而元朝的无双名将王保保在今天几乎无人知晓。

三国不同，乱世时间长了，割据的诸侯各自有了自己的疆域和史书，各自名臣猛将的名字都能流传下来。刘备麾下的五虎将，曹操的五子良将，孙权的东吴虎狼，交相辉映出了一个波澜壮阔的时代。

"每个时代，都有未名存青史却实力超群不凡的人。这种人一般我们穿越的时候也不太会遇到，因为他没有名气，即便遇到了我们也不太会注意。有实力的人太多了，有时候我们也注意不过来。"时飞扬喝了口茶，笑道，"但很不幸，夏侯河图就是这么个没有名存青史，却实力强悍如怪物的家伙。各个时空的三国我几乎都去过，夏侯河图不是每个时空都有，但至少在其中的五个时空都存在过。我们来的第七时空并没有他的身影，所以《三国演义》里自然更没有提他。这个人怎么说呢，是夏侯渊的子侄辈，也是夏侯家武艺最强的子弟，在三国兵器谱中他可以位列五强。但他的确很少冲锋陷阵，他只是在关键战役中负责曹操的安全，亦是大战中曹操智囊团的第一护卫。除了这些场合，他通常都隐居于许昌潜修武艺。"

"三国名将有排行？"王猛好奇地道。

"各个时代的排行不同，各个时期的也不同。你要知道排行这个东西，并不只是现代人喜欢，古代人也喜欢得很。"时飞扬笑道。

"那这个时期，就大叔你所知道的，大概排行是怎么样的？说说前十的就好。"王猛热切地追问道。

"这个时期，吕布已经死了。本来从虎牢之役开始，一直到他死前，他都是第一。这个时期……"时飞扬想了想道，"吕布死后，就没有了公认的天下第一。我大概按照我们第七时空的来排一下。在第七时空，这一时期前，公认的第一吕布，第二是典韦，第三文丑，第四颜良，第五孙策，第六关羽，第七张辽，第八张郃，第九张飞，第十太史慈。"

"天啊！严重抗议居然没有赵云、马超，怎么可能？颜良、文丑怎么会排在那么前面？张飞怎么会排在那么后面？"没等王猛抗议，宋采文第一个跳了出来。

"听我说完。"时飞扬笑了笑道，"吕布是没有争议的天下无双，典韦死之前是曹营第一高手，如同怪物般的存在。颜良、文丑是河北双雄，虎牢之前就威名显赫，袁绍麾下名将众多，而他二人始终都是翘楚。孙策有小霸王之称，凭己一人之力平定江东。这些都是已经建立了功勋的名将。反观关张此时，除了虎牢战吕布外，还很少在重大战役证明过自己，能排在第六和第九位，已经是考虑到他们虽然无有大军，却仍然经常和强敌交手的缘故。而至于其他人，恐怕你们没有什么心思去计较吧？"时飞扬微微一顿，继续道，"其实三国前面那段群雄逐鹿的时期，吕布麾下的高顺也是不比张辽差的猛将，曹营的夏侯惇、夏侯渊也完全有资格排在这个阵容里。那一直在荆州不曾参与中原大战的黄忠，你想他六十岁的时候还能和关羽大战，他之前年轻的时候是如何了得？另外还有原本追随白马将军公孙瓒的赵云，公孙瓒兵败之后他就不知所终，在早期的兵器谱上没有他的位子也可以理解。至于后来的锦马超，此时也远离中原战局，若说威名只怕他的父亲马腾比他还要高些。"他看着被唬住的姐弟，又微笑道，"所谓榜单在任何时代都不可能做到面面俱到的，当然，等到了赤壁之后，这个'十大'的阵容就又不一样了。"

"说吧……"王猛皱眉道。

时飞扬脸上露出了缅怀之色，他低声道："短短十年中，前十排名的武将就有一半不在这尘世。其实真正的天下第一已不存在，其余的排名也不再重要。吕布、典韦、颜良、文丑、孙策、太史慈相继阵亡。许褚、马超、赵云、夏侯渊、甘宁、黄忠、庞德等人，相继进入天下十大的行列。"

"我看他是不敢说具体排名了。"宋采文摸着王猛的脑袋，颇有点同仇敌忾的架势。

一旁的林苏雨解围道："话说回来，如果那个夏侯河图是可以排在前五的高手，那真的是有杀孙策的实力。即便没有他，今天那个隐形人也绝对有刺杀成功的可能。"

时飞扬点头道："所以说话题回到最初，不出意外孙策不会活过这次刺杀。我所不理解的是景略为何希望我们出手，来帮助孙伯符活下来。"

王猛皱了皱鼻子，低声道："只是上次我们救了孙策大哥之后，他对我很好。他不要我叫他吴侯，只让我叫他大哥。吴老夫人也对我很好。我很难想象，孙策死了，而且没有孙权他们孙家会变成什么样子。"

时飞扬耸耸肩道："你对他们有恩，所以他们才对你好。怎么从你的嘴里说出来，好像是你欠着别人的？"

宋采文笑嘻嘻道："当然是因为这些天吴老夫人每日派人相邀。小猛子被东吴的旖旎风光迷住了。我想他让你叫他大哥，一定是跟着那小丫头叫的。"

王猛皱眉道："你们别乱说！"

时飞扬沉吟片刻道："但我不想轻易改变这里的历史。我们刚刚来到这个时空，并不意味着可以对这个空间的历史不负责任。"

"大叔是要确认历史吗？"王猛问道。

时飞扬笑道："我已经让苏雨准备这个时空的资料设备，然后我会去向这个时间段的一百年后。"

"时空能力者为啥也要苏雨准备设备？"宋采文不明白。

"他必须要确认没有偏离时间线。"林苏雨拿了个小盒子递给时飞扬道。

时飞扬笑道："我去一百年后看一下历史走向。如果他本该逃过此劫，我们就顺手助他一把。"

王猛皱眉道："如果本来就死不掉，我们帮不帮忙也不重要。"他拉着时飞扬的袖子道："大叔，我和你同去。"

这时，慕容流浪从门外进来道："王猛，孙尚香那小丫头又来找你玩了。"

时飞扬坏笑道："还不快去？别让小美眉等急了。"

边上其他人一阵哄笑，王猛皱眉道："你们有没搞错？我会对小屁孩感兴趣？"

"那可是历史上著名的美人啊！你别不知足。"宋采文夸张道。

"你不对她感兴趣，难道对你采文大姐感兴趣？"连林苏雨都调侃道。

"那也要等他发育了再说。"宋采文捏了捏王猛的脸蛋。

王猛气愤道："就是感兴趣，在这个时代，我也是对大乔小乔感兴趣吧？"

"是吗？难道你已经见过孙策的夫人大乔了？心生爱慕？你下次偷拍个照片回来吧？让大家都看看传说中的美人。"宋采文明显八卦情绪大涨。

"好了，我先走一步。"时飞扬微笑道，"你们继续执行之前交代的任务，对于孙策关注即可，不可过多地干预历史。"说着退后几步，把林苏雨给他的时空信息器放到怀中，眼中金光浮现，身形消失在了空气中。

吴郡城西竹林精舍。

郭嘉坐于正中，两旁几个武者肃然而立，在茶馆中的那个灰衣老者正认真地讲述这几日吴郡的状况。

"上次行动后，孙策府上的护卫数量的确有所增加，但他自己出行依然是没几个从人。而张昭、程普、朱治等人似乎也并不很上心。我觉得吴郡四姓该是达成了某种默契，我们之前的游说行动的确起到了作用。"灰衣老者道。

郭嘉淡淡道："李落影，你莫小看了吴郡四姓。上次朱桓可没有坐看着你行刺。"

这个老者名叫李落影，是曹操飞鹰营的统领，飞鹰营专门负责情报和刺杀工作，是曹操手中的一把匕首。

郭嘉笑了笑，又道："但人的天性就是如此，可以同患难，不可共富贵。之前吴地势力割据的时候，几个世家大族为了平衡，一起拥护孙策上位。如今江东天下不再战乱，他们自然想太平度日。尽管孙伯符那条小疯狗又想北上，其他人可未必愿意。孙策自然不能死在江东人的手上，而且的确，一旦他死了，江东没有人能坐稳他的位子。但人都有阴暗的心理，或许许多人都盼着孙郎栽个大跟头，或者死了也很不错。"

李落影点头道："先生说得在理。"

"那天泼你一身染料的少年，他的底细你查清楚了吗？"郭嘉问道。

"有也没有。"李落影皱眉道，"他们就住在听雨茶馆对面的张家客栈。据说他们的主人是北方军马铁器商人，但事实上我们手上根本没这家商人的资料。他们一行五人，主人和另一个男子很少露面，平时只看到两个女子和那个少年。"他上前一步，将准备好的卷轴交给郭嘉，"姓名和平时作息时间都在这里。但这些人仿佛凭空冒出来的一样，我们没有他们到吴郡前的任何信息。"

"我不喜欢这种情况。"郭嘉清秀的羽眉皱了皱，"有没有办法抓个过来问问？"

李落影低头沉吟道："可以试试看，不排除这是孙策邀来的外援。因此他在东吴各道关卡才未留下通关痕迹。"

"孙策那么骄傲的一个人，他不会邀请外援。"郭嘉想了想道，"还是先派人盯着，不要打草惊蛇。或许这是周瑜安排来的人。河图你怎么看？"他忽然望向一直坐在角落不发一言的夏侯河图。

"这几日，我出门的时候常有被人窥探的感觉？"夏侯河图淡淡地道，"如是江东的人知道你我在此，只怕早已攻了过来。所以唯一的可能就是那群陌生人。你觉得我们需要主动攻击吗？"

郭嘉低声道："敌不动，我不动。杀死孙策才是第一要务，其他人都不值得我们出手。"

"许贡的门客最近活动频繁，他们吸引到了足够注意力了。"李落影笑道，"说实话，在吴郡只要那四大家族不允许，他们屁用没有。"

"所以就看孙伯符如何行动了，他是冒险以身诱敌，以暴制暴，还是和四大家族谈判，适时用雷霆手段解决问题。"郭嘉伸了个懒腰，懒洋洋地道："他究竟是何种位面上的人物，就看这次的表现吧……"

"你不是一直看不起他吗？"夏侯河图冷笑道。郭嘉却不理他，只是摆了摆手示意谈话结束。

"作为陌生人可以看不起他。作为敌人，就要扼杀一切可能。"李落影等了片刻，替郭嘉回答道，而郭嘉似乎已经睡了。

孙策这几日的心情并不好，有刺客他并不担心，他心烦的是在这件事情上，吴郡四大家表现出来的态度。几个许贡门人居然怎么抓都抓不到，谁相信？许贡尽管曾是名义上的吴郡太守，但实际上并没有很大的能量。

他和朱治谈了一夜，那老头子依然明确表示站在他一边，但四大家族另三家的表态则叫人难以轻信。毕竟刺客一天没抓住，这事情就一天都不会结束。

张昭、程普、吕范站在书房之外，看着一脸疲惫的朱治离开，又等了很久孙策才阴沉着脸出来。

"至少他们不会明目张胆地反对我。如此只要拿住刺客，就能安心率领大军北上。"孙策沉声道。

"他们到底想要什么？"程普怒道。

"他们喜欢权利，却没有获取更大权力的野心。他们是要告诉我，他们对我的重要性，却不惜站在我的对立面。"孙策冷笑道，"我觉得他们需要看到血了。"

吕范道："但不是现在，现在第一要务是解决掉那些刺客，我总觉得背后一定有其他人在搞鬼。"

"王猛那小子背后的时飞扬会不会有问题？"张昭问道。

孙策摇头道："不，他们至少在第一时间帮了我。母亲大人也和我说那小王猛虽然隐瞒了身份，但该没有其他问题。我也很喜欢这个小子。"

张昭沉吟道："主公，之前那个于吉已经关在牢里几日，如果没有大的变化不如放了。他在江东多年，善举无数，从不惹事，吴郡百姓天天在为他请愿。"

"于吉？"孙策扬眉道，"他不是呼风唤雨神通广大吗？何不自行出狱？"

程普皱眉道："可是那些百姓每日都在牢前聚集，就这么关着……这也不是办法。"

孙策怒道："江东是我孙家的天下，百姓却为于吉逆我？"他眼中杀气闪现，这个江东不仅世家大族不断与他作对，就连那些装神弄鬼的家伙也和他争夺人心，这里到底是何人的天下？给他们带来太平的是他孙家的将士，而不是那些只会空口白话的家伙。

"只是……"张昭想要劝解，却又不知如何开口。

孙策俊朗的脸上浮现出残酷的笑意，缓缓道："听闻于吉与吴郡四姓素来交好，也罢……"

张昭和吕范都有了不好的预感，果然孙策恨声道："将于吉斩了。"

张昭、程普、吕范一起跪倒，低呼道："主公!"

孙策抬起头望向天上的云层，傲然道："全江东都要知道，他们的头上只有一片天，就是我。"

天空中，慕容流浪静静地注视着地上发生的一切，这里的轨迹与多数的时空都相吻合，却为何独没有孙权？这时联络器里面宋采文抱怨道："谁说走到哪里都有《史记》的？这里明明没有嘛!"

时空能力者可以不依靠任何设备穿越时空，但他们只能在登陆过的时空里做到准确穿越，而对于那些未曾到过的地方，他们也同样无法完全掌控。时飞扬来到了距离第零号时间点一百年左右的时间段，他相信凭自己的能力前后的时差也不过就是十年左右。

距离建安五年一百年左右，如果在时飞扬那个第七时空，则应该是傻瓜皇帝晋惠帝的天下，即公元300年左右，中华大地正在经历一段血腥残忍的历史——"八王之乱"；而如果在慕容流浪所在的第六十二时空，长达八百年的大秦帝国还远没有到结束的时候。

但不管怎么样，建安五年的一百年后，都是一个和三国不同的时代，在这个时间点回首去看三国，正是最合适的时候。时飞扬站在空旷的原野上，忽然头顶一阵轰鸣，几架飞机模样的东西轰鸣而过，他吃了一惊，低头看向时间罗盘。罗盘上明确地显示此地距离他来的位置一百二十一年。

这不可能! 自己可能穿越错误，但罗盘不可能会错，又或者罗盘可能故障，不可能他同时穿越错误。时飞扬向前走了大约十公里，终于看到了灯火。在小镇上他找了份的报纸，上面赫然写着"大汉五百二十七年"，人们穿的是古代的服饰，相对而言似乎带着点后现代风格，但是科技……科技直逼二十一世纪。他找了个图书馆，在网络中搜索了一百多年前的历史，居然显示汉朝没有过战乱。即便没有战乱这个科技是否也进步得太快了点？

时飞扬重新走到镇外，在无人处架设起了时空电话，"老头子，我没办法直接打给林苏雨，麻烦你传一下话。"

"好家伙，你的信号来自未知。浑小子你又去了哪里？"司马靖雁的声音从遥远的地方传来。

时飞扬道："说不清，你就别问了，你给林苏雨打电话，问她一下能否看到我现在的位置。我在这里等着。"

一小时后，司马靖雁回复道："她说你的位置在他们那个时间点一百多年后。"

"那就是没错了……"时飞扬皱眉道，"史书为何不对？"

"什么不对啊？臭小子！"司马靖雁一头雾水，时空电话却中断了。

时飞扬深吸口气，眼中金光再次聚拢，天地一晃，消失在了时空的缝隙间……

这一次他朝前推了五十年左右，此时在第七时空应该是司马氏专权，彻底击溃曹氏势力的时期，在这个时期大才子嵇康被司马氏杀害，"广陵散"从此而绝。当然，发生这些事情的前提是如果依然还有三国。

好消息是这一次时飞扬出现在了洛阳城外，而且科技显然保持着古代的水平，未曾飞跃。但毕竟还是有坏消息的，时飞扬很疲倦地坐在了地上，洛阳城来往的军士服饰他异常熟悉，赫然是大秦帝国的军士。

罗盘显示，依然表明穿越正确，但时飞扬却更加糊涂了。下一站，两百年后？这条时间线一定有问题。

洛阳城门口邓艾揉了揉眼睛，望着城门前的官道，自言自语："刚才那边明明有个人影，难道我眼花了？"他扭头对城门口的秦军喊道，"都打起精神来！孙权大人就要率领众臣回城了！"

张家客栈。

"孙策斩了于吉，果然整个江东一下子都被吓住了。据说连许贡门客的据点都被四大家族端掉，真的是拳头大才是老大。"宋采文一面转述着茶楼里听到的坊间话题，一面摇头叹息道。

"这几日郭嘉那间郊外小屋已经空无一人，一干人等消失得无影无踪。不知道是否已经撤离。"林苏雨亦猜测了起来。

"这和史书的进展一致，只怕没有那么简单。而且我们既然知道郭嘉就在附近，他当然是不会空手而回。"王猛不同意她们的看法。

宋采文薄薄的嘴唇挂起时飞扬般的坏笑道："小鬼头，你不用去陪你的孙妹妹吗？"

"那个小姑娘成天就知道找我打架，我懒得理她。"王猛没好气地说，他一扭头对林苏雨说，"老大怎么还不回来？我现在一听说孙策要去打猎就提心吊胆的，可恶的是他们明天又要出去打猎了。"

林苏雨缓缓道："老大已经换了十多个时间段了，这几天我是连他的信号都收不到。司马先生也来问过，他也没收到信息。"

宋采文顺手就给了王猛一个脑瓜子，骂道："所以你就少担心下你大舅子孙伯符，多关心下飞扬大叔！"

"大姐头，我怎么感觉你越来越向大叔靠拢了？"王猛皱眉道，"你说你担心大叔做啥？他那种穿越成精的人。又不是去挑战终极魔王，顶多只是穿越太多辛苦点……"他话还没有说完，就又挨了一下脑瓜子，这才是他最熟悉的手法。

"穿越只是辛苦点吗？这种小孩子还真是欠打！"时飞扬的声音从王猛身后传来。

宋采文捂着嘴，吃惊地望着时飞扬。而平时丰神俊秀的时飞扬此刻黑瘦黑瘦的，比出发前整整瘦了两圈。

时飞扬拿起一壶凉茶灌下，深深地吸了口气，才坐回正中，笑道："你们决不会想到我都到过哪里。"

"你简直成了非洲灾民。"宋采文好笑道，"到底怎么了？穿越不是靠超能力，是靠脚力的吗？"

时飞扬没理她，而是从怀里拿出信息收集器，交给林苏雨道："我相信我去的那十几个时间段都未曾在记录上出现，但未必一定可以编号。你留着分析下。"

包括拿着设备的林苏雨，没有人明白他在说什么。

"我的意思是我们所处的这个时空，它时空信息构成可能和之前所知道的时空都不同，所以我无法去到想去的位置。"时飞扬认真地解释道。

林苏雨沉默了一分钟，然后道："时飞扬老大，你知道这是不可能的。时间委员会的理论不会有错。"

"但《时间概论》未必不需要补充。说句不敬的话，我们都知道时间委员会公开的这六十三个时空，仅仅是他们研究的一部分。还有更多的东西，没有被公开。还有更多的事情，不能用他们的理论来解释。"时飞扬坚持道。

"《时间概论》当然不能作为《圣经》来读，就如这个时空没有《史记》。"宋采文支持时飞扬。

"这里没有《史记》？"时飞扬也吃了一惊，在过去已经编号的六十三个时空，个个都有司马迁，都有《史记》。就如同那六十三个时空，每一个都存在耶稣，都存在《圣经》一样。中国的《史记》和欧洲的《圣经》都是所有时空不朽的存在。而在这里居然没有！

时飞扬笑了，这个事实会让所有时空研究者都很感兴趣，尽管这并不是科学证据，仅仅是一个事迹存在而已。

"我不管这是什么时空，是什么存在！"这些家伙无止境的闲扯，终于让王猛忍不住怒道，"大叔，你回来了就要给我一个答案。孙策这件事情，我们到底管还是不管？"

时飞扬看着生气爆发的小王猛，淡淡一笑道："你说一个一定要救孙策的理由。能说服我，我就帮他。"

"理由有三个，第一我和孙家是朋友，我既然知道他会有难，就不能看着他去死。"王猛沉声道，"第二，孙郎接手的虽然是其父旧部，但短短数年就把四分五裂的江东整合一体，更在世家大族中脱颖而出，绝对是真英雄。这样的豪杰二十六岁就死了，实在可惜。"

时飞扬不动声色地道："第三呢？"

"第三，我们已在吴郡城住了近两个月，今日的江东若没有孙策，不知道还要战乱多久。为了天下为了他个人，他都不该死！"王猛的嗓门提高了。

时飞扬沉默了片刻，缓缓道："这三个理由不够。"

王猛愤怒转身，出门时他留下一句冷冷的话语："若你那么害怕破坏历史，当年为什么把我带离第十三时空？你不觉得今天的做法很虚伪吗？"

时飞扬眯着眼睛看那小家伙离开并不阻止，久久才对着周围一直沉默的几个人道："这孩子似乎长大点了。"

"你决定帮他吗？现在看来如果你不帮他，他自己也会去做。"宋采文温柔地问道。

时飞扬笑了笑道："这三个理由，不够让我帮他。你的理由也不够。"他望了眼靠墙而立的慕容流浪，笑道："你能想象吗？如果这个时空是一个全新的存在，而王猛王景略又留了下来和孙策并肩作战。他会不会成为孙权一样的家伙？"

慕容流浪耸耸肩道："谁知道呢？连你穿越时空之后都不知道未来。那恐怕这个老天自己都没想好。"

时飞扬摸着下颌的胡楂儿，缓缓道："如此，我们就帮那老家伙想一下吧。"

（伍）

清晨，仆从正为孙策准备马匹，今日又是行猎的时候。

孙策舒展着身体，检查着弓箭，忽然转首望向院门，王猛憔悴的脸庞赫然出现在面前。

"吴侯！今天不要去打猎！"王猛沉声道，他眼睛布满血丝，显然一夜未睡。

"是大哥，不是吴侯。"孙策笑着纠正道。

"大哥……"王猛上前一步。

孙策拉开大弓指向远方，神色不变道："你要我不外出打猎，有特别的理由吗？"

"有人会在今日行刺！"王猛肃然道。

"许贡门人的据点已经被摧毁。还有谁会行刺？"孙策笑问。

王猛沉声道："据我所知，许贡门人并未全部被抓。另，曹操的人已经潜入吴郡城。因此，大哥你此时外出打猎，除非多带人马，否则过于危险。"

孙策上下打量着王猛，这个少年从最初见面开始，就没有露出过丝毫惧色，这样的少年他在江东从来都没有见过。孙策轻轻拍了拍王猛的肩膀道："若我孙家有你这样的少年。天下定矣。"他将弓箭放在马上，招呼从人道："准备出发，别让吕范等急了！"

孙府十来个从人答应了一声，各自上马。

王猛一把拉住马的缰绳道："大哥，你没听我在说吗？曹操的人也到了吴郡。你要面对的不只是许贡家那些无用的刺客，还有夏侯河图！"

夏侯河图？孙策眼中闪过凌厉的光芒，冷笑道："他在何处？你如何知晓？"

"我曾在吴郡见过他！不仅仅是他，还有郭嘉也来了！我虽不知道他们现在藏于何处，但他们确实在此城中。"王猛飞快地说道。

"郭嘉，夏侯河图？"孙策淡淡地道，"小猛，你真的认为这两个大人物来到吴郡，而我军会一无所知？这未免太小看我江东豪杰了。世家大族即便不想我北伐，却也不会任由曹操的人随意出入江东。"

"可是，我不会骗你！"王猛大声吼道。

"你如何会认识郭嘉？如何会认识夏侯河图？王猛你是如何进入江东的？你和你的叔叔时飞扬到底是什么人？"孙策微笑着问出一连串的问题。

"我……"王猛知道自己会被问这些问题，但他无法回答，他不想欺骗孙策，更无法说自己来自其他时空，没有人会接受那么无稽荒唐的说法。

孙策垂首一笑，俊朗的脸上没有任何责怪，他看着王猛道："我知道，有些事情说出来并不容易，所以我不问你。"他拍了拍战马上的霸世枪，傲然道："即便夏侯河图真的来到江东，我孙策又有何惧？"说完孙策昂起骄傲的头颅，带领十余名仆从纵马而去。

王猛愣愣地望着孙策的战马离开时带起的尘土，他忽然明白为何江东孙伯符能让麾下那么多将士效死，但他心中也升起了强烈的无助感，他无法改变一个天生豪杰的想法，哪怕他可能真的知道对方的命运。

"事到如今，你还想救他吗？"一个阴狠的声音从王猛体内响起。

"当然，你有意见？"王猛自己回答。

"不，偶尔看你对抗所有人，是很有趣的。"那个声音幸灾乐祸地道。

"在不知道未来的时候，努力做自己该做的事情才是正确的。在知道未来的结局之后呢？是否还努力去做自己觉得该做的，但未必有结果的事情？又或者说，是否该去做应该做但却会带来灾祸的事情？"王猛连续问出几个问题。

那个阴冷的声音沉默片刻，缓缓道："这是没有答案的。"

"是吗？"王猛的嘴角浮起笑意道，"你终于不和我争论了么？"

孙策打猎的丹徒西山名叫虎岭，其父孙坚最后一次出兵前，就曾经带他在此打猎。多年以来，他也养成了在此行猎练兵的习惯。

山间的走兽不少，但孙策只对鹿有兴趣，如此寻遍山坡，走得半日终于发现一头大鹿。但孙策方举起大弓，那头鹿忽然惊走。孙策哈哈一笑，打马就追，如风驰电掣般掠过山坡。但那头鹿却也跑得飞快，三窜两跑进入了树林深处。孙策想也不想，一头冲入树林，他带的仆从本就不多，这样一来，那些仆从居然被远远地落在了后面。

前方那头鹿在进入树林后慢慢停了下来，树梢枝杈间有阳光斑驳而下，但孙策望向四周心里却生出不好的感觉。等了一会儿，那些仆从依然没有追来。他把一丈二的霸世枪摘下，晶莹的光芒在枪尖闪烁起来。

此时那头鹿光芒一闪变成了一块青石。青石上一蓝白衣袍的狷狂文士道："伯符将军，你此时才觉得危险，却是晚了。"

孙策眼中精芒闪过，端坐马上淡淡道："公瑾曾对我言，中原大地有两大天纵奇才，一个是有天下第一兵家之称的鬼谋贾诩，另一个则是有谋略无双之名的颖川郭嘉。两大奇才得其一即可争雄中原。对面的当是郭嘉先生。"

"你死后，我会让周瑜去找你。"郭嘉并不多言，一拍大石，四面八方出现了近三十名黑衣刺客，这些刺客中只有一人未曾蒙面，正是背负长剑全身透着昂扬剑意的夏侯河图。

孙策目光收缩，冷笑道："可惜，夏侯河图你我未能疆场相逢。"

一声龙吟般的声响，夏侯河图青色的长剑在林中打了一道闪电。其余三十名刺客围成一圈，夏侯河图的长剑化作十余道青芒刺向孙策，树林中尽是剑气破空之声。

孙策单手平举霸世枪，华彩般的光芒在大枪上闪动，连续挡下对手二十多剑。二人片刻就交换百余招，周围的人纷纷后退，原本狭窄的包围圈逐渐变大。剑来枪往之间，孙策专注着夏侯河图的剑芒，留意着他每一个轻微的动作、每一个表情，同样都只有二十多岁，若要争雄中原，这夏侯家的公子是必须要战胜的对手……

王猛一路策马狂奔，他路上救下正被人追杀的吕范，不由得心急如焚。循着风中的喊杀声，终于进入树林。但他刚刚接近孙策和夏侯河图的战局时，就接触到了郭嘉的目光，郭嘉眼中露出一丝异色。王猛方才下马，就感到自己的身子如同被撕裂了一样，整个人被高高地抛起，他心里一沉……是隐形人。

孙策发现王猛出现就被击倒，不由得怒吼一声，凌厉的枪风让整个树林都激荡起来。

"当!"夏侯河图的长剑正刺在枪尖上，夏侯河图向后退了十多步，孙策则只是微微一晃。孙策身上战意熊熊燃烧，他一夹马腹，人马合一向前冲起，大枪夹带雷霆万钧之势刺向夏侯河图的胸口。

十多步的距离转瞬就过，夏侯河图单人独剑横于胸前，忽然吟道："天地之数五十有五……"

孙策力冠山河的一枪居然无法在前进分毫，夏侯河图那夺天地造化的五十五剑，让孙策的霸世枪无论如何变化都无法突破。孙策深吸口气，长啸一声，大枪上散发出金色的光华，树杈间的眼光全部在枪尖聚拢，石破天惊的一枪迎着夏侯河图的青色剑锋刺去——霸世无双!

夏侯河图微微摇头道："你心乱了!"他歪斜地向右一剑刺出，那看似轻描淡写的一剑，却是绝世的一击。孙策就感到一股前所未有的力量席卷而来，战马向一旁跌跌撞撞地退出六七丈远。孙策一口鲜血喷出，死死拉住缰绳才没落下马来。

"万物生存皆有其数……孙策今日就是你的死期。"远处的郭嘉握紧了拳头低声道。

"这却未必。"天空中传来一声淡淡的话语。

一股旋风从天而下，把那些原本形成包围圈的刺客也吹得东倒西歪。尘埃落定，一个银甲长枪，背插手戟的美髯武将出现在众人面前。

郭嘉亦不由得失声道："太史慈?"

太史慈抬头望了望天，然后茫然地望向四周，他看到嘴角溢血的孙策时也是一惊，大声道："主公!"紧接着就看到了夏侯河图和那青色狭长的剑锋，这人好强……他攥紧了亮银长枪拦在了孙策的身前。

孙策沉声道："子义小心，这家伙是夏侯河图!"

"夏侯河图?"太史慈冷笑着把大枪一指，一时间满天都是枪花闪闪，林中忽然遍地都是花朵，数不清的花瓣从四面八方杀向夏侯河图。

与此同时，王猛在林边挣扎又起，那隐形人李落影扼住他的脖子。王猛面孔涨得通红，不停地拍打敌人，但那李落影显然不止是会隐身，王猛的拳头落在对方身上，根本不起作用，他周围的一切都浮了起来，两手逐渐抓不住任何东西。

突然王猛脸上溅满了热血，扼住他喉咙的手缓缓地现了出来，李落影身首异处地倒在地上。不远处时飞扬冲着王猛直笑。

"大叔!"王猛激动地道。

时飞扬摆手道："救你的是流氓兄，他刚刚把太史慈空投下来! 夏侯河图虽然厉害，但孙策和太史慈联手该不会有问题。"

"那当然!"王猛兴高采烈地道，"除非他是吕布再生，否则绝对不可能!"

时飞扬和王猛重新回到林内，太史慈和孙策正大战夏侯河图，夏侯家的第一剑客正施展着"天下河图五十五剑"，即便江东双雄暂时占了上风，却也攻不破夏侯河图的防御。一旁观战的郭嘉见到王猛和时飞扬，面色一沉，手一指，所有刺客都杀了上去。王猛冲入战团，和孙策、太史慈成鼎足之势。

夏侯河图却退了一步抬头望向空中，半空中的慕容流浪和他眼神相交，夏侯河图淡淡道："原来多日来，是你在窥探。"他傲然抬手，一剑刺向天空。

　　慕容流浪就觉凌厉的剑气破空而至，他双手一扬，身边的风元素汇集，轻松飘出十来丈远。

　　远处林外又有大队马蹄声传来，郭嘉目光在周围游走，低喝道："河图！最后一击！"

　　所有刺客一下都退出了战局，列出一个奇怪的阵势，郭嘉衣袂飘飘地站在青石之上念念有词，下午的烈日一下子消失不见，天空之中风云变色，连树林中都满是雾气，一个巨大的阴影在郭嘉背后出现，孙策、太史慈、王猛竟如傻了一般呆立在原地。

　　"这……这是玄武！大家快走！"时飞扬大吼一声，慕容流浪立即驾着一片云朵掠出了树林上空。时飞扬一个起落抓住王猛将其远远推出，边上所有的黑气都聚集在夏侯河图的剑锋上。

　　"就是此时！"郭嘉眉目间尽是狂暴之意，夏侯河图人剑一体化作一道黑光掠向孙策！

　　"静！"时飞扬眼中金光闪动，所有人的动作都停在了半空，飞舞的树叶，斑驳的阳光，闪烁的剑锋，都停止下来……他瞬间就到了孙策边上，一手抓住孙策甲带，一手托起太史慈猛向林外奔去。

　　夏侯河图剑过之处，数十棵大树骤然枯萎，但他亦只有一剑之力。

　　面色苍白的郭嘉扶住了他，沉声道："如何？"

　　夏侯河图摇头道："没有刺中，但剑意该已入体。孙策短期内绝对无法领兵征战。"

　　林外士兵的呼喊声越来越近，郭嘉笑道："那算他孙策命不该绝，但他已无法影响我军的官渡大战。你我速回主公处。"

　　夏侯河图点了点头，率领众多刺客急速离开，他脑海中依然留有那道一瞬间飘忽而过的白影。那到底是何方高人？怎么会有那么快的速度？

尾声

　　时飞扬和慕容流浪缓步走在山路上，一直在等他们的宋采文惊异地发现小王猛并没有跟来。

"小猛子呢?"宋采文问。

"他需要和孙策告别。当然,我也跟他说了若是想要留下也可以。"时飞扬道。

宋采文捶了他一拳道:"你胡说什么呢!我不许他留在这里。"

"相对于他。我倒是比较担心孙策。"飘在空中的慕容流浪缓缓道,"先被玄武禁锢了神元,然后被夏侯的剑意侵入经脉,他只怕没有个三年五载无法恢复了。没死也要蜕层皮,接下来的腥风血雨他很难过。"

时飞扬耸耸肩道:"这又如何?在我们第七时空他可以死,在这里为何不可以?玄武可以禁锢他的神元,但同样的,郭嘉发动这天下四大奇术之一的玄武,也是消耗了自己的阳寿。这原本就很公平。"

"老大,孙策他不可以轻易死掉。因为这里没有孙权啊。"林苏雨笑道。

时飞扬道:"我现在觉得采文之前说得对,有没有孙权,世界都要继续的。为了确准这段历史,我经历了近二十个时空,有孙权的天下未必好,没有三国的世界也未必不好。也许我们的目光不该只放在孙策身上。"

"他回来了。"慕容流浪指着远处道。

山路上,王猛朝着时飞扬他们大步跑来。

"小猛子,他们没有留你做妹夫?"宋采文笑道。

"孙策说我如果留下,可以跟他姓孙,做他的弟弟。如果他战死沙场,江东就是我的江东。"王猛低声道。

宋采文愣了一下,然后道:"原来他是要你做孙权啊。"

"今日的江东危机四伏,他今天是活了下来,但他的脾气适合征战天下,却不适合治理一方。这些,我最近都看得很清楚。"王猛昂首道,"但是我不会留下来。我即便要做能改变天下的人,我也只做王猛,不做孙权。"

林苏雨悠悠地道:"但我真的很佩服人类的古人,为了个承诺,为了一次投契的话语,就可以百死不回。为了留下一个人才,双手奉上国家也可以。"

"你错了,小雨姐。"王猛正色道,"人类没有古代现代之分,一样的都是人类,只是人心变了。但好在,总有些人是不会变的。"他望向一直沉默的时飞扬道："大叔，谢谢你教我。"

"我有吗？"时飞扬淡淡道。

"历史的偶然和必然，都是由无数次选择构成的。关键是做选择的人，是否能够把握到自我。"王猛看着天空中的云彩，低声道，"我想，当时你让我给一个理由，就是要我学会自己做决定。而不是真的要我给你理由。"

时飞扬终于笑了笑，大步向前走去。宋采文紧追着他，似乎在怪他对小王猛太过冷淡。

慕容流浪拍了拍王猛的肩膀，低声道："飞扬那家伙曾跟我说，他担心带你离开那个出生的时空，会否限制了你的自由发展。毕竟凭借你的天赋，有一个王猛在南北朝曾经成为天下风云的人物。但我想，他现在大可放心，只要你能了解独自承担责任的重要，你完全可能在更多的时空成为天下的风云人物。"

王猛点了点头，前方时飞扬白衣长剑的背影越去越远，他握紧了拳头，在心里道："大叔，有一天我会赶上你！"

大秦骄阳

每个时空最宝贵的东西，是不是只有时空自己知道？一个国家最辉煌的历史，又该怎么来确认？那么一个人呢？人如何知道自己这一生，到底哪些做错了哪些做对了？这一生最值得珍惜的是什么？最爱的又是什么？

无论多么伟大的人，都无法回答这些问题。因为往往你说自己知道的时候，其实并不知道。一个人十八岁的时候说自己长大了，二十五岁时发现之前什么都不懂。而等到他三十岁的时候，四十岁的时候，回首之前的路，又发现其实很多事情当初并没有看清楚。那么等到他即将死去的时候，他又会怎么看待自己这辈子呢？

所以说生命是伟大的，世界是伟大的，人作为个体是渺小的。下棋的时候，人们说有棋品的人会落子无悔。而人生这条路，无论你有没有人品，都无法反悔。即便你是时空能力者也是如此。

（壹）

"会长，第七时空传回来的信息您是否知道？"一个老者身着银色的长袍恭敬地向着前方高台道。

"那个时飞扬又搞到了有价值的时空信息。你是想跟我说他的情况吗？"一个干涩的声音在大厅里响起。

"是的。G 计划项飞梦的人最近有针对他的行动。但我觉得这个人还有用，如果可以，我希望让他回那个得到新时空信息的时间段多收集点东西。您能否让 G 计划的人暂缓对他的行动，会长。我还是那句老话，这个人的能力是我们需要的力量。"老者沉声道。

"这个人有特殊的能力。有特殊能力的人必然有特殊使命。"那干涩的声音说道。

"是的，这是《时间概论》中写到的。"老者微笑点头，等着对方继续讲话。

果然那个声音停了几分钟后，又道："时飞扬是有特殊能力，但他的特殊使命是否有益于我时间委员会？阿尔伯特，你关心那个时间信息是对的，那些信息揭示了一些超出《时间概论》的东西，那些东西可能会重新修正我们的理论。"

"会长英明。"那个叫阿尔伯特的老者点头道。

"但是那个时飞扬也同样拥有破坏我们时间委员会计划的能力，我手里关于他的卷宗已有不少。阿尔伯特，你们实验部可以等，但 G 计划已经箭在弦上。"说到这里，那干涩的声音似乎越来越远，依稀一个苍凉无比的身影消失在了高台之上。

阿尔伯特摇了摇头，自语道："其实我是想说，杀这个人要付出的代价太大，不值得啊。可以利用的资源就该利用。时空的核心内容在于控制，为何 G 计划的那些家伙整天想的都是战争和杀人？"

大厅的灯火都暗了下来，阿尔伯特却在黑暗中陷入了沉思。

G 计划中心，是建造时间委员会时间之核中心东北角的一处庭院。整个庭院精致华丽，共有七重院落，在空中望去好像一只金色的陀螺。平日里只有最外面的两层对外开放，再向里的部分被布置了未知的阵法，基本上没有人能够窥探。

项飞梦所在的中心办公室在第六层，而实验中心禁地则在第七层。项飞梦是整个"上帝棋盘"计划的主持人，这个计划从筹备运作开始，到现在已有五十三年，他是第二代的领导人。目前为止该计划还没有惊天动地的事情发生，但他手中的棋子已经足够他统治一个国家。

"本次任务，算是一次试练。如果你们完成任务，接下来就可以按照各自的想法进入不同时空独当一面。"项飞梦笑了笑道，"但是这次任务当然不会轻松。"

"请大人示下。"一个面如冠玉的高大青年说道。

"杀了时飞扬。"项飞梦把手中的一份资料递给对方，"伍子胥，你知道，他是时空能力者。尽你们小组所能吧！"

伍子胥微微一笑道："我明白。"他缓缓退出房间，外面早有几个青年在等待他。

"这次的目标是？"其中一个瘦削的男子道。

"不出韦睿所料，时飞扬。"伍子胥拍了拍另一个威武男子道。

"所以这次的重任落在了荆轲的身上。务必一击必杀，否则那家伙一个瞬移，就不知道逃到哪里去了。"韦睿拉扯着那瘦削男子道，"时空能力者的移动力，不是普通魔法师的几十米，而是一座山、一条大河的移动。如果被他的移动牵着鼻子走，我们只能疲于奔命了。"

"伍子胥、韦睿、荆轲，你觉得他们这几个就能对付时飞扬？"阿尔伯特出现在了项飞梦的视频上。

项飞梦道："老爷子，你消息倒是灵通。"

"我只是在想，时飞扬长期在古代游荡，日常面对的就是这些帝王将相。你真的认为靠几个实验中的棋子就能对付他？"阿尔伯特冷笑道。

"有心算无心，当有机会。"项飞梦笑了笑，"而且我不担心改变第七时空的历史轨迹，所以可以无所不用。阿尔伯特大人，这样你还觉得在高科技培养下成长起来的那些天才，会不具备杀伤力？"

阿尔伯特微微冷笑，摇头道："我们可以打个赌。他们成功了的话，我把实验部中心实验室给你用三天。如果他们失败了，你停止刺杀行动三个月。"

项飞梦想了想，欣然道："你还真是对时飞扬有信心。就这么定了。"他切换频道后，一旁的视频又出现了一个清丽难言的绝世面容。

"大人，你让伍子胥小组前去对付时飞扬，需不需要帮手？毕竟那三个家伙能力虽够，经验却不多。"那女子的声音也同样动人。

"所以才让他们去历练。"项飞梦淡淡道。

"我也很想去。"女子美丽的眼睛闪烁出绮丽的光芒。

项飞梦注视着对方的眼睛，低声道："会有机会的，不是现在。"

而时飞扬这时候正和王猛在静室下棋，看着陷入重围的白子，他已经思考了有半个小时。

"不用多想了，除非棋盘上有一颗棋子变成了万人敌，一口气杀掉他一片棋。否则你没啥机会了。"门外忽然出现了宋采文的声音。

"如果真的出现万人敌，那是不是也能为我所用呢？"王猛面无表情道，他似乎已经完全投入到厮杀中。

"懂什么是观棋不语真君子吗？"时飞扬瞪了宋采文一眼，但话虽如此，却也终于投子认输。

"我是小女子，当然不是君子。"宋采文理所当然地道。

"下次不用让我子了。这样我赢得毫无成就感。"王猛的脸上丝毫没有喜色，每次下棋或者抚琴的时候，他总是成熟得好像个老翁。然后他扭头对一旁的司马靖雁道："请老爷子帮忙复盘。"

老司马笑道："他让你子，只是为了输棋不那么尴尬。时飞扬那臭水平，糊弄初学者还行，遇到真国手就实在差得远了。"

时飞扬只当没听见，起身走出静室。

外面宋采文拿着一个金色的罗盘道："小女子本来不想打扰你，但是收到求救信号！"

时飞扬接过金色的罗盘，皱眉道："是来自公元前235年左右。"他抬头看了看天花板，加快了脚步道："是吕不韦！"

宋采文也是思路急转，跟着时飞扬的脚步道："从这个时间看，是不是历史上吕不韦自杀的日子？"

"差不多，但他既然求救，就说明他不想自杀。"时飞扬回到自己的办公室，打开联络器吩咐，"苏雨，我马上要出发前往当前时空的战国末期公元前235年。我会和你们保持联系的，家里有任何风吹草动，也急速联系我！"

说完他也不和其他人多说，匆忙中化作一道金光消失在了空气中。宋采文满肚子的话还没来得及说，气得直跺脚。

这时林苏雨正摆弄着机械手，晃晃悠悠地走入办公室，看到这个场景，皱眉道："有没有必要那么着急啊？他不知道最近很危险吗？"

"怎么个危险法？"慕容流浪眯着本来就细长的眼睛，站在门口问道。

"我截获了一些时间委员会的信息。整个时空旅行界都流传着委员会要对时飞扬不利的流言。"林苏雨终于接上了机械手，从怀内拿出了长达三页的危机评估。

"这家伙岂是那么容易就被杀死的？"慕容流浪扫了遍评估报告，冷笑道。

"但我们还是要跟去，坐在家里担心我可受不了。"宋采文恳请道。

慕容流浪上下看了宋采文几眼，摇头道："太关心他，会受伤的。"

宋采文把美目一瞪，怒道："流氓兄，你到底去不去。我和苏雨是肯定去的。"

慕容流浪笑了笑道："准备通向战国的时空门。我们当然不能让他一个人去冒险。何况那个时代还是很有趣的，对不对？"

林苏雨和宋采文一起点头。

窃钩者诛，窃国者王侯。

这是一句很残酷，很现实的古语。这句话里透露着说话者的多少辛酸，这句话的背后，你又可曾看见那无边的腥风血雨？

公元前235年前后，当全天下的目光都望向洛阳的时候，很少有人会想到战国这场大戏的最后一幕，"天下统一"的大幕正逐渐拉开。

公元前238年，秦王嬴政在加冠之时诛杀了长信侯嫪毐，以一个旧势力清扫者的面目第一次来到了战国舞台的中央。嫪毐这个一辈子都靠下半身吃饭的男人，终于走到了生命的尽头。令人讽刺的是，几年之后，对秦国有再造大功，靠一己之力把秦国从衰弱的边缘拉了回来的吕不韦，亦几乎落得和嫪毐一个下场。此时此刻，所有人都在关注身处洛阳封邸的吕不韦的命运，却都很少想到自己。全天下人所不知道的是，十年之间所有人都会面临翻天覆地的变化。一个崭新的时代即将开启。

吕不韦拿起桌案上堆砌的竹简，看了两行复又放下，揉了揉太阳穴，轻轻舒口气，定了定神。竹简的另一边，堆放的是各国使节来的信函，莫不是邀请他去各地为相。一代名相吗？他嘴角抽动了下。二十年前，他还只是个商人，如今的人们却仿佛都忘记了这一点。全天下的利市都在咸阳，而他从咸阳走出，怎么会有兴趣再去别的地方？

自古山东入秦者的命运都是一样的，轰轰烈烈一场之后，是黯然退场。商鞅、张仪、范雎都是如此。

只是大王最后会怎么处置自己呢？仅仅回到封地一定是不够的。大王看到那么多国家都来找我拜相，只怕更生气了吧？

吕不韦打开窗户，望了望天上的月光，千古的月光一直都是一样的，天下的帝王又何尝不是如此。君要臣死，臣不得不死。文信侯吕不韦的结局，能比长信侯嫪毐好多少呢？忽然，他的目光收回院子，白亮亮的月光下那一袭白衣如梦般真的出现在了眼前。

"这……"吕不韦吃惊地推开门走到院里，揉了揉眼睛，"时飞扬……这不可能！这……真的是你？"

时飞扬看着白发苍苍的吕不韦，淡淡一笑，躬身一礼道："不韦兄，别来无恙。我说过，百岁千载，只要你有所差遣，我就会前来！"

吕不韦拉住时飞扬的手，颤声道，"飞扬，你怎么……你怎么会，一点也没有老？"

"这说来话长，若你想要个最简单的解释，就当我是修道者吧。"时飞扬轻描淡写地一句带过自己的来历。

这时院内其他屋子逐渐亮起了灯火，吕不韦毕竟是久经风雨，在惊动其他人之前，他赶忙拉着时飞扬进入屋子。

"你的问题，我大概清楚。不知秦王的旨意是否已到？"时飞扬刚刚坐定，就开门见山地道。

"还有一天的路程。"吕不韦想了想道，"如有必要，我可派人拖延他们半日。"

时飞扬沉声道："想来不韦兄已经知道旨意大概的内容了。你如今有两条相反的路，一是在旨意到来之前，接受六国之一的邀请，去别的地方继续你的生活。第二，就是在这里坐以待毙，任他发来任何旨意都坚决执行。"

吕不韦听着时飞扬的话露出微笑，尽管早已青春远去，但在烛火边的身影依然有着一如当年的傲岸，他摆手道："我不会去其他国家为官。我已经有过权力了，不再对权力好奇。你要我听从他的旨意，当然这是应该的。"他笑了笑道，"飞扬，我叫你来并非为了我自己的性命，我让你来是想把家眷托付给你。"

时飞扬也笑了笑道："但我既然来了，我就要保住你，保住你的家族。"

"看来你已有良策。"吕不韦眯起老眼，低声道，"觉得我该怎么做？"

"诈死。"时飞扬轻轻吐出两个字。

吕不韦思索片刻，道："这我不是没想过，但要当真要做却很复杂。第一，他们派来的钦差不是李斯就是赵高，这些人都很了解我，用替身很难糊弄过去。第二，如果是药酒，我们也不能知道他们用的什么药。通常御赐毒酒有三四种选择，中毒的状况各有不同。第三，诈死完成之后，又怎么离开此地。"

"药我有。吃下去和死人没区别。至于药性，我保证会在行事之前，了解清楚他们给的是何种毒药。而替身就不必了，你自己来。"时飞扬看着吕不韦的眼睛道，"多少都要冒点险。但好处就是，只需要隐姓埋名几年，这个天下就不会有人再为你吕不韦劳师动众了。"

吕不韦想了想道："若能安排得没有破绽，我愿意一试。"

"这些你尽管交给我去办。不韦兄诈死之后，'尸体'的周全和家眷的返乡我会做好安排。"时飞扬从怀里拿出一个碧绿的药瓶放在吕不韦手中。

吕不韦苦笑道："我当然相信你。若不是这几年我手中的力量都消耗殆尽，只怕也不用烦劳你出马。我现在只怕若秦王不只是要我一个人的命，那又该怎么办？他如果当场处置我的妻小，我根本无从反抗。"

"那么多年了，你的力量本就和是秦国的力量一体，而你现在要应付的就是他们。但我觉得，若秦王要灭你的族，不会等到此时。"时飞扬站起身道，"我想去先见一下传旨钦差，去确认一下旨意。另外还要会同点人一起来把后路安排好。"

"飞扬，你现在就走？"吕不韦一怔道。

"难道还留下来喝酒？"时飞扬微笑道，"我来看你，主要是为了确认你的情况，既然不韦兄一切安康，则剩下的事情都在我的身上。现在已是十万火急。不韦兄，还用担心我操劳奔波吗？"

吕不韦自嘲地笑了笑道："你说的是。我是有点老糊涂了，事不宜迟，我在这里等你的消息！"

时飞扬一抱拳转身就走，吕不韦忽又叫住他，时飞扬奇怪地转过头，却见吕不韦对他深深一礼，沉声道："千恩万谢！"他话音未落，时飞扬已经消失在了空气之中。

吕不韦深深吸了口气，心中忽然豪情万丈。见到一如当年的时飞扬，他自己仿佛也一下子变得年轻，原本消沉的志气重新振作了起来。

此时房门忽然被打开，一个端庄柔美、温婉若水的妇人出现在门前，"老爷，你那么晚了还不休息吗。"

"方才见了一个故人。"吕不韦微笑道，"宁儿，你猜是谁？"

"老爷故交遍天下，这却哪里猜去。"女子进得房内，整理茶盏笑道，"看你这么高兴，难道还是天上来的救星？"

"时——飞——扬。"吕不韦一字一顿地道。

那女子听到这三个字，脸色一下变得煞白，手中的茶杯摔在地上，嘤咛一声昏倒过去。

吕不韦赶忙呼唤道："赵宁！赵宁！"

赵宁，邯郸的平原君府上的赵宁，居然成了吕不韦的妻子。人生有时就像一出戏，你方唱罢我登场。

离开吕庄的时飞扬并不知道吕不韦的妻子是赵宁。他走在月光下，默默地思索着这次战国之行的任务。目前看来似乎颇为顺利，吕不韦对诈死不排斥，那么剩下的只是要杜绝意外的发生。原则上他不会破坏第七时空的历史，但吕不韦只需要如史书上说的，最终是收到旨意后自杀即可，没人会去关心别的事情。这时候，联络器上忽然显示，时光侦探社的那群家伙居然一股脑儿地来到了战国洛阳。

"你们动作倒快。不至于那么不放心我吧？"时飞扬拨通了联络频道。

"倒不至于很担心，主要是大家觉得能有个借口来战国晃晃也是不错。"宋采文笑道。

"谁说的？大姐头可是很担心你呢！"王猛飞快地插嘴道。

"那你们就继续晃吧，不用着急过来找我。我这里没啥好担心的。"时飞扬说着就要关闭联络器。

"有一个情况要告诉你。"宋采文赶忙道，"苏雨收到情报，据说时间委员会要派人对付你，你最好还是小心点。"但联络器嘟了一声，就中断了。她苦笑着对边上的王猛道："似乎老大不是很上心啊。"

"意料之中。"王猛这小子没心没肺地道，"其实我也不是很担心。你说古洛阳那么大，我们从哪里逛起比较好？"

从咸阳到洛阳，自古就有官道通行，直到后世的从长安到洛阳，这一

段路一直就像一条扁担，始终扛着中华文明的东西两大重镇。

时飞扬沿着官道旁的林阴路走着，前方不远就是驿站，钦差若是要到吕不韦的山庄，最合适住宿休整的就是这里。在此想办法搞到秦王的旨意，然后再研究何种对策才是最妥善的办法。

这时，几队披挂整齐的骑兵从官道上疾驰而过，一路扬起高高的烟尘。尽管会有钦差通过，但忽然出现那么多的骑兵依然不太对劲。时飞扬是那种危险隔着三里远就能闻到的人，不由自主地就放慢了脚步。

忽然，其中一队骑兵停了下来，为首的高大队长上下打量着时飞扬，他身边的部下更拿出了一幅画像。时飞扬还未开口说话，就听对方大吼一声："就是他！拿下！"

时飞扬怔道："我犯何罪？"

骑兵队长冷笑道："半日前你袭击钦差车驾，现在装傻？"二十多骑秦军一下子都亮出了长剑。

时飞扬微微皱眉，这些秦军并不难对付，但这一路上只怕要不断地应付这种场面。是谁在先前冒充了自己？

现实已经不容他多想，那些秦军见他不肯束手，同时挺剑向他刺来。时飞扬并不出剑，手指在那些刺来的剑锋上一扫，面前那三支长剑就各自纠缠在一起。他顺势滑出包围圈，两个起落掠出了三十多步远。但那些秦军显然也是训练有素，二十人分成左右两路向其包抄，更有人拿出号角来，昂扬的号角声在官道上响了起来。

时飞扬下意识地望向道路两端，居然立即就尘烟滚滚而起，前后各有近百骑大秦甲士飞驰而至。时飞扬面色转冷，他长剑在手迫退了面前的秦军，高速向着官道西方的山林退去。这时，那山坡处赫然出现了三个长剑锐卒，当前两个一个身形黑瘦颀长，一个身形高大面如冠玉。时飞扬全力出剑，剑风呼啸而起，直取那两个敌人的脖项。

面如冠玉者大吼一声，雄壮的身躯向前一步，长剑直劈，正砍在时飞扬的剑锋上。

"当！"两柄长剑交击，迸发出灿烂的火星，时飞扬被对方一剑劈得歪斜着退出三步远。敌人的剑锋却紧接就到了。

时飞扬平平后仰，一个标准的铁板桥让过剑锋，那道剑锋却又毫不停顿地飞掠回来。时飞扬心念一动，刚要使用时间静止，那人却如得了指示一般飞速退后。而一直隐蔽在他身后的第三人双手齐扬，黑糊糊的圆球竟飞出了十多个。

时飞扬目光所聚看得真切，那圆球赫然是完全不属于这个时代的手雷，他惊得向后飞退，连续三个瞬移试图脱出危险距离。但前两个瞬移方做好，那些手雷就落了下来，闷雷般的爆炸声并没有带起惊天动地的场面。但时飞扬清楚地感觉到周围的能量场发生了变化，第三个瞬移居然做不出来！

是能量场炸药……时飞扬拼了命地高速向前，而这时那黑瘦男子的剑光也到了，幽灵般的剑光无声无息地驾临时飞扬的胸膛。

时飞扬这才看清楚对方的面部轮廓，这是对他这个熟悉战国的人来说非常熟悉的面庞。这家伙……居然是荆轲！他身形转动避过要害，所有的能量都聚集在脑海，眼中金色的光芒爆炸般地涌现，终于打破了时空的屏障，瞬间消失在了空气中。

荆轲看着势在必得的一剑刺在了空处，尽管剑尖的血迹意味着的确刺中了对方，但这还不足以立即杀死时飞扬。他不由得扭头对韦睿怒道："你不是说万无一失吗？他怎么会还能瞬移？周围的空间磁场不是一片混乱吗？"

韦睿文秀的脸上笑容不变道："他体内积累的精神力在方才一瞬间爆发，突破了周围的能量壁垒。但他这一个移动无法突破时空，只是一个近距离的小空间转移，所以他还是在这座山上。我保证，这是他今天最后一次瞬间移动了。另外，我之前给你的毒药要你涂在剑上，你可照做了？"

荆轲点头道："当然，我们的目的是杀死他，而不是比武。只要能杀了他，项大人就会让我们自由。不用再老闷在时间委员会里面。"

"是啊，自由！你放心吧，我为时飞扬设计了最适合他的毒药。如果没有解药，只怕他这辈子都不能用时空能力了。"韦睿拍了拍一旁的大树，沉声道。

伍子胥没有多和二人交流，而是拿出号角开始召集先前围捕时飞扬的秦军，组织军士开始第一时间搜山。

荆轲想了想皱眉道："时飞扬联系其他人怎么办？这些秦军只怕拦不住他们'时光'的人。"

"同样不用担心，我们常规的联络器最怕的是干扰。方才那几颗雷一定已经让他的联络器线路报销了，不仅仅是联络器，只怕所有的高科技设备都完蛋了。"韦睿好整以暇地道。

"那么说，你胸有成竹，第二次绝对不会失手。"荆轲冷笑道。

韦睿看了看天空，低声道："时飞扬最强的是时空能力，接下来他最强的一点不复存在，便是我们杀他的最好机会。而我们的对手与其说是他，不如说是那些时光侦探社的人，我们必须比别人先找到他！"

"聊天到此结束，秦军的搜索已经铺开。我们也该行动了！"伍子胥高声叫道，他不仅是天生武者，更是优秀的领袖。

"先去有水的地方，这家伙一定需要处理伤口。这是人的本能。"荆轲建议道。

林苏雨的脑电波起伏了一下，她抬腕看了看自己的系统状况，似乎一切正常。

宋采文手里拿着两柄精美的铜剑，笑眯眯地扭头问她："怎么了？"

"似乎……"林苏雨呆了一下道，"时飞扬老大的联络信号不在线了。"

宋采文脸上的笑容一下子消失，低声道："能搜索到他身上其他设备的信号吗？"

林苏雨隔了几分钟，摇头说："并没有任何信号，不过这个情况可以有三个解释，一是他已经不在这个时空，二是他所在位置超出扫描区域，比如说他如果是在咸阳。再就是所有设备全都失灵。"她再次看了下信号板，继续说道，"我觉得，第一个解释最合理。他也许又为了确准什么离开这个时间段了。"

宋采文摇头道："那他会事先打招呼的。他这个人平时虽然很散漫，但其实绝大多数时间做事情都很稳。"她漂亮的眼睛里流露出一丝不安，打开联络器道："小猛子，慕容先生，洛阳西门外集合。老大出事了！"

"真的还是假的，大姐头你不是因为想大叔了，才让我们去找他吧？哎哟……"王猛的口不择言被慕容流浪打断，慕容流浪淡漠的声音从联络器里传来："马上就到。"紧接着就是破空的衣袂声。

"没人能杀得了会停止时间的时飞扬，对不对？"宋采文望向林苏雨。

"应该没人能……"林苏雨低声道。

时飞扬的确如韦睿所料，身上的力量因最后强行突破空间壁垒而消耗殆尽。他按着肋部的伤口，苦笑着打量四周的情况，鲜血依然在不停地渗出，真的好久没有那么狼狈了。仔细想想方才那三人的面目，当先两人一个是荆轲，一个是伍子胥，第三个人却不太熟悉。毕竟这个天下太大了，不可能所有时空的高手他都认得。但就冲着前两个人，已可以猜测是时间委员会的"上帝棋盘"计划对他出手。

他们先冒充自己袭击了钦差的车驾，然后出其不意地混在普通秦军中进行伏击。这一套计划虽不复杂，却非常地有效。对方有备而来，自己又该如何应付呢？

时飞扬简单地包扎好剑伤。对方的武器有毒，只是那毒的古怪却说不清楚，看似不是马上致命，却让他有更不好的预感。此时的他只是希望尽量地多留恋一下此地的风景，奇怪的是他从前对这里记忆并不深刻，此刻看到一草一木却似乎都有着自己的回忆。

尽管，到目前为止时飞扬还不知道现在自己身处的具体是什么位置，有地图就好了，但身上所有的装备全部失效了。他把身上累赘的布片全部撕下，露出里面的灰色劲装。左手装好了诸葛弩，长剑依然利落地背在背上。

这座山岭叫做红龙岭，是靠近洛阳的一处风景，战国时候却没有什么人烟。若是去红龙岭的飞火潭，就可以进一步清理伤口，并且缓一口气，但对方一定会在有水的地方等待他。时飞扬对这处山岭尚算熟悉，小的时候他常在这里修行，那些成长的岁月是难以磨灭的记忆。但自从开始游历四方，他反而很少回来。

"好吧，既然你们是来杀我的，我们就看看谁才是猎物吧。"时飞扬目光穿过树梢，看了看天上太阳的位置，想了想反而向山林深处而去。

与此同时，距离此地五十里外的驿站。

临时议事厅内，钦差李斯和一个鬓角斑白的老侍卫恭敬地站在一旁，反而是身着军人服饰的高大青年端坐于正中。

"其实不用劳师动众，微服出来本就是为避开耳目。而那刺客明显不是冲着我来的，他直奔车驾，对于车前的我都没有多看一眼。"这坐于正中的年轻人正是刚刚加冠，正式主宰天下的第一强国秦国的秦王——嬴政。

"即便不是针对大王，也是针对钦差。同样罪无可恕。何况，无论如何，既然大王在此，就不能掉以轻心。"老侍卫队长低声道，他声音不大却亦有不可辩驳的气势。相较而言那沉默的李斯却显得有些失色。

"如此，鸿老可知道该如何捉拿那刺客？当时你们只是被他一晃而过，而后再出画影图形只怕也难找。"嬴政微微一笑，他显然不认为能轻易地捉到敌人。

"先前派出追捕的骑兵在路上遇到了符合画像的人，对方仍然是一战就走。这个刺客进入了红龙岭，原本在此行车驾后远远护卫的两千甲士，此时已经进山搜捕。虽然机会渺茫，但仍然值得一试。"老侍卫长恭敬的禀道。

"既知渺茫，为何还要搜捕？"嬴政奇道。

"因为对方一定有同伙。"侍卫长笑道，"自古以来，可能有人独自刺杀一个财主，可能有人独自刺杀一个名士，但刺杀一国之君从来都不会是个人行为。我们把一颗石子丢入水面，自然就会有涟漪出现。如此，就能找到更多隐藏在暗处的敌人。"

"有理。如此，鸿老何不亲自去坐镇围捕？"嬴政笑道。

老侍卫长犹豫了一下，低声道："只是……大王的安危才是老臣第一职责。"

嬴政摆手道："但我对刺客却很好奇。鸿老务必将刺客擒获。至于我的安全，身边那么多侍卫，担心什么？"

老侍卫长缓缓后退一步，恭敬施礼道："是。老臣领旨。"说完他退出了议事厅。

等到他离开，那李斯才道："大王，把鸿老留在身边还是很管用的。他人虽老了，但剑术不老。"

"我只是想趁这个机会去更多的地方。"嬴政笑了笑道，"嬴鸿老而闷，有他在身边我总觉得不自在。"他轻松地伸了个懒腰。加冕之后他开始了解做大王的快乐；罢免吕不韦之后，他才了解治国的艰辛。但嬴鸿在旁就仿佛嬴氏老士族的目光始终在他身边一样，带来的压力又是完全不同的。

　　嬴鸿走出议事厅，夕阳照在他身上暖洋洋的。他苦笑了下，无论如何恭顺，昭王之后每一代大王都觉得看到他是一种束缚。他虽然对朋友说自己是昭王第七子，却并没有被王室承认身份。他能做到的只是数十年如一日地执掌大秦情报中枢黑冰台，做他的大秦地下无冕之王。

　　可惜无冕之王毕竟不是王，横扫六国的伟业永远不会落在他的肩上。嬴鸿也很想亲自去调查那个刺客，因为各种情报反映在一起，他觉得对那个刺客的描述像极了当年的一个故人。那个武艺不在自己之下，而神秘度更在自己之上的时飞扬。那么多年过去了，真的是他吗？还是来的只是他的传人？时飞扬是不会做出刺杀秦王这种事情的人。

　　说到传人，嬴鸿轻轻叹了口气，嬴氏子弟中除了这个年轻的大王，已经很久没有出色的后生了。这个嬴政值得期待吗？族里很多老人本来更偏向公子成蛟，甚至有人说嬴政其实是吕不韦的儿子。但那个成蛟在他看来，丝毫没有雄主的天资，而这个嬴政似乎还有那么点意思。如今的大秦，只要有一代雄主，以及一个可带甲百万的大将，就可以横扫六国。我嬴鸿能不能看到这一天？

　　也许在后世看来，大将蒙恬、王翦以及秦始皇都是无敌的存在，但在经历过秦昭王和武安君白起那样传奇组合的老秦人看来，似乎还是旧人比较值得缅怀。至少在此时，在嬴鸿的眼中就是如此。

　　这时身边年轻的侍卫上来低声禀告道："在红龙岭北麓发现了血迹和断枝，刺客该是向更高处去了。前锋部队正缩小包围圈。"

　　嬴鸿点了点头，如此就去红龙岭走一遭吧。

　　时飞扬跋涉了半日，来到飞火潭的时候已经是黄昏时分。他走得很慢，似乎每走过一处景物，他就会有回忆在眼前出现。就像那一块岩石上他曾经连续不吃不喝地打坐过七天，比如哪一片树林他曾经因为练习剑法，在这里的树干上留下无数印记。又比如哪条小路他曾经和邻家女子无忧无虑地牵手走过。

他时飞扬也曾经作为普通人在这个世界上存在过。而这片山岭，其实并不是他出生那个年代的山林，但是他还是觉得很熟悉，很熟悉……

千年的时间，对于人来说似乎很遥远，但对于大山古树来说，却也不过是几个春秋而已。而对时空能力者来说呢？那不过是一道道的风景。

看着如火般泛着红光的水潭，以及山崖边那汹涌流去形成瀑布的水流，时飞扬就像在家里一样，捧起冰凉的潭水就喝，他似乎已经忘记了自己还在被人追杀。满身血迹，一身尘土的他，却是如此安逸。就连远远注视着他的韦睿、荆轲、伍子胥亦不由得生出奇异的感觉，这个人真的已经受伤，疲劳奔波了大半日吗？

伍子胥作了个自己上前其他人掩护的手势，另二人点了点头。于是，水潭的远端忽然有一大群水鸟飞起……

时飞扬扫向水鸟飞起的方向，剑风却在他背后响起。时飞扬头也不回地反手就是一剑，那一剑疾如金虹，直取伍子胥的眉心。伍子胥面色不变，身形一侧，直劈的剑锋变成反撩，两人剑锋一触。时飞扬已经转过身来，而伍子胥的第二剑又到了！依然是势大力沉的劈下。

时飞扬横剑一挡，两人的长剑回荡出苍凉的剑鸣，伍子胥霸道无比的力量把时飞扬再次劈退五六步。而时飞扬心头微微一震，他知道一旁的荆轲已经启动，于是想也不想翻身直接跃入水中。

高速掠到水边的荆轲挺长剑跟入水中，眼前却突然爆闪来一片金芒，他吓得一个拍水花朝后空翻而过，但又怎么快得过闪电般的弩箭！岸边的伍子胥见到火红的浪花如赤色的火焰高高翻起，荆轲人在半空身子一歪，就知不好，赶忙伸手在空中将他拉回岸上。

荆轲身上中了两支诸葛弩，一支在肋部，一支在左肩。在韦睿给他包扎伤口的时候，荆轲握着拳头道："这狗娘养的，别让我抓到了！"

伍子胥冷冷道："你这是废话，他这套方案一定是来这里前就计划好了的。"

韦睿则看着波澜不惊的潭水，低声道："至少他还在水下，并没有走远。我就不信他会在下面躲一辈子。"

伍子胥却摇头道："他一定都有安排，我们必须下水。"

韦睿想了想，赞同道："我下水引他出手，你伺机而动。如果这里再给他跑掉，只怕很难再占得先机。"他舒展了下身体，又皱眉道："似乎那毒药对他的作用并不明显。"

伍子胥手扶长剑剑柄，低声道："他已经在我们三人眼前逃脱两次，不过这个游戏才刚开始，二位不要失去冷静和信心。"

韦睿和荆轲同时抱拳道："惭愧。"

慕容流浪在红龙岭上盘旋，但即便是有空中优势，在树林的遮挡下，也很难找到一个在移动的人。更何况这个人还在刻意躲避满山敌人的搜寻。

宋采文这时在联络器中道："流氓兄，这里又有血迹，看来飞扬老大的伤不轻。先前已经包扎过了，到了这里伤口再次崩裂。"

"他行进速度那么慢，为什么会再次崩裂？"王猛看着地上的血迹，皱眉道。

"我认为他不是想走得慢，而是意识不定时地出现问题，无法把握自己的想法。"林苏雨把收集的血样放在一起，终于够上了检测标准，开始了化学鉴定。

慕容流浪从空中降落下来道："那他到底中了什么毒？一般普通的毒药他都能免疫。这种个性坚强的人，除非快死了，不可能频繁失去意识。"

宋采文撇了撇嘴，她虽然同意慕容流浪的观点，但并不喜欢听到这种论断。

这时林苏雨缓缓道："是很少见的轮回药剂，对方显然分析过老大的心理。知道他对普通的摧毁身体机能的毒药有很强的抵抗能力，所以才对重感情、自我意识严重的时飞扬使用了轮回药剂。"

"这种药物的作用是？"王猛皱眉问道。

"大脑中的记忆出现混乱，最初只是容易回忆过去，到后来就可能会失去自我意识，沉溺于某一段经历无法自拔。"慕容流浪低声道。

"你为什么那么了解？"宋采文奇怪道。

"我中过。这个毒药还有其他副作用，会引发身体麻痹和视觉模糊、头疼等。这些问题不一定同时出现，一般是因人而异。"慕容流浪简单地说了下轮回药剂的问题。

王猛想了想道："好消息是流氓大叔你现在没事，所以那毒药是有解的。"

"坏消息是慕容先生和老大是不同性格的人。"林苏雨道，"如果慕容先生的性格没有变化过，那轮回药剂对他的作用是不大的。"

慕容流浪没有回答，而是对宋采文道："那家伙至少目前为止还未陷入苦战。"

宋采文思索道："伤口必须要清洗，从这个路线看，老大去了飞火潭，慕容你先去那里找他吧！我们随后就到。"

慕容流浪点了点头，腾空而起在树林上低空飞行而去。宋采文吹了个口哨，林丛间出现了几条野狼，她手舞足蹈了一番，那野狼点头离去。宋采文这才扭头对王猛和林苏雨道："无论如何我们要先去飞火潭一次。小猛子你负责思考，我们必须知道去了飞火潭清理伤口后，老大还会去哪里。"

王猛点了点头，沉声道："大姐头，你知道吗？飞火潭是老大第一次使用时空能力的地方。如果轮回药剂真的厉害，我怕老大会在那里崩溃。"

宋采文秀美的脸上满是忧色，不再多言加快了脚步向飞火潭进发。

时飞扬的水性并非很好，但他对飞火潭却很熟悉。击退荆轲的追击，他就确定不会有人敢马上追击，在水中两个起伏，就潜到了瀑布附近。而后他就靠瀑布边水流的自然流动逐渐漂向悬崖，毕竟跟着流水落下悬崖，也比和那三个怪物正面对抗要好。更重要的一点是，这个飞火潭中还有一些别的东西值得他倚仗。

韦睿潜入水中之后，全神贯注地扫视水下的世界，红色的水流中能见度并不好，但更让他觉得有疑问的是似乎这水中有一些危险的存在。那是一群火红色的鱼鳞和黑色鱼鳍的鱼。若只是普通的鱼并没有什么好紧张的，糟糕的是鱼群正中有一条长达两米的怪物，同样的形状但明显大出数圈体格，让韦睿这样的人亦觉得胆战心惊。他犹豫了一下，尝试贴着水岸探索了一圈，并没有发现时飞扬的影子。难道那家伙不怕这怪物？没有道理……

韦睿尝试着向水潭正中的鱼群边沿游去，他并不想招惹那些情况不明的家伙，但只要游动就会有水波，当波及到鱼群的时候，那鱼群一下分散开来，庞大的鱼王吐着尖牙向韦睿游了过来。韦睿一个挣扎冒出水面，但在水里面人再快还是不如鱼的。那火鱼的血盆大口冲着韦睿的两腿咬去，就在此时空中伍子胥的长剑就到了，他凌厉霸道的剑锋直透水面，正中怪鱼的脑袋。

怪鱼的尾巴拍打水面，几米高的水浪一下子翻腾起来，伍子胥也不由得变色，那怪鱼的嘴受了他全力一剑居然只有一道划痕而已。

忽然瀑布处掀起一阵水花，刚刚冲到岸边的韦睿和伍子胥抬头望去，就见红色的水花中，时飞扬扑腾着身体，和瀑布一起冲下悬崖。而那怪鱼即便见二人上了岸也还是不依不饶，居然又拍起一个巨浪把二人弄得浑身湿透。他们甚至能看到时飞扬嘴角浮现的笑意，即便是伍子胥这样冷静的家伙，也不由得愤怒地跺脚怒吼。

但是天知道时飞扬的笑容并非针对他们，而是剑伤感染的毒在作怪，他顺流而下的时候，大脑中又浮现出童年的记忆。这个瀑布是对他非常重要的存在，正是在这里，他时飞扬第一次使用了穿越时空的能力。在水中高速冲下悬崖的同时，他仿佛又变成了那个七岁大的男孩……

"父亲……小妹……"时飞扬一下子失去了意识，在巨大的冲击下漂流而去。

"那个刺客受了伤？谁伤的他？"嬴鸿看着简报笑了笑道。

"我军的围捕尚未接近到敌人，这些是根据他的足迹推断的。另外，前方的凌期说那家伙伤势不轻，而且还有别的追踪者。"传递简报的军官恭敬地报告。

嬴鸿沉吟片刻，吩咐道："让凌期把士兵布置到红龙岭南麓，沿着河岸埋伏收网。"他见传令军官愣了一下，解释说，"刺客如今在红龙岭北麓，但北峰小径一直向上并无其他出路。难道他还能飞走？他唯一的出路是从飞火潭走水路，而那河水是一直流到南麓的。"

传令官深深一礼，转身离开。

"这家伙被那么多人追杀吗？那还来惹我们的秦王却是为何？"嬴鸿拍

了拍脑袋，也向红龙岭南麓加速走去。

慕容流浪来到飞火潭的时候，伍子胥等人已经离开。他降落在岸边，看着地上两道深深的剑痕，面色凝重起来。身受重伤，且敌人强悍，换了他自己，这个情况下又该如何？走水路吗？他在联络器中道："我沿着水路查下去。你们到了飞火潭分析一下对手是谁。"

等到宋采文三人来到飞火潭，夜空中已经是满天星斗，林苏雨手中的高科技设备开始发挥作用，高清晰的照片扫入电脑，然后把符合的长剑款式都搜索了出来。

"敌人是三个人。他们在此以逸待劳伏击老大，但此役有两人负伤。伏击的人没有讨到便宜。"宋采文看了所有的照片，得出以下结论。

这时候秦军搜山的人员也到了此地。

王猛远远地望着例行公事般转了一圈就离开的秦军，低声道："如果能知道大叔现在的状态，以及他确切朝哪里去了就好了。不过这里水路的确是唯一的出路。"

"那也很麻烦，走水路我们无法知道他会从哪里上岸。"林苏雨道。

宋采文重新来到岸边，踩在水草上滑向潭水中央，舞蹈般地转动着身体。不多时数十条红色火鳞鱼出现在她的身边。

王猛和林苏雨只能在一旁傻乎乎地看着。这时水面晃动起来，一个大的响动，水波分了开来，那条让伍子胥等人狼狈不堪的鱼王出现在宋采文的近前。

宋采文依然毫不慌乱，动作舒缓地在月光下舞动着，长发飞舞，衣袂飘飘，如同天地间的精灵。最终那鱼王绕着宋采文转了三圈，数十条小火鳞鱼纷纷散开。

宋采文这才回到岸上，沉声道："老火鳞说会让这条河里的鱼关注老大的消息。它说它并没有攻击老大，但老大身上的确受了伤。这里埋伏的人一共三个人。他们顺着山路追下去的，而老大是从悬崖沿着水路走的。这里的河水直接通向南麓，但暂时无从知晓老大能从哪里上岸。"

"敌人从岸上追，已经失去了先机。只要大叔能把握自己的意识，就一定能甩开敌人。"王猛终于露出了笑容。

"前提当然是他能够把握自己的意识。"宋采文苦笑道。

"我们怎么追？我们这次必须抢在敌人前面。"王猛道。

林苏雨笑了笑从怀中拿出一个胶囊，嘭的一声丢在了飞火潭里，那胶囊瞬间变成了一艘喷气皮艇。她婀娜的身姿轻松地跳到艇上，对宋采文和王猛道："来吧，我们不会比那些'上帝棋盘'的人慢的。"

宋采文和王猛一声欢呼，双双跳到艇上，那皮艇微微一震，猛地向悬崖冲去，颠簸起伏地贴着水面掠下悬崖。宋采文看着月光下的暗红水面，自语道："时飞扬，你一定要坚持到我们来！"

时飞扬在河岸边睁开眼睛时，满天星斗让他几乎忘了自己身在何处。他连续作了个四五个梦，每一个梦的女主角都不一样，他不明白这代表着什么？似乎处于逃命状态的他不该有找老婆的无聊想法。但事实上每个梦里，他都对那些女子有所亏欠，直到最后一个，他和那个神仙般的女子约好投胎在人间相聚，却一直都没有遇到彼此。如果最终都没有遇到，那到底是谁欠了谁？

他用河水洗了洗脸，脑海中那个无聊的念头却始终挥之不去。人生在世，究竟是谁欠了谁？那些家伙没有特别的理由，却非要杀了自己不可，这又是为什么？他低头看着水里的倒影，脸上的水滴落在水面，水波层层散开。忽然，水里一条白鱼跃出水面，他向后一退，坐在岸边，抬头正看到天上的明月，心中终于恢复了平静。

"头好疼啊。"时飞扬喃喃自语道，他低头看了看伤口，终于止血结疤了。好吧，对方既然有伍子胥和荆轲，少不得有一场大战了。在不能使用时空能力的情况下，一对三胜算不大，如何才能各个击破呢？

而这时候，四周有甲胄声传来，时飞扬手扶长剑傲然站起，尽管受伤了也不能被秦兵捉住。秦法严酷，刺杀钦差的罪名可不是那么容易能够扛得起的。

"刺客在此！"秦军远远就望见了他，大声呼喝着包抄而上。

这些搜山的秦兵多数是三人一组，两人持矛一人配剑，秦剑本就比山东六国的剑要长。这样的三人组非常难对付，两个持矛的秦军一左一右专门进攻敌人的肋部，尽管他们只是掌握基本的技击之术，但配合起来就远超过了三个人的力量。

时飞扬在秦军之间游走，初时还想要游斗脱出包围，但秦军组织有序，不多时身边居然聚集了近百人，而远处还有人马随时准备冲锋。他再也无法剑下留情，长剑过处血花飞溅。这样一来他面前再无一合之将，一口气从河边冲到林中，又从林中杀上山坡。但他肋部一阵剧痛，创口再次崩裂，疼得脸上一白。忽然觉得四周的场景一变，自己身处的不是红龙岭，而是秦末之时，项羽那场破釜沉舟的战役……

那时候他才十多岁，为了为日后的时空探险作准备，他选择各个历史阶段最严酷的战场来锻炼武技。巨鹿也好，长平也好，甚至官渡都留下他年轻的身影。

巨鹿之战，那个时候一样到处都是秦军，项羽率领众人向前全力突进，而他为项羽做的就是第一时间破坏沿路每一座箭塔。

时飞扬收敛心神，高速掠向不远处的树梢，一剑击落隐蔽在树上的弓箭手。他手握树枝，看着四下汇聚的秦军，低声道："这里不是巨鹿之战，这里不是……这里是……红龙岭。"他终于在树上看到了红龙岭南麓山腰上的望天亭。

这时，前方一组十人的弓箭队靠近了时飞扬，数十支羽箭迅速向他射来。时飞扬那曾经纵横天下的身法从树丛中掠起，如电的身影滑向弓箭队，那些弓箭手的眼中甚至起了一片幻影，还没意识到怎么回事情，就被他尽数击倒在地。

时飞扬击倒弓箭手后，毫不停顿地几个起落拉开和后方秦军的距离，他嘴角带着淡淡的骄傲，你们是拦不住我的，我经历过天下最残酷的战场，每一个动作都是在生死的夹缝中悟得！不知道为何，人在乱军之中，他依稀想起了当年那些并肩作战的战友，他依稀又记起那些逝去的红颜知己。

更多的人在时飞扬的剑下倒下，他却已经进入了完全忘我的状态。若是时空能力可以使用，他早就一走了之，但现在只有把噩梦继续下去。

秦国的军队却也是出了名的不怕死，为了捉拿这个刺客，山路上聚集了越来越多的士兵。

"这家伙比我们想象的厉害。我怎么觉得你给的毒药根本没有削弱他？"荆轲身着秦军服饰，站在远处观察着战况。

韦睿亦露出迷茫的神色，低声道："不知道。"

伍子胥则道："不，轮回药剂是有作用的。现在的杀戮不是他的意识。以我们对他的了解，时飞扬不是喜欢杀人的人。"

"就算不喜欢杀人，现在的他也没有其他选择。"荆轲挥了下长剑道，"上吧。"

"如果我们现在上去把他干掉，会不会过于引人注目？"韦睿问道。

"若是他被秦军杀掉，那会很无趣。"伍子胥道。对于他来说特别喜欢这样的战场，在项飞梦的麾下，他一直被灌输要成为无敌的统帅。但一个真正的统帅必须经过战争的洗礼，至少要像在其他时空的伍子胥那样。

在他们说话间，时飞扬又一次冲到山路之上，前方就是分叉路和密林，如果让他冲入密林，只怕又要开始搜山。但秦军此时已经困不住他，而时飞扬身上也是血迹斑斑，分不清楚是他自己的还是敌人的。

忽然一道剑光从密林中破空而至，那灿烂的剑光以割裂空间的气势刺向时飞扬的咽喉。他毫不犹豫地一抬左手，灿烂的金光从诸葛弩中绽放而出。对方在半空中忽然变向，长剑偏离咽喉转向左肩。

时飞扬的肩膀立时血流如注，但对方也同时中了他一支弩箭。时飞扬剑眉一扬，长剑直取对方胸膛。却听到对方叫道："时飞扬！"他微微一怔，失声道："嬴鸿！"

嬴鸿目光复杂地看着一如当年的时飞扬，他长剑不停，低声道："随我来。"逐渐向密林深处退走。

时飞扬自然心领神会，两人长剑不停，如大鸟般盘旋消失在了密林中。

远处的伍子胥等人吃了一惊，赶忙向着二人消失的方向猛追。韦睿苦笑道："这家伙怎么会有人接应？难道时光的人已经到了？"

伍子胥面色凝重，没有说话，高速向前追去，他们三人的身法在秦军之中引起了一阵惊叹。而空中搜索的慕容流浪也被此地的战况所吸引，他见到伍子胥等人的身法，亦提速于空中跟了过去，他一面向前一面飞快地说道："发现时间委员会的人。南麓望天亭下的密林山弯处。没看到时飞扬，但他应该没事，因为死伤一片的是秦军。"

"收到！"宋采文简短地回答，她没有多说，而是带着另两个人突然离开皮艇冲上了陆地，一头扎入了山林之中，她的嘴角已经浮起了笑意。

半个时辰后，红龙岭密林内。

"我想过可能是你，但没想到你一点变化都没有。你到底是人还是鬼？"站在片松树下，嬴鸿仔细端详着时飞扬，终于颓然问道。

时飞扬替对方取下肩头的诸葛弩，笑道："当然是人。"

"是人都会变老，就像我这样。"嬴鸿指着自己的白发和皱纹道。

"我当然也会。"时飞扬莞尔笑道，"只是老得比较慢。"他并不着急处理肩头的伤口，相比而言他现在时灵时不灵的头脑才是最大的问题。

"废话。"嬴鸿笑骂道，"你能不能给我个合理点的解释？"

"很难解释，就像你很难跟人说你是黑冰台的幕后老大，我也很难跟你说我来自哪里。你如果无视我的外表变化，对我们都有好处。"时飞扬苦笑道。

"那好，我就当你是天上的神仙吧。"嬴鸿稍稍一顿，笑道，"那你就老实告诉我，来这里又有何目的。为何袭击钦差李斯的车驾？"

"我没有。"时飞扬靠着棵大树坐下，低声道，"你身上有干粮吗？我快饿死了。"

"只有酒。"嬴鸿从怀中拿出一个小酒瓶抛给时飞扬，皱眉，"不是你袭击的钦差？到底是谁？"

"如果是我计划杀钦差，你觉得他能活得了？我甚至之前都不知道钦差是李斯。"时飞扬尝了口酒，惊叹道，"你这老小子随身带着兰陵老酒，他妈的，爽！"

"一把年纪了，喝酒当然要有品位。这酒越来越贵，这么点就要三两金子。"嬴鸿得意地道，又看到时飞扬居然让他非常地开心。

时飞扬定了定神，开始解释道："不是我袭击的李斯，而是我的仇人。他们为了限制我的行动，故意扮成我袭击了他的马车，从而可以让你们的秦军做先锋。之前一切都在他们的计算中，我好不容易才逃到现在。"

赢鸿从他手中拿回酒瓶，思索道："我相信你。但什么人那么厉害，能把你逼到这个程度。难道……"

"就是上次做出真假赵括那件事情的人。"时飞扬看对方把酒瓶收入怀中，皱了皱眉，"酒都不舍得，越老越小气。你在秦军是否混得差了？我这种小案子也值得你出动？"他一拍脑袋，笑道："是了，定是如此！去吕庄不止是李斯，连赢政也来了！"

"我混得的确不如从前了。想要退隐，他们那些老士族不让；想要做事，后来几代大王又不许。"赢鸿苦笑道，"秦王的确要去吕庄。我说你为何会出现这里？难道是为了吕不韦？"

"老归老，但直觉还在。"时飞扬赞道，"吕不韦是我朋友，我认识他的过程和认识你差不多。这么解释，你能接受吗？"

赢鸿点头道："可以明白，而且我年纪大了，不愿意多考虑事情。"他笑了笑道，"但我希望你能把计划告诉我，而作为交换，我会帮你调开秦军。如何？"

"我们好歹也有些交情，怎么在你说起来，好像一切都只是交易。你怎么和吕不韦那个商人有点像。"时飞扬大声抱怨道。

赢鸿淡淡一笑道："老弟，要知道我首先是官，是秦国人。"

时飞扬打量了下赢鸿，这家伙真的老了。当年那飞扬的浓眉亦变得稀疏，傲气风流的脸庞上到处都是皱纹，这些年过得很不如意吧。他轻轻叹了口气，真的不忍心再骗这个老朋友，但有些事情是无法说的。他低沉着声音道："我要救吕不韦的妻小。我知道秦王要他死，但我不想他绝后。这是我能告诉你的。"

"还有不能告诉我的呢？"赢鸿低声道，他或许老了，但他是真正的豪杰，天下风云起落他看得多了。

"不能告诉你的是，我的敌人很强。其中有一个就是你这种级别的，甚至他背后会有比你更加厉害的人。而且吕不韦的后事我都安排好了，我们不存在什么交易。现在你的问题就是想办法帮我，而我把那些刺客的情况告诉你。"时飞扬看着对方眼角的刀刻般的皱纹，忽然想到，如果他自己到了这个年纪，是否还会在各个时空穿梭？如果他在三四十年后遇到的是三十岁的嬴鸿，面对白发苍苍的是自己，对方又会如何看待这件事情？

这不仅仅是一件有趣的事情，还是一件恐怖的事情。

"吕不韦的事情，我尽力帮你。"嬴鸿深吸口气，他知道时飞扬已经最大限度地说了实话。也许还有隐瞒，但那些他并不一定要追究。

这时天空中一阵旋风袭来，慕容流浪忽然出现在二人面前。这个飞人嬴鸿当然也是见过的，只是看到又一个人不受岁月的影响，他真的郁闷了。而慕容流浪只是把联络器和一管药剂抛给时飞扬。

时飞扬刚刚把联络器接通，另一头就响起了宋采文带着哭腔的声音，他无可奈何地笑了笑，眯着眼睛服下药剂。

伍子胥，春秋时期吴国大夫，他本为楚人，为报家仇远走吴国。传说他在前往吴国之前，过昭关的时候，因为忧心如焚一夜白头。他不仅从小就力能举鼎，在吴国更导演了一系列的谋国夺政、强兵复仇的能事。其中"专诸刺僚"、"伐楚鞭尸"等都是他的事迹。更让人引为传奇的是，他一生中的知己有一代兵法家孙武，也有春秋五霸之一的吴王阖闾，以及一起生死奔波千里的白公胜。他的对手，有先为知己后成为大敌的申包胥，有春秋五霸之一的越王勾践，以及文仲、范蠡。

荆轲，战国末期人，人称庆卿，据说本是齐国庆氏的后裔。在刺杀秦王之前只是小有勇名的剑客而已。但他的刺杀行动却是战国末期，山东六国最可能改变历史的一击。若燕国太子丹给他更多的耐心，允许他等待好友同赴咸阳，而不是用那个看似勇猛，实则不堪大任的秦舞阳，或许他又会多几分机会。"风萧萧兮，易水寒，壮士一去兮，不复还！"这几句歌谣不知道感动了多少心怀浪漫英雄主义情节的人。

韦睿，字怀文，南朝梁武帝时的大将。钟离之战，号称以数万敌百万，决战北朝猛将杨大眼。从勇力上说，他不如伍子胥，但从率军作战而言，则未必下之。南北朝时期，中华大地上涌现出无数名将，同样的乱世，之前的三国时期也是如此。可见我们中华民族有着强劲的生命力，越是有大的危机，民族的潜能就越能爆发，越有大量的人才涌现出来。

若真的是第七时空历史上的这三个人出现在时飞扬的面前，时飞扬即便有嬴鸿的帮助，也未尝会在重伤未愈的情况下就放手一搏。但这三个时间委员会培养的"古人"，却并不是那些在第七时空做出惊天动地事情的真人。

衡量一个人的实力，需要那些表面的东西，比如说智商，比如说力量。又或者说在近年来电脑游戏兴起后，很多数值方面的数据，成为进行电脑游戏时头号关注的要素。但一个人真正要成功，却还要考虑到很多表面因素之外的能力。这里的"伍子胥"有没有历史上伍子胥因为仇恨带来的苦心坚韧；这里的荆轲有没有游侠天下后，广博的胸襟；这里的韦睿是否有亲自统率数万军队对抗百万敌军，才形成的稳定、出奇兼有的个性？

"你到底会怎么做？"慕容流浪站在大树上好奇地问道。

"这一战，换成由我们来有心算无心。伍子胥他们或许知道我有了援军，却一定不知道整个秦军一下子变成了我的后盾。我们在这里作出以死相搏状，然后将他们一网打尽。"时飞扬晃动着嬴鸿留下的兰陵老酒，缓缓道。

"林苏雨给你配的解药，有用吗？"慕容流浪又问。

"我的头疼似乎好了点，但轮回药剂其实无解。"时飞扬看了看皱眉的慕容流浪，笑道，"不过也无大害，因为我本来就是爱做白日梦的人。"

"除了头疼，没有啥别的问题吧？"慕容流浪道。

"偶尔视线模糊，但用剑不一定要用眼睛。"时飞扬的话语中，带着淡淡的傲气。

而这时其实已是深夜，时飞扬盘膝坐在夜色中，平静地望着远方，之前的伤势因为同伴的到来一下子好了很多，但慕容流浪却看不清楚他的表情。

伍子胥三人进入密林深处，成品字形高速向前，就在他们冲出树林之前，忽然树影间出现了一道闲适飘逸的身影。那女子有一种远山深谷的幽远，又有一种夜色之灵的神秘，天下无双的风姿下，她背上那口漆黑的长剑，不仅丝毫没有破坏她女性的柔美，反而更让人心中生出无比的思慕。整个山林因为她的降临，就此变得无比美丽起来。那女子带来的居然是一种让山水更为华彩的意境。

伍子胥微微一愣，低声道："梦倾岑，你为何会在这里？"

那叫梦倾岑的绝色女子回答道："我来是为了告诉你，情势有变。时飞扬已经和'时光'会合。"

"意料之中，但我们仍然可以一战。"韦睿道。

"若我说，秦国也已经不是他的敌人，而是我们的敌人呢？"梦倾岑继续问道。

"这……"伍子胥微一沉吟，复又笑道，"若如此，我们除非另有援军，否则就很难拿下时飞扬的人头。倾岑小姐是否就是为此而来？"

梦倾岑淡淡道："这就是我喜欢和聪明人打交道的原因。放心吧，我已经假扮使者，命令秦军继续攻击。时飞扬在这里有朋友，我们也有。"

韦睿上前一步道："在下以为，依然是我三人上前强攻，而后倾岑小姐伺机取下时飞扬的人头即可，而且必须加速决战，否则时飞扬可能会选择逃跑。"

"以不变为变。韦怀文果然可为大才。"梦倾岑宝石般的眼眸中眼波流转，"轮回药剂的作用，无药可解。这就是我给你这个药剂的原因。秦军毕竟很难倚重，本次行动，依然是以你三人为主，我在一旁对付时飞扬。其他人我没有兴趣。"

"你为何要帮我们？"荆轲忽然不冷不热地问道。

梦倾岑嘴角绽起动人的弧线，道："因为时飞扬是时空能力者。是我们'上帝棋盘'计划的第一大敌。"

山林间，凄厉的狼嚎声远远地传来。

"老大，有一头野狼报告说秦军动态可疑。有新的精锐军队从外围调入，原先的秦军正逐步撤出。"宋采文忽然在联络频道里说道。

"嬴鸿并不是这里最大的人物，只是秦王为何忽然决定大军出动？"时飞扬皱眉道，"采文，尽可能地拖延秦军。"

看宋采文带着笑容挂断联络器，王猛问道："大叔怎么说？"

宋采文抬头道："老大终于有用到我们的时候了。"她站到了高处，对着空中明月发出一声苍然的长啸。四周的森林先是一片沉寂，而后各种野兽的嘶吼声此起彼伏地响起。

大批的豺狼虎豹从森林中走出，一队又一队的野狼数以百计，两三米高的巨熊四五成群，同时在秦军的队列前方徘徊。

即便是久经战阵的秦国锐士也对面前的景象摸不着头脑，甚至有人说这是山神震怒了！山神吗？如果山神有宋采文那么美丽的话，她就做一次山神吧。

"大人，前方似乎有些诡异。那些刺客究竟是何方势力？"新来的统领虽然受命攻击，但依然很恭敬地向嬴鸿询问。

"老夫不知道对方是何来历，但的确棘手。"嬴鸿微微一顿道，"老夫知道，我大军并不会因为神鬼之说后退半步。但现在态势未明，让这些大秦子弟莫名其妙地阵亡在此，未必就是上策。"

"大人的意思……"那统领试探道。

但嬴鸿却不说话了，那统领思索片刻，终于下令暂缓进军。

"我们是否依然和伍子胥一战？若现在离开还来得及。"慕容流浪低声道。

"来不及了，敌人阵营中一定有很了解我们的人。但不是他们。"时飞扬笑了笑，看着出现在前方的伍子胥、荆轲、韦睿三人道。

伍子胥看着面前的敌人，高声道："时飞扬，你这次不逃了吗？"

"该逃的时候，自然还是要逃。"时飞扬笑道。

伍子胥等人不再多言，三个人分从三个位置包抄向时飞扬，竟然完全不管慕容流浪。慕容流浪同样并不出手，只是漂浮在半空总揽全局。

时飞扬身处三人的攻击中，压力骤然变重，即便是在先前那一路逃亡的时候，他也未有被对方包围过。伍子胥的长剑第一个攻来，那庞大的力量根本无法抵挡，时飞扬的长剑歪斜地刺出，伍子胥就感到一股柔和但源源不断的力量从对方的剑尖涌现，那力量居然把他的力量给抵消了。

而荆轲不知道伍子胥受挫，他只见时飞扬的长剑和伍子胥的长剑纠缠在一起，于是一个闪身晃到时飞扬的侧后方，剑锋如毒蛇般刺出。时飞扬并不阻挡他的剑锋，行云流水般左手一抬，灿烂的金芒霹雳雷霆般地绽放而出，那金灿灿的弩箭旋转着用足以突破时空的速度飞射而出……

荆轲之前吃过诸葛弩的亏，但即便他一直提防着，却依然不如这弩箭的速度，他向后飞退又如何躲得过黄金诸葛弩，那扎实的一箭直接贯穿他的喉咙。而韦睿看着真切，他竟然跟着荆轲的脚步，从同一边舞剑切入，即便荆轲中了弩箭，他也同样有把握把时飞扬毙于剑下。

果然，时飞扬挡住了伍子胥的进攻，迫退了荆轲的偷袭，看似已经无法阻挡韦睿。但时飞扬一瞬间奇迹般地挪开了一步，身形旋转如电，一个标准的侧踢避开韦睿的长剑，正中韦睿的胸口，韦睿一下子被踹出十多步远。

就这一个照面，荆轲中弩倒毙，韦睿也不知道被踢断了几根肋骨，这一轮的进攻只有伍子胥没有受伤。韦睿和伍子胥同时露出难以置信的神色。

"刚才那是？"韦睿按着胸口，嘴角溢血道。

"不是瞬移，只是动作比你快。"时飞扬笑道，"你们是不是奇怪，昨天还被追得满山逃的家伙今天怎么就这么厉害了？"

"因为之前没有把你们当做必须分出生死的人，而你们则逼人太甚。至于这个荆轲，在第七时空是必须要死的，他最可能篡改这里的历史。"空中的慕容流浪傲然道。

韦睿终于知道慕容流浪为何丝毫没有帮忙的意思，那家伙显然觉得时飞扬足够对付他们三人。

伍子胥看了韦睿一眼，低声道："不用担心，我们还有办法解决他。"说着他上前一步，手中长剑的剑锋上光芒闪烁，整个人居然在夜间的树林中发出刺目的银芒，他原本乌黑的长发亦变得花白起来，而长剑的锋芒上则流露着浓厚的血色。

"原来'上帝棋盘'的那些家伙，把一夜白头解释成了一种武功。"时飞扬坏笑道，"这个倒是很有创意。"

伍子胥身形向前，速度忽然快了不止三倍，长剑天罗地网般地笼罩向时飞扬。时飞扬并不慌乱，只是向前向后来回移动，脚尖、脚跟在方圆一米之内变幻着位置，居然就这样间不容发地在剑影中游走。但伍子胥的剑法也不单是快而已，他剑锋带起来的庞大气流，让四周的树木都开始晃动。三十剑一过，时飞扬就等于在暴风中移动，但忽然他的头又一阵剧痛，眼前的视线也模糊起来。

伍子胥眼中精光一盛，暴喝一声，双手握住长剑冲天而起，时飞扬后退半步，长剑竟好似被压迫得举不起来。

韦睿手中扣有数枚手雷，一旦空中的慕容流浪出手，他也奋力一搏。但慕容流浪一点出手的意思也没有。

时飞扬闭上眼睛，剑锋歪斜地点向虚空，伍子胥力拔千钧的一斩却落在他时飞扬的剑锷之上。

伍子胥一愣，时飞扬的长剑迅即转动，伍子胥的宝剑被绞动得几欲脱手而飞。时飞扬长笑一声，剑芒骤亮，一下击飞伍子胥的长剑，剑锋直奔他的心口。

就在此时，一道人影突然出现在时飞扬的身边，出现之前丝毫没有征兆。任凭慕容流浪一直注视着战局，却根本不知道对方是怎么来的？他的第一反应是对方是凭空出现在这里的！

那人影手中绽放出七色的华彩，在时飞扬身边一掠而过，然后稳稳地停在不远处。时飞扬的长剑犹在伍子胥的胸膛，却见自己胸前有一道剑锋一闪即过，鲜血汩汩流出。那如一道彩虹般出现在黑夜中的女子，长剑轻巧地收入漆黑的剑鞘，笑吟吟地看着时飞扬，赞叹道："不愧为时飞扬，居然在方才还能挪动身体，否则一剑就该刺透你的心脏。"

时飞扬按着剑伤，被穿透的伤口还在向两旁撕裂，那鲜血潺潺而出，但他却仿佛没有感觉一般，只是愣愣地看着面前的女子。那个女子的脸他记得，那张美得毫无瑕疵的面庞，赫然就是他梦中的女子，那个和他约好一起投胎转世重聚的女子。而如果这是重逢后的第一面，居然是那么大的一个伤口。

"她是怎么伤的你？我没看清。"慕容流浪怔了一下道。

"她是……空间能力者。"时飞扬艰难地道，他当然知道对方是如何出现在身旁的。

"什么？"慕容流浪失声道。

韦睿却在伍子胥的尸体旁怒道："梦倾岑，你为何不早些出手？"

梦倾岑面无表情地道："早出手，就不会得手。"

"你现在也动不了他分毫！"宋采文带着王猛和林苏雨出现在林中，她并没有去检查时飞扬的伤势，只要时飞扬还站着，那所有人就都还要表现得坚强。

梦倾岑扫视了下周围，宋采文的身后还有无数野兽飞禽，老虎、野狼、豪猪、飞鹰等。她温柔地一笑道："我是空间能力者，虽然无法停摆时间，但是可以自由穿梭于空间中。我不如你时飞扬强大，所以你必须要死。"

"绝世容颜，外加漆黑宝剑夜之灵。你是梦倾岑。我听说过你，但从未见过。"时飞扬痛苦地站直了身，脸上重新浮现标志性的微笑，"可惜你今天杀不了我，因为你或许可以得逞一时，但绝对做不到全身而退。"

"我却不信！"梦倾岑突然消失在空气中……

时飞扬立即大喊道："慕容助我！"他长剑朝着左后方刺去，果然梦倾岑出现在他的左后方，长剑闪动。空中的慕容流浪一道风刃破空劈下，但梦倾岑又消失了。时飞扬又大叫道："慕容你小心！"

慕容流浪就感到自己后心仿佛被穿透了一般，他立即从空中拔高了二三十米，后背受了一道剑痕，却连那女子的影子都没看到。而那梦倾岑突然又出现在了地上，这次是时飞扬的正前方，时飞扬长剑早就横在了胸前。"当！"两柄剑碰在了一处，时飞扬半跪在地，而那梦倾岑一个跟头翻到了树影下。

"我说过，你今天杀不了我。"时飞扬面色苍白，但依然笑容不变。

"果然高明。"梦倾岑只是随便地站在那里，姿态之美就已难以形容。她宝石般的眼眸眼波流动，"居然每次都能通过身边空间震动的变化，来预判我的进攻方向。我今天看来杀不死你了。"

"空间移动是很耗体力的。你从出现到现在，已经连续用了四次。你若想还留点体力自保，我劝你不要再试。"时飞扬轻声道，他一面说着，脑海中出现的却是那女子在梦中的情景。居然真的有这么个女子？是巧合，还是天意？还是自己被人安排了，却没有察觉？梦倾岑这个名字，我在哪里听过，到底是在哪里听过？

梦倾岑笑吟吟地看着时飞扬，耸耸肩道："你说得也有道理。那么就此别过，我还会再来的。"

"你以为说走就走？"宋采文终于按捺不住道。

梦倾岑笑道："这个妹妹好大的脾气，我不杀你们了，居然还不对了？只可惜，你的身手在他人看来或许还有点用，在我们时空能力者的眼中却一文不值。"她轻松地收剑入鞘，曼妙的身影周围泛起淡淡的光影，消失在了空气中。

场中只剩下韦睿不是时光侦探社的人，时飞扬淡淡道："你也走吧。"他看韦睿似乎有些举棋不定，他低声道："今天你们已经死了两个人。你不走又能如何？"

韦睿看着地上伍子胥和荆轲的尸体，沉声道："你今天放我走了，日后莫要后悔。"

"若你能够有实力报仇，你就来吧。"时飞扬面色苍白地坐在了地上。

韦睿深吸口气转身就走，却听到王猛高声道："你若敢来，不用我大叔出手。我就够了！"韦睿并没有回头。

宋采文和林苏雨赶忙给时飞扬和慕容流浪做包扎。

时飞扬坐在地上，低声道："不出意外，秦军也会散去。"

"的确如此，山中的秦军正在撤走。奇怪，那些新调来的军队不过刚刚铺开，为何那么快又走？"宋采文问了问边上的飞鸟，确认了时飞扬的猜测。

"军队是梦倾岑的人调来的，而我们依然有嬴鸿对我们的支援。这不是举国之争的战场，他们是知道进退的。"时飞扬道。

"你完全信任嬴鸿，对不对？"宋采文问。

"嬴鸿的主要任务是保全吕不韦的家眷。他发兵上山，也只是一种佯攻。"时飞扬停顿了一下道，"不出意外，秦王就要到吕庄了。有嬴鸿在，事情会好办得多。"

慕容流浪忽然道："这世界上时空能力者很多吗？不是很多吧？我以前根本没遇到过别人。"

时飞扬笑道："时空能力者，分为时间能力者、空间能力者、时空能力者三种。数量都很少。但我不知道时间委员会有几个。他们当然也不会告诉我。"

"你认识几个？"宋采文问。

"说出来就不好玩了。"时飞扬打了个哈欠。大量失血，面色苍白的他，缓缓地道："我们去吕庄。路上我想睡一下。"

尾声

历史上，吕不韦是在这个夜晚自杀的。据说他在自杀前收到过秦王嬴政这样的一封旨意："君何功于秦？秦封君河南，食十万户。君何亲于秦？号称仲父……"

现在那份旨意就在时飞扬的手中，这些话真是无情无义。秦国在秦昭王死后，两代君主都是短命，到了吕不韦辅佐秦王政的时候，才真正有了稳定的局面。但不管怎么样，秦王嬴政亲自来见他最后一面，这已经意味了很多。

文信侯吕不韦的死绝对解决了很多问题，不仅树立了秦王的无上权威，更将嬴政究竟是不是吕不韦儿子的话题彻底消灭。至少在现今的秦国是这样子。这个八卦的问题，直到很久以后还是人们的谈资，但对天下已经不再重要。

陪伴秦王来的嬴鸿松了口气，终于可以回去向族中元老复命。若这次真的得到嬴政是吕不韦儿子的情报，他还真不知道该如何处理。杀了嬴政他舍不得，不杀嬴政又如何向嬴氏列祖列宗交代？另外秦王不追究吕不韦族人的命令，也让嬴鸿对时飞扬的托付有了交代。

时飞扬将旨意在吕不韦的"灵位"前点燃，低声道："至少，他们没有逼迫你怎么死。也没要求你马上死。所以我们一定会成功。若你够长寿，你会看到嬴政横扫六国。这样一来，还真算是不枉费你多年的辛苦。"

"时飞扬，真的是你。"赵宁柔弱的身影出现了灵堂。

时飞扬一脸疲倦地看着赵宁，轻轻地点了点头。

赵宁笑了笑道："真好，你终于看到我不再逃走了。"她仿佛一下子变回了从前十八岁的自己。

"我不知道你嫁给了吕不韦。"时飞扬低声道，"但想来，你至少找了个好男人。"

赵宁温柔地坐在时飞扬身边，仔细地端着面前这个憔悴的白衣男子。她悠悠道："你和我印象中的时飞扬完全一样。我终于明白你当年为何不要我了，我终于明白了。只是，你要知道，从前即便是一个世界的距离，我也不会在乎。"

时飞扬看着眼角已经布满皱纹的妇人，缓缓道："我懂。但是我不能不在乎。"

赵宁低着头，看着燃烧的盆火，脑海中全是很多年前的事情，那些日子邯郸被飞贼闹得不得安宁。即便是作为平原君的叔父也无法可想，直到时飞扬的出现。这个男子深夜闯入她的深闺，这个男子在她病重之时守在榻边，这个男子用了三天三夜的时间来伏击大盗。这个看似对她毫无保留的男子，却又在击毙大盗后，忽然就一去不返。

"你一定不是他所钟爱的女子，你也一定不会是最后一个为他伤心的女子。你也许只是他生命中的一道风景，片刻的留情而已。所以，无论忘得了还是忘不了，你都必须要忘记他。"叔父平原君如此冷漠地对她说道。

但是一个十八岁的女子，又怎么会在乎？哪怕只是片刻的留情，又有什么关系？至少有情。但为何你不让我再见你？赵宁原来以为自己再看到时飞扬的时候，会有很多话要说，即便在嫁给吕不韦之后，她的心中依然有个角落，是属于时飞扬的。那个白衣飘飘仗剑天涯的身影，是属于十八岁时候的她的记忆。

"你真的是一点都没变呢。"赵宁不知不觉地又重复了一遍，千言万语都已经无从说起。

时飞扬嘴角抽动了下，然后又轻轻地叹了口气，向赵宁伸出了手。赵宁眼中的泪水终于落了下来，一流就无法停止，仿佛要把几十年的委屈全都发泄出来。时飞扬轻拂着赵宁的头发，任由她哭湿了自己的衣裳……

赵宁醒来的时候，天光已经微微发亮，时飞扬再次不知所终，昨夜的重聚仿佛大梦一场。

"我不等吕不韦醒了，这里交给你如何？"时飞扬走出吕庄，对身边的王猛道。

"人生若只如初见，是不是？"王猛忽然颇为成熟地说了这么一句话。

"以后你会亲身体验到的。"时飞扬笑了笑道，他少见地没有鄙视这个小家伙的故作成熟。

"轮回药剂已经彻底失效了吗？还是你依然在药效中没好？我一直以为你不会一整晚都在灵堂。"王猛低声道。

"我不知道。"时飞扬远眺前方的山坡，远山之间依稀有一道风姿卓越的身影在向他遥望。那陌生的身影，熟悉的脸庞，让他一阵迷惑。人生若只如初见吗？那么梦倾岑到底是谁？

这时，官道远端出现了宋采文、林苏雨的身影。时飞扬高声道："景略，你要知道，生命的魅力就在于即便你知道结局，你也不会知道过程。所以享受你所经历的，向前冲吧！"

年 龄

　　时光侦探社中最大的一个问题，不是时飞扬有多少其他时空的情人，不是宋采文会多少种语言，她能不能和蚂蚁说话，她能不能和树木花草说话。时光侦探社最大的一个问题是"时间"在这里的定义，是每个人简历上的年龄。

　　闲暇时候，当所有人围坐在茶水屋里时，总会有人问出这个问题。通常女人是最不愿意讨论年龄的动物，但是在这个地方，宋采文往往是对其他人年龄最感兴趣的人。因为这里除了她之外，别人的年龄都是未知数。

　　"嗨！姑娘和小伙子。我想确切地知道你们这些人的岁数和生日。要知道我不仅仅是一个优秀的语言者，还是一个很不错的星象家。"宋采文端着咖啡，看着正鼓捣新品种咖啡豆的林苏雨和王猛道。

　　林苏雨没有理她，而是继续拿出一个稀奇古怪的咖啡壶，在里面的两层各放了一种咖啡。

"得了，大姐头，你不就是想知道我们大家多少岁了吗？也不用吹嘘自己是一个怎么样的星象学家。"王猛从边上的烤箱里拿出一块蛋糕，然后大吼，"司马老头子！蛋糕好了！流氓兄！咖啡好了！"

"我不想知道你多大，你这个家伙明显已经一千好几百岁了。这个概念太容易混淆了。不过要我看，你实际存在的时间，不会超过十六岁。"宋采文摸了摸王猛的脑袋，笑嘻嘻地道。

"何以见得呢？难道因为我脸上的痘痘？"王猛翻了翻眼睛。

"当然因为你的身材，还有体型。都证明了你发育还没健全。"林苏雨插话道，她把新综合的咖啡开始加热，"如果宋家大姐在意的不是王猛的生日，难道是我的？你关心一个机器人的生日干什么？难道你想要论证星象学同样适用于智能机器人？"

宋采文眨眨眼睛道："这是个好主意。"

"我不觉得。"林苏雨站起来，很严肃地道，"第一，我们没有证据表明，第七时空的星象学，可以适用其他时空的人，更不用说机器人。第二，作为一个机器人，作为一个机器人的科学家，我从来都不认为那些遥远星空之间的光线照射，以及在你出生那一刹那的日光月光照射，能够决定你这一辈子的命运。这是不可证明的、不严谨的，甚至荒谬的理论。"

宋采文张开了小嘴，尴尬地笑了笑道："小雨，你这么说真的太伤人了。我从来没把你当做机器人看待。我一直把你当做自己的好姐妹。"

"大姐头，你这么说才是伤人的。你这么说就好像，在黑奴时代，一个白人对一个黑人说，嗨伙计，我从来没把你当做黑人，一直把你当做我兄弟。"王猛在边上坏笑道。

宋采文对着王猛就是一脚，王猛一个转身，正好躲在林苏雨背后。

林苏雨倒是表情如常地道："不管怎么说，反正我的年纪应该很清楚，我的大脑芯片告诉我，我已经运转了八十三年。我不为自己是机器人觉得悲哀，当然也不自豪。"

宋采文看着林苏雨那貌美如花的容颜，以及那一身虽然是居家打扮，却也非常时尚的衣服，苦笑着说："好吧，如果我到了八十多岁，也能有你这么年轻漂亮，我宁愿自己也是机器人，我保证不悲哀。"

这时，司马靖雁走了进来，笑道："八十多岁又不算老。宋家姑娘要对自己有信心嘛。"

"大姐头在问大家的生日。"王猛道。

"哦，老夫的生日是……"司马靖雁刚要说却被宋采文打断。

宋采文把蛋糕送到老头子嘴边，道："我不想知道。您的生日对我来说，太伤人了。我活几辈子，都活不到您这个岁数的！"

"你如果跟着司马每天吃素，每天修炼，也许也能活个几百岁。"慕容流浪也出现在了门口。

"跟他一样？"宋采文看着司马的白胡子，叹了口气，"活得太久有什么好？对了，流氓兄，你多大年纪了。说实话，我们这里，就你和时飞扬的年纪我看不出来。"

"时大叔是上世纪七十年代生的，能多老？"王猛道。

"说的也是，所以流氓兄，你到底多大才是秘密。"宋采文点头道。

慕容流浪笑了笑，细长的眼眸中露出狡诈的光芒，低声道："你们搞错了。时飞扬可不会只有三十多岁。"

"啊？为啥？"宋采文一下子来了兴趣。

"你想，我们每次出发行动，是不是哪天出去的就哪天返回？"慕容流浪问。

王猛想了想道："是啊。一般就算不是当天的时间点返回，我们也不会用太长时间。比如邯郸赵括那个案子，我们在那边住了好久。结果回来也就是一周的时间。"

"那你们再想一下，我们每年是不是经常去别的时空出差？"慕容流浪又问。

"是啊……"这下，连林苏雨都停下了手中的工作。

"最后一个问题，你们想一下，时飞扬比我们早过这种穿越生活多少年？"慕容流浪很严肃地道。

"天啊……"王猛一屁股坐在地上。

而林苏雨则思索道："这么说起来，他每次穿越，都会节省在这个时空停留的时间。哪怕在另一个时空十年，只要他想，他就可以选择在当天的时间点回归。这样他在这个时空的年龄算起来，至少还是老样子。"

"什么嘛！太混乱了，那个家伙不会已经五十多岁了吧？七十多岁？"

宋采文吃惊地道。

"有可能……不过反正没我老。"司马靖雁不在乎道。

这时，时飞扬也从自己的办公室走了过来，他一边拿咖啡一边道："你们这些家伙，怎么喝茶时间不叫我？"但他马上发现，所有人看他的目光都很怪异。不由得低头看了看咖啡，又把咖啡杯放了回去道："怎么？"

宋采文上下打量着他，这家伙看上去还是好年轻，哪里来的五十岁七十岁？

却见小王猛靠近时飞扬道："大叔，这个……不是……老大。那个，我平时叫你大叔是不是不太好……"

宋采文则憋了好久，终于道："飞扬，我不得不说你，驻颜有术啊！能不能告诉我如何去皱纹……"

总之，目前的时光侦探社除了宋采文和林苏雨的年龄是固定的，其他人都不是，但是以后呢？也许宋采文的年龄也会成谜吧？但林苏雨一定不会，即便她自己忘记了，她的计时芯片总是在工作的。

除 夕

除夕夜，时飞扬摇摇晃晃地闯入了雪海路上的酒吧"纸醉金迷"，他看着吧台边坐着的诸葛羽和西门游云，长长地松了口气。

"Oh My God! 我终于走对了地方。"时飞扬一屁股坐在吧台上，迫不及待地去拿酒瓶。

"终于?"诸葛羽没好气道，"我以为你穿越时空已经很熟练了。难道说为了过年，又从不知道啥地方胡乱飞回来?"

时飞扬笑了笑，给自己的杯子倒满了"醉生梦死"，神秘地道："我，飞错了三个时空，才真正回到这里。"他摸索着酒瓶，迷糊道："连续穿越了三次，他妈的，累死我了! 谁发明出来穿越的? 我要去追杀他!"

边上的丁奇小声对唐飞、罗灵儿道："事实上，这家伙每年除夕，都会去各个时代转一圈，拜访那些酒中高手，喝个半死之后，最后才会来这里。"

"那人是谁？"唐飞偷偷指着跟着时飞扬走进来，却只是站在角落里，戴着白色西洋帽，眉目细长的斯文男子道。

他那桌人都一起摇头，唐飞眯着眼睛，自语道："超级强……"

"去错了些什么地方啊，飞扬兄弟？"西门游云摸着胖大的肚子笑问。

"西门大叔，说出来你绝对不会相信。我去了一个纪年叫新元的地方，那一年，你和东方哲老大都死了。小杜做了社团的龙头。他和一个叫乐麟的家伙代表社团，跟日本人在天下竞技场好好打了一架！要命的是我老妹也在那里。"时飞扬把"醉生梦死"一口灌下，赞道，"果然还是这里的酒最好！"

"你这种喝法也能喝出好酒，真是难得。"西门游云笑了笑，看了边上的杜青锋一眼，"你说的小杜就是他吧？真有趣……小杜抽空去找找看那个叫乐麟的家伙！"

时飞扬耸耸肩，坏笑道："还想知道我去过其他什么地方吗？"

诸葛羽把一颗花生抛入嘴里，冷笑道："就算我们不问你，你也会说。你不说你难受。"

"我去了三国。在卧龙岗把孔明干掉了！这事情发生在刘备找到他之前，所以没有三顾茅庐了！也不会有诸葛羽了！"时飞扬哈哈狂笑。

诸葛羽挠了挠头，在他们身后一张桌子坐着的端木笙探过头来。这漂亮的吸血鬼看了时飞扬一眼，笑道："Funny，不过我还是觉得他妹妹比较灵。这小子是不是每年到这里的时候，都已经醉了？"

"我哪里醉了？"时飞扬跳下吧台，坐在地上，缓缓道，"我知道你是端木。我还能……问出这里所有人都想问的问题！"

"不许问！"诸葛羽大声呵斥，他早已知道时飞扬想什么。

"诸葛羽和端木笙啥时候结婚！"时飞扬大声道，他才不理会诸葛羽。

"结婚……结婚？结婚！"罗灵儿大声叫着，头发一下子变成粉红的爆炸式。

"那家伙可能真的没醉。"唐飞在罗灵儿耳边道。

"啪！"他被诸葛羽打了个脑瓜子，诸葛羽骂道："闭嘴，菜鸟！"

而罗灵儿手边的水晶球居然在同一时间亮了起来，每个水晶球上都写着"结婚"的字样。

向来举止得体的丁奇，跟时飞扬一起坐到了地上，"时大侦探。风闻，貌似，据传，好像，你侦探社招了一个新人。"

"是啊。一个美女。"时飞扬确认丁奇的消息。

"你不把她带来？"西门游云笑问。

"她回西伯利亚去了，去看她师父，就是艾哲尔那个老东西。"时飞扬挥了挥手。

"是宋采文吧？艾哲尔的女弟子可没几个。"西门游云笑道。

"你敢叫艾哲尔老东西？你还真大胆啊！"罗灵儿怀中的白色骷髅头忽然开口说话。

"I know！I know！"时飞扬用力点头道，"我就是很大胆！"

"我倒是想知道，刚才说飞错了三个时空，你说了两个，第三个去的哪里？"白色骷髅头里面一股黑烟冒出，一身灰色法师袍的白先生出现在众人面前。

"第三个地方，空间没错，时间错了。去到了三年后的这里。"时飞扬重重地敲打着自己的脑袋。

"三年后的这里啥情况？"这里的老板杜青锋一下子来了兴趣。

时飞扬想了半天，皱眉道："不记得了。貌似有点乱？"众人不由得为之气结。时飞扬犹自思索道："好像有一个很厉害的人……在那里。"

白先生拍了拍时飞扬的肩膀，微笑道："别想了。你自己就是最厉害的人。来，我跟你喝酒。"

"鬼也能喝酒？"时飞扬眨了眨眼睛。

"那当然，鬼至少不会喝死。"杜青锋把满满一杯酒递给白先生。边上众人一阵哄笑。

他们一直喝到天亮，酒桌边绝大多数人都消失不见。

最后只剩下时飞扬、诸葛羽，以及给他俩倒酒的唐飞。

"这一年过得怎么样？"诸葛羽缓缓地问道，"听说去帮吕不韦的时候，你受了很重的伤。"

"是吧。"时飞扬靠在椅背上，他苦笑了下道，"而且遇到了一个熟人。"

"熟人？"诸葛羽问。

"至少看上去是熟人，一个美女，但是我不记得到底在哪里见过她。而她似乎之前也没见过我。"时飞扬道。

"一个熟人，把你重创了。"诸葛羽盯着时飞扬看了两分钟，低声说，"还是一个空间能力者，她叫梦倾岑？"

时飞扬瞪了他一眼道："偷窥狂，不要对我用心灵倾听。"

"我这是为你好。心灵倾听有些作用你并不了解。心灵倾听不只是读出你当前心中的想法，还可以读到你记忆深处的波动。"诸葛羽低声道，"所以，飞扬大人。我可以很负责地跟你说，这个女人你之前是见过的。只是你不记得了。而这一点，对你这个色狼来说难道不是很重要吗？"

"是吗？能具体告诉我是在哪里见的吗？"时飞扬看着一片狼藉的桌面，皱眉道。

"不能。你不如直接去问那个女人比较好。"诸葛羽淡淡道。

"也许……我以前的确有失去记忆过。你以前也说你无法帮助我找回记忆。"时飞扬摸索了半天，才找到酒杯，"但我不知道从何说起。就好像从前我跟你说的，我的宝剑青山丢失了，但我就无从找起。现在也是，我总不能直接去跟那个女人说，我是她前世的情人吧？"

"那又怎么样？反正她现在已经对你刀剑相向了，再差还能怎么样？"诸葛羽笑道。

时飞扬摆了摆手，把酒瓶里的"醉生梦死"全部倒出，笑道："你呢？和端木在一起，是否有回到了从前的感觉。"

"我没想到她会回来。现在她回来了，我也还是不敢承诺什么，我不想第二次失去。"诸葛羽想了想，又说，"你知道，我最近带了上海E科去了伦敦，拒绝了他们给我的更高的职务。"

"职位……高了，管你的人就少了。有啥，有啥……不好，为何要拒绝？"时飞扬口齿不清地道。

"我只是不想留在那里而已。"诸葛羽道，"但英国之旅注定会痛苦收场，在那边的最后一个案子，奥隆戈监狱的案子，让我很痛苦。也让我们E

科发生了重大的震动。"

"那个监狱，就是当年你被关的地方？旧地重回，根本就是精神折磨。"时飞扬叹息道，桌子上已经没有酒。

"是的，一切都仿佛昨日重现。"诸葛羽长长出了口气道，"也许我还不够坚强。面对过去的事情，总是想得太多。也许我们老了？"

时飞扬哈哈大笑，然后举手对诸葛羽敬礼道："我想我真的喝多了，我可不想在你面前哭出来。问题的关键在于，或许你老了，但我没有！"他大声叫道："流氓先生！带我去看看你那八百年基业的大秦帝国！"

一直在角落里滴酒不沾的慕容流浪走了出来，微笑着对诸葛羽和唐飞道："新年快乐。"然后把时飞扬扛上肩头，缓缓地离开。

唐飞看着他们的背影，忽然道："为什么他会痛苦？他能穿越时空，如果做错了什么，直接去修正不就行了？"

"时间能力者，不依靠时间机器就能穿越时空掌控时间。他们是被上天诅咒的能力者，在时空旅行的时候，他们需要考虑更多的连锁反应。如果他们肆意妄为，你我早就不存在了。试想一千年前，你的祖宗已经死了，你又怎么会被生下呢？所以你看他穿越得不亦乐乎，其实他经历的人生，却比你我的沉重得多。"诸葛羽晃动着空酒瓶，"但是这既不能算上天的诅咒，也不算是奇迹，只是上天是公平的而已……这酒瓶是空的吗？大概是空的吧？"

唐飞把就要倒下的诸葛羽背了起来，酒到底是不是一个好东西呢？

在他背上的诸葛羽低声道："酒不一定是好东西，菜鸟。但是新年必须要喝酒。新年快乐。"

1 时飞扬

我叫时飞扬，我是时空的旅者，也是所有时空中最特别的一种存在，在我到过的那么多时空中，拥有这种力量的寥寥无几。

我是天生的异能者，但我的父亲只是普通的历史研究人员，他除了渊博的知识和勤勉的为人，并没有任何特别的地方。我的母亲在生我妹妹的时候难产死了，记忆中的她是一个轻柔温婉的名门女子，并没有特殊的能力。我的妹妹也有穿越的能力，但她的力量和我不完全相同。

我第一次带着目的前往的世界，是距今两千年的秦末战争时代。那时候陈胜吴广的起义正如火如荼，项羽才跟着他的叔叔崭露头角，而我也只有十四岁而已，穿越两千年的岁月，只是为了看西楚霸王一眼。

从小就喜欢冷兵器的我，在那里第一次体会到冷兵器战争的残酷。第一次看到人头落地，第一次看到战友阵亡，我的脑海一片空白，但是项羽他不怕，这只是因为他比我岁数大吗？我不这么认为。

我的父亲是一个普通人，因为尊重他爱他，我无法脱离这普通的家庭生活。而我除了那特别的时空能力，最初也只是一个很传统的热爱历史的普通人。但是时间旅行会让人上瘾，有了第一次穿越，就会有第二次，然后就会迷恋那些生活。于是历史书上的每一个章节，都留下了我的足迹。

若仅仅是如此，我并不能成为现在的我。生活的转折发生在我十六岁那年，父亲因为车祸死亡。我试图去改变这个结果，于是选择穿越到车祸之前。之前我在历史旅行中，改变过同伴的命运，我以为这次也能轻易成功。

人是不是生来就渺小的？人是不是天生就该沿着命运的轨迹去走？我不知道。那起意外车祸，在我的干涉下演变成了连环车祸，第一次的死亡名单上只是我父亲一个，在我的参与后，变成了十七条人命。于是我再次尝试穿越，但是无论我如何尝试，最终我的父亲或许可以活下来，但有更多我熟悉的事物可能因此消失，有时是几个人，有时是一片街道。

这样的选择是否合适？我不知道。我只知道我不是上天，我没有权力随意为了自己决定他人的生死。但是即便如此，我同样也会想，就算是上天，他又有什么理由轻易去决定人们的生死？

父亲他最终没有活下来。我把小妹送到外婆家后，开始了我的时间之旅。我并没有带着悲哀上路，我只是想去了解更多的事情。地球是注定围绕太阳转的，月亮也是注定围绕地球转的。这对它们来说是否是一种命运。如果日月星辰都有它们的命运，那么我们呢？如此渺小的我们呢？

我向着最遥远的过去进发。在封神的时代并没有神，异能者是有的，他们的力量也的确强大。现代科学里讨论的黑暗物质，在那时候就有人用天人合一的方法去运用。但他们不是神，他们同样不能掌控自己的命运。

那个时候天还很蓝，大地像更是大地的样子。看不到尽头的草原，空无一人的群山，还有那从亘古奔流而来的大河，都让我想和它们融为一体。那时候的人类也是彪悍的，蚩尤和商纣王同样都是桀骜不驯的人，他们的身边也都有着可爱和可恨的人。

我的语言在那个时代没有办法使用，于是我学会了使用空间的能力，更快地学会融入社会，包括掌握语言的符号。人总是希望生活在熟悉的群体中，并不是说人们喜欢和熟人在一起，这对于有探索精神的人来说并不合适，但是人们真的喜欢在熟悉的体制中生存。所以我决定去春秋战国，以及后世的历史去看看。

为了之后的旅程，我托人铸了一口宝剑，剑的名字叫做"青山"。为我铸剑的大师跟我说，他对生命之道同样有很多疑惑，但他无法和我一样去想去的地方。如果有一天我对自己的疑问有了答案，希望能够回来告诉他"道"究竟是什么。于是我背着"青山"出发了。

风起云涌的春秋战国，金戈铁马的秦汉三国，颠沛流离的两晋南北朝，诗歌风流白衣飘飘的大唐，风雨飘摇青衫磊落的大宋，异族跋扈的元朝，黑暗闭塞的明清。只在弹指之间，我就都能经过。那是一段白衣长剑，风花雪月，狂歌当哭的日子。那些日子我和我的兄弟、我的女人在一起。

我父亲曾经告诉我，史书在具体事件的时间上通常不会说谎，但涉及到具体的人，那些细节就变得千变万化。也许是因为写史书的人同样也是普通人，绝大部分人都不具有史者该有的风骨。

不知不觉四年过去了，游走在历史中的我，并没有找到出发时候想要的答案。"道"也好，命运也好，对于这些问题，每个人都有自己的答案，未必有对错。也因为这一点，我的旅途一直会继续下去。

那一天，我和柳永一起喝酒的时候，柳永忽然望着远处的水潭发起呆来。"我觉得水潭里的月亮，也许真的可以捞起来。"他道。

"李白已经跳下去了，你再来一次就不稀奇了。"我说。

"不，我的意思是，总有一种办法，摆脱我们现在的生活。月亮也许不是倒映在水里，而是真的在水里。"他的声音很认真，也很清醒。

我慢慢道："你是说事情的另一种可能吗？你是说，也许存在一个柳永，没有留在这里，而是在朝廷得意为官？"我没有嘲笑他的意思。

"也许……"柳永苦笑道，"但反正我不是那个人。"

从那一天开始，我决定去寻找另外一条空间线，同一根时间线上的另一个并存空间。虽然我以前也曾经想过这个问题，但这念头比我现在的穿越要疯狂得多。如果一定要给这个行为一个理论基础，那就是我觉得，如果存在那么多条时间线，那么空间也应该有很多才对。在不同的空间，我们在同样的时间作了不同的选择，引发了不同的人生。

这是我时空旅行的第二次转折。因为这个转折，从此我生活的世界再也不是单一的一个空间，而是无数个。

这当然不是容易的，即便是习惯了在各条时间线上游走的我，也很难去捕捉不同的空间信号。并行时空，这意味着我在那里可能会看到一个完全不同的自己，也可能在那个时空根本没有我。

在不断地尝试时，我无意中又回到了楚汉相争的年代。从前不论在什么情况下，留在霸王身边我总是会很安心，但是在那个时间点，我却看着他不可避免地在垓下自刎。这是我曾经刻意回避的一个时间点，就如我从来不愿意去岳飞被杀的风波亭，就如我还刻意回避不熟悉的外国历史。一个是我怕我自己感情用事忍不住改变历史，一个是我怕自己不了解真相，改变了历史。

我远远地看着项羽拔剑自刎，我远远地看着乌骓马落入乌江之中。前所未有的愤怒燃烧了起来，我在刘邦的大营内潜伏了一整晚，终于无法按捺自己的情绪，在天明时分独闯汉军大营。本该历史存名的大将，被我杀了十七个，刘邦也身受重伤。但是在杀他的时候，我还是停了下来。项羽已经死了，刘邦再死，总不能把天下交给英布那样的人，更不用说之后就要面对匈奴的铁骑。何况，这个刘邦我也认识了很多年。

最后我还是没有去改变这段历史，但我知道那些被我杀掉的大将，他们的子孙都无法正常出生了。如果他们的子孙中有人成为发明家，有人成为学者。那这些被发明的东西，这些应该由他们论证的理论，或许就落到了别人的头上，或许就会被推迟很多年。但这些发明，这些知识毕竟还是会出现。时间，历史，前进的脚步或许会被意外拖延，但绝对不会停滞不前。时间隔得越久，中间出现的意外导致的影响也会越小。就如我们常说的，时间可以冲淡一切，就是这个意思。

　　一个时空的历史，其实就是一个时空的固定前进方向。在这个时空的走向中，我们个人的力量几乎是可以忽略的。我们能影响多久的历史？十年，百年，千年？而千年百年对一个时空来说，又算得了什么？

　　可是改变历史重大事件要付出的代价，依然是我无法想象的。也许对时空来说，千万人的性命并不重要，对我来说却已经是难以想象的责任。我不知道背负着这种特殊能力的我，是否天生就该来改变历史？我不知道。这件事情后，我痛苦地回到了现代自己的地方，我必须要重新理清楚思路。

　　人们说在今天仍然喜欢历史的人都很沉稳，也都很不谙人情世故。也许真的是这样。我在各个朝代有很多的朋友，但在现代好朋友却很少。在现代，我的后街邻居诸葛羽算一个，他比我大五岁，但我和他很谈得来。他说自己是诸葛亮的后裔，我就告诉他，要杀死诸葛亮改变三国的格局对我来说，只是轻而易举的事情。

　　诸葛羽也是个异能者，他有倾听他人心灵的能力，即便如此他也是长期生活在痛苦中，但至少他知道我不会真的去动手。每次我时间旅行回来，都会告诉他我的遭遇。我开玩笑说，也许他可以把这些故事整理下来。他却说他的生活也同样丰富多彩，并不想和我一样总是活在过去。有一天，他决定去英国，他说那里有一个异能者的组织，在那里生活将会过上普通人的日子。

　　自从诸葛羽去了英国，我就很少再和他一起喝酒，我并不是不能去伦敦，只是不喜欢外国。

　　如他所言，我也觉得自己越来越像一个古代人，果然穿越也是需要坚强的心力的，所以我决定去未来看看。诸葛羽的离去，促使我坚定了决心。去未来看看，也许真的能够找到时间机器，也许在那里我也不再算是异类。

　　和很多年前不同，我已经习惯身处陌生的环境，我选择的是公元3000年，我不知道自己的选择是否正确，但我知道这次一定是充满挑战的。公元3000年，地球人已经开始移民太阳系的其他行星。公元2786年到3010年，这是可歌可泣的几百年，人类萎靡不振了很久的开拓精神重新复苏。就如同很多年前，欧洲人奔赴亚洲和新大陆，就好像美国人群起涌向西部。地球上的殖民者开始向其他的星球进发。

　　由于地球的生存条件日趋恶劣，尽管所有国家都尽可能地克制自己，世界核战争并没有爆发，但小规模的局部核战争毕竟时有发生。这却也促使对强化人类生存条件的科技的进步，德国人斯坦因·海因里希发明了星球净化系统，可以飞快地构建生存空间。把这个巨型设备带到外星，就能创造一个类似地球的生存环境，因为这项技术，外星殖民计划才得以顺利进行。

尽管如此，我还是很失望，因为人类的活动毕竟没有突破空间和时间的限制。我希望看到的东西并不存在，而战争和战斗的技术也没有突破，无非是生物科技更发达，人类的寿命更长，武器的杀伤力更大罢了。

就在这时候，我在3735年的木星遇到了一个人，一个出生在水星的拥有亚欧血统的家伙，他的名字叫做斯蒂芬·李·贝克尔。

斯蒂芬是一个星际探险家。星际探险家是集保镖、运输队、考古、赏金猎人等工作为一体的职业，但不可否认的是这家伙除了偶尔有点流氓的德行，遇到大事却总是很有原则的。他给了我一件东西，据他说是在地球的欧洲板块一处实验室里找到的。那是一个飞船试验模型，它的主人是斯坦因·海因里希，那个星际文明的奠基人。

斯蒂芬说，斯坦因·海因里希晚年的研究就是关于时间旅行的，而这个模型据行家考证，就是关于这个方面的试验品。我不得不说斯蒂芬给我的是能打开一切的钥匙。这个飞船模型对其他人来说只是一件普通古董，它不能把海因里希的理论解释清楚，也不能真的时间旅行，因为海因里希的理论有问题存在。但是，那些问题只是针对普通人来说的，对于我，对于我这样的时空能力者，则完全不是问题。因为我天生就能辨别时间线和空间线，我天生就能经得起时空夹缝的挤压。

"这是一扇门，斯蒂芬。这是一扇门，我不知道该如何感谢你。"我说。

"你每次来见我的时候，都能从其他时代带一瓶极品好酒给我就行。"斯蒂芬·李·贝克是少数容易接受我是时空旅行者的人。

"这是小意思，你真不要求别的什么？你知道，现在你提出任何事情，我都会想办法替你办到。"我说。

他想了一想，这是很长的一段时间。他回答道："我不知道，我们在银河中出生的一代，看到了太多的变化。但我们依然不知道自己来自哪里，又会去向何处。这个答案只有三种怪物能告诉我，一种是永生人，一种是你，最后一个就是神。我不知道有什么是我很需求的。如果可能，你知道这个答案后，请第一时间告诉我。"

"我不是永生人，也许我在有限的生命中，同样找不到答案。"我说，我为他和自己同样感到伤感，在宇宙中地球是渺小的，在万物中人类是渺小的。

"但你可以尽量地去向未来，一直到人类或者银河毁灭的那一天。"他笑了笑道，"我不认为人类能够突破银河系。或者说我不认为银河系毁灭了，人类还会存在。这不是悲观与否的问题。"

斯蒂芬·李·贝克的话，让我想起了为我铸"青山"的人，他的疑问和铸剑大师对"道"的疑问一样，都是一种终极问题。

对这问题的探究，把我送往了更远的未来。银河历 3011 年，算在地球历上，大约公元 20000 年左右。太阳系都被我们破坏得不成样子了，我们的后代正在努力破坏银河。万物皆有本性，人类就是最好的代表体现，从最初诞生的草原山林开始，到村庄边的河流、城市边的海洋和森林，一直到毁灭地球，毁灭太阳系的每个行星，破坏的速度更是越来越快。我们算不算行星上的病毒？

历史在银河历 4000 年左右出现断层，人类文明开始了明显倒退。银河历 5000 年的时候，这种倒退依然没有复苏的迹象，当我尝试着向着更远的时间出发，我发现着陆的地点已经不适合我生存了。

犹豫了很久，我决定回到自己出发的地方，回到地球我的家乡，回到地球的 20 世纪末期，老天可怜，至少我们在这里还有长江、黄河。我需要一些时间在自己的家乡思考，对我来说家乡指的就是 20 世纪这个时间段，而不是单纯的一个出生地了。

在我回到家里看望了久别的亲人，我的妹妹时雨霏后，决定尝试向不同的时空出发。当然在去之前，我还去了英国看望老朋友。诸葛羽过得并不好，他正在监狱里生活，但他并不需要我去拯救。

不一样的时间线，不一样的空间线，对我是极大的诱惑。斯蒂芬为我找到了一扇门，我当然不会辜负他的信任。在经过多次尝试之后，我终于找到了突破的关键。

上天曾经给我们同样的机会，每个人都有机会变得与众不同。这是我到达的第一个不同时空的头个月得到的感悟。这个时空日后在时间委员会的时空列表上被标注为第四十五时空。

我看到身边的人拥有了不同的生活，就连诸葛羽也失去了心灵倾听能力。他还是做着警察的工作，但只是一个普通人，这个时空也没有我。

那天我走在香港的街头，我看到了张国荣，在我的时空这时候他应该已经自杀，而在这里没有。人生的路可以有多种选择，这是肯定的，但是人生的路各种选择都是单选题，这也是肯定的。现代是如此，古代当然也是。我对时空的辨别越来越熟练，在经历了三个不同时空线的旅行之后，我真正地成为了时空旅者。而如果我不太计较那个"我来自哪里，又会去向何方"的问题，我会很享受我的旅程。

这绝对是崭新的体验，每一个时空都有惊喜，不同的时空有不同的人出现在生活中。即便是相同的人也可能有着不同的经历、不同的性格。这个旅程是不可预测的？不错，的确是这样。这种时空交错的天下是很广阔的？当然，随便出现一个人就可能拥有惊艳的能力，历史上的名人不再是你以为的那样。

八百年的大秦帝国，两百年的曹魏，由李建成开创的大唐，风一般的蒙古铁骑席卷扶桑，这些都是完全不同的风景。再想象一下苏格兰的华莱士真的成为了苏格兰的王，想象一下拿破仑曾经把战火燃烧到英伦三岛。美国人没有在日本投放原子弹，而是派军队登陆日本本土作战。想象一下，非洲大陆是世界的中心，黑人歧视白人的社会，由非洲说了算的地球。想象一下，电灯提前三百年被发明；想象一下，从千禧年开始，人类就开始使用全新的能源代替石油。

有时候，我都觉得这是一场梦。有时候，在热闹过后，我也会觉得有些孤独。直到有一天，我也遇到了一个穿越者。

那是在日后被时间委员会标注为第十三时空的巴黎，时间则是在拿破仑时代。我接了一个秘密警察的工作，替拿破仑的禁卫军调查外国潜入的可疑人物。于是我发现了他，一个叫德扬·史密斯的英国男子。他的身份和语言都没有问题，唯一让我觉得碍眼的是那一手很多年后才会出现的空手道。我可以确定的是那绝对不是空手道成型之前的古老版本，而是经过改良后的 21 世纪才有的套路。

于是我出手拿下了他，只用了一个回合。很难说明当时我的心情，我当然会为发现同样的穿越者而激动，但他的实力不济又让我很担心。因为这表明他的身后可能有其他的穿越者，或者一个组织。

这的确是一个组织，一个庞大到让我都觉得恐怖的组织——时间委员会。它成立于第四十九时空的地球历 2119 年，是一个在五十多个时空设立了分支机构的跨时空组织。

我知道在那么多的时空中，一定会有一个时空，一定会有那么个人研究出了穿越的技术。但是，当我真正遭遇他们，我又觉得难以接受。人总是希望自己是特别的，是独一无二的。当自己的特别不被人接受，又会希望自己是普通的。总之，人是很矛盾的生物。我从前以为自己不是这样，但当事实来临，也未能幸免。

德扬·史密斯的任务只是进行时空观察，他可以算是时间委员会的文职人员，他了解到我的穿越身份后也同样惊讶。但显然发现时空旅者也是他的任务之一，所以他把自己的时间装备留给了我一套，并声称欢迎我去时间委员会参观。

我们在塞纳河畔的夕阳下告别，但我并没有着急去寻找时间委员会。德扬的装备中有一本叫《时间概论》的书，书的作者名叫威廉·弗朗茨·马格斯。我用了一整夜来阅读它，这是一本能让时间旅者疯狂的书。看完之后我决定放下手中一切事务回家。

我出生的那个时空已经被时间委员会标注为第七时空，感到庆幸的是当时那里并没有他们的分支机构，对他们来说第七时空只是一个数据点而已。我回去的时间点正是世纪之交，全世界的人都在为千禧年的到来而疯狂。当年诺查丹姆斯的审判日预言并没有实现，全人类都在疯狂地迎接全新的千年。

"我和你一起去。"我妹妹这么对我说，她不再是当年的小女孩，也已经是一个有些经验的时间旅者。时间委员会是一个危险机构，我和她都知道。

"不。这和你没有关系。"我说。

我已经习惯了一个人解决问题，从我第一次时间旅行开始就是如此，也许有一天我也会孤独地死去。但是，经历过太多生离死别的我，不希望别人看到我离去，如果要死，我也选择一个人去。

时间委员会是一个危险的组织，但我确定他们不会是野蛮的组织。既然他们来自文明社会，总免不了一些自以为是的毛病。

第四十九时空，从表面看来只是一个普通的时空，科技并未大踏步地前进，在地球历2100年到3000年的这个时段，人类也只是刚刚开始尝试去征服太阳系，他们的行动并不比我们第七时空快。时间委员会似乎并不想用时空技术来改变世界的格局，又或者因为他们掌握了终极武器，所以对一切事情都有了更高的视角。

这对我来说是一个学习的过程。我很想见一下威廉·弗朗茨·马格斯，又或者见一下他们的会长。但被告知除了参观时间委员会的办公机构，我没有得到别的授权。好吧，我承认我第一次被当做普通人来对待了。

这次的参观者并不是我一个，还有一些来自其他时空的家伙，当然参观者绝大多数都是异能者，但只有我一个时空能力者。我认识了一个叫慕容流浪的人，那个人是古老的风元素操控者。这种能力在第七时空出现过两次，一次是史前战争，另一次则是在银河时代，而他来自第六十二时空。

"你为什么被邀请?"我问他。

"你为什么?"他反问。

"我是时空能力者。"我说。

他重新看了看我，缓缓地说："我杀了他们整个时空研究小组十三个人。"

这次轮到我无言了。慕容流浪是一个杀手，和我唯一的共同点就是他也喜欢历史。经过这次参观，我们又多了个共同点，就是都对时间委员会充满怀疑。怀疑什么呢? 这个时空里的一切都是那么安静，有这么个组织却又那么安静，真是不正常。

除了慕容，我在这里另有一个意外收获。我遇到了一个自称也是时空能力者的人，我说他自称，因为这个老人说自己已经没有了时空能力。安东尼老人是时间委员会的元老，他也有自己精彩的时空经历。但仅仅一顿饭的时间，我们无法了解彼此。

这个人让我觉得很亲切，但人生本来就是相聚别离，我想也许有一天我也会和他一样失去能力，也许有一天我会在时空旅行中遇到年轻时的他。

参观结束，每个参观者都被提供了一份合作合同。我对这份合同没有兴趣，于是在和慕容简单道别后，我又开始了自己的旅途。

从此我的时空旅程里多了一个任务，那就是收集时间委员会的信息。当时间和空间都不确定时，这个世界就变得更为广大起来，而当时间委员会这种东西出现，我隐约觉得也许这就是我该骑马挺枪冲向的"风车"。

可惜的是我旅行的时空越来越多，收集的资料并没有增加，而我认识的很多异能者则在陆续被时间委员会收编，让我想到了从前的小说《水浒》，情绪也变得很低落。也许这些异能者以前就是时间委员会的人，也许只是我疑神疑鬼。

我决定前往第四十九时空的地球历 3500 年之后去看看，但我连续去了三次，都没有任何结果。第一次我以为我没有能够成功穿越，但后来发现并不是如此。第二次，我依然似乎是在原地没有动，但是身上的宝剑"青山"却不见了。接下来，我尝试前往稍后的 3400 年，仍然是如此。一直到地球历 3100 年左右，才算平安穿越过去，但我并没有发现任何线索。

那是一种时间的禁锢吗？我不知道，这是多年以来的第一次。在经过很多次的探索后，我给自己的答案是，我失去了那部分穿越的记忆，其实我每一次都成功到达时间点，但无法把那段经历的记忆带回来。我只能暂时放弃，"青山"的遗失更让我有很深的挫败感。

这绝对不是愉快的经历，让我接下来的时空旅程都兴味索然。无论我如何征服其他时空，无论我解决了多么复杂的难题，我都会记得有一处时间段我没有成功。丢失了那柄剑，就好像丢失了我自己身体的一部分。我不知道在那里发生了什么，越是如此我就越想知道。

"你是一个看不开的人。天知道经过了那么多的不同旅程，你是怎么活下来的。"诸葛羽这么对我说。

"也许在那里我遇到了一些重要的人，遇到一些重要的事情。所以我放不下。"我说。

"也许什么也没有遇到。"诸葛羽道。

"我的剑丢了。"我说。

"也许只是你送人了。"诸葛羽道。

我想了想，点头说："也许。"

　　这是最███的一个解释。朋友的力量，有时能够改变一些东西。我逐渐恢复了从前的节奏，继续我的流浪。其实各个时空还是很美好的，旅途也依然精彩。

　　那一天，我又遇到了慕容流浪，他成为了时间委员会在他们时空的管理人，他也是唯一不是第四十九时空出生的分部管理人。

　　我重新拿出了当年时间委员会给我的合同。我并不想做他们的代理人，尽管没有任何证据表明他们的罪恶，我却知道和他们的战争迟早都会到来。我想如果我不做第七时空的守护者，也许他们会派其他人到我们第七时空来。所以我让慕容替我找来了时间委员会的高层管理者。

　　"你希望参与我们的事务，又不想做我们的代理人？"阿尔伯特·迦利雷看着被我修改的合同，有趣地打量着我。

　　"是的。"我说。

　　"你是时空能力者，与众不同。"阿尔伯特又道。

　　"是的。"我理所当然地道。

　　"回答我一个问题。你认真回答了，我就答应你的要求。"阿尔伯特点上了雪茄。

　　我笑了笑了道："问。"

　　"你走过了那么多的空间，怎么看待与众不同的自己？人类若有命运在头顶，时空是否也有更高的东西在他们头顶？"阿尔伯特的脸上满是皱纹。

　　我没想到他要问的是这个，他要问的问题就是那么多年来我一直在问的，我一直都没有答案。我想了想，慢慢地回答："我是被诅咒的。我想，命运或许确实存在，但对于大多数人来说，只是用来让自己不努力抗争的借口罢了。时空的更高处是否还有更高的东西？一定是有的。"

　　"你会得到你要的合同。谢谢支持我们时间委员会的研究。"阿尔伯特站起身，走到门口的时候，他又回头说，"另外，时飞扬先生，我们都是被诅咒的，因为人人都是与众不同的。我期待你的贡献。"

　　那天以后，我除了继续我的时空旅程外，还开了一个名叫"时光"的侦探社，专门用来处理时间委员会的事务。在时空中游荡的同时，我经常会想到阿尔伯特的话，我们都是被诅咒的，人人都是与众不同的。我不喜欢这句话的前半句，但是后半句我同意。

⚄ 王 猛

夕阳下，时飞扬缓步走入牛村，石子铺就的小路上满是血迹，他面容冰冷地看着残垣断壁。马贼掠夺的速度远超过他的预计，尽管他比计划还早到此地一个时辰，甚至约定来援手的朋友都还没有到，却还是没能阻止屠杀的发生。

看看地上的马蹄印，还有那堆积在老井边的尸体数量，这匹马贼足有五六百人，这个数量也比预计的要多。时飞扬拿出怀表看了看，深深吸了口气，沿着血迹向官道走去，必须要在他们屠完下个村子前阻止他们!

忽然，盖在老井上的尸体动了一下。时飞扬扭头望去，遮盖着老井的半块石板正微微晃动，石板向上顶两下，却因为被尸体压着顶不起来。时飞扬走到井边，推开尸体，露出半块青石遮掩的老井。

那早已枯竭的老井边上杂草丛生，半人高的草早已被鲜血浸透。时飞扬掀开青石，井内先是伸出一条稚嫩的手臂，而后一个满是稻草的小脑袋从井内露了出来。时飞扬探手抓住了那条胳臂，把一个只有半人高的孩子拉了上来。

那小男孩脸上被尘土遮盖，但一双眼睛依然大而明亮。当他看到周围满地的尸体，嘴角抽动了下，却并没有哭，依然站得稳稳的。时飞扬拍了拍男孩的头，那乱蓬蓬的头发相当浓密，"想哭就哭出来。"他道。

男孩却只是把井边那具尸体拖到边上，把那老头子的样子重新整好，才缓缓道："邓夫子救我。不是为听我哭的。"他说完这句话，眼泪就止不住地落了下来，他不停地擦泪水，不停地摇头。

"孩子，你叫什么名字?"时飞扬好奇问道。

"王猛。"男孩回答。

"王猛? 王景略?"时飞扬再次吃了一惊。

"你怎么知道?"王猛抬头望向时飞扬。

时飞扬没有回答，而是从怀里拿出了一包干粮递给男孩道："我要去找那批马贼。等一下我有朋友来这里，他叫谭耀。你告诉他我去了铁马营。明天晚上之前，我会回来！你一个人可以吗？"

王猛望了望四周，低声道："你保证会回来？"

时飞扬又拍了拍王猛稚嫩脑袋道："我保证。"

王猛点了点头，用稚嫩的声音缓缓地道："我相信你。大叔。"

大叔吗？时飞扬翻身上马之后，依然在想这个称呼，被叫大叔就说明老了吧？"关中良相惟王猛，天下苍生望谢安"，王猛王景略，真的是那个人吗？这时间，似乎差了有三十年吧？这又是为什么？

马贼是悍不畏死的种群，中原大地一旦出现战乱，就一定会有马贼。杀马贼或许是件痛快的事，但悲哀的却是只要依然有战乱，他们就用永不会灭绝。时飞扬斩杀铁马营的马贼于凌晨时分，而后马不停蹄地重新回到牛村。

汗水湿透了他的衣衫，但他依然希望能够尽快看到小王猛。那点干粮绝对够小王猛吃的，但一个孩子和那么多死尸在一起，这似乎残忍了些。不过当时飞扬回到牛村时，他又一次被震撼了。

只有八岁的王猛，竟给那些死去的父老每人都立了灵位。村庄的西面白茫茫的一片坟头，虽然挖得不深，但木片制作的名牌上一个个名字都清清楚楚。

王猛看到时飞扬回来，脸上终于露出兴奋之色，大声道："大叔，你果然回来了！"

"这些是你一人做的？我朋友没有来？"时飞扬问。

"是我自己做的，你说的朋友没有来。"王猛答道。

"那些马贼的尸体你怎么处理的？"时飞扬目光扫过坟头，所有的坟都是村里人的。

"烧了。"王猛缓缓地道，"我们身在乱世，不用妇人之仁。敌人死了，依然是敌人。"

这孩子的语气平静得让人害怕，时飞扬不由得陷入了沉默，这个男孩一定就是在自己那个时空叱咤风云的王猛，只是再能干的英雄此时依然还只是孩子而已。他的未来究竟该何去何从？

忽然，村外响起了隆隆的马蹄声。有人大声喊道："这里有村庄，冲锋！一个不留！"

王猛拉着时飞扬的衣角，低声道："大叔，他们又来了。"

马贼真是杀之不尽。时飞扬摘下背上的长剑"青山"，将小王猛放上了马背，淡淡道："景略，抓紧。天下无人能敌我的长剑。"

小王猛牢牢抱住时飞扬的腰，答应了一声。

时飞扬的白马发出长长的一声马嘶，高速向着村口的马贼群冲去！钢刃入肉的声音，人仰马翻的声音，恐怖的惨叫声伴随冲天的剑气骤然而起！

在一片腥风血雨中，时飞扬对小王猛道："景略，跟我去另一个天下吧！"

"大叔去哪里，我就去哪里。"男孩坚定地道。

（3）宋采文

西伯利亚冻原，圣营。

由长毛猛犸的骨骼和长牙搭建起来的西伯利亚圣营东大门前。

"采儿，你确定要去见艾哲尔大人？"宋岳拉着十岁出头的女儿，再一次问道。

十三岁的宋采文全身裹在雪白的皮衣中，像个小熊一样的站在雪地上。她看着前方高达五米的石碑，那白色石碑上隽刻着鲜红的文字："天上地下，胜者为王。"她没有多说话，只是轻轻点了点。

宋岳叹了口气，却也不由得为自己的女儿高兴，因为能够进入西伯利亚圣营本身就是一种荣誉，而能够获得天下第一高手武尊艾哲尔的指点，这更是每一个习武者梦寐以求的事情。自己的孩子他自己知道。从小失去母亲的宋采文被他当做儿子来养，十岁的时候一身武艺就远远高出他门下的其他弟子。也许他现在还能教她，但不出三年，他就再也不能给她任何提高了。若是普通的孩子，他会留她在身边，甚至也不会逼她学武，可是她毕竟不是普通的孩子。

她……是独一无二的，并不是说她是他宋岳的宝贝女儿，更因为在三岁的时候这个小丫头就已经会和家里的大黄狗对话。每年春天来他们屋顶定居的燕子更是越来越多。这个丫头是独一无二的。

这时陪他们一路到此的介绍人法兰克·陈拍了拍宋岳的肩膀道："老宋，你只能送到这里。圣营是不允许外人进入的。"

"我知道你也不能经常见她，但如果可能，法兰克，我还是希望你能尽可能地照顾她。"宋岳低声道。

"的确，未来的五年，我也不能轻易见到她。但是我保证，我会尽一切可能把能给的东西都给她。"法拉克·陈笑了笑道，"你别太担心了，你的女儿既然能进入艾哲尔大人的门下，一定是天才。艾哲尔可不经常收徒。"

"爸爸，不要为我担心，我喜欢这里。"小采文拉着宋岳的衣角，低声道，"这里有好多动物啊。"

宋岳抱起女儿，眼圈红红的，他微微晃了晃丫头，松开手断然转身离开。

宋采文并没有哭，她看着父亲的背影，重新又看看圣营的大门，虽然心口忽然好痛好痛，虽然她知道之后的日子，她会很想念父亲，但她并没有哭。

法兰克·陈牵着宋采文的手，缓步进入圣营。

圣西伯利亚训练营地在格斗界又被称为老营，全世界的顶尖格斗高手都梦想过在这里修行。它位于西伯利亚冻原深处，而西伯利亚冻原则是位于西伯利亚北部的一片广阔的大平原。这片冻原沿北极冰盖边缘延绵三千二百公里，大部分地区长满了苔藓，湖泊和沼泽星罗棋布。这里每年有三个月太阳不落，但即使在夏天，气温也只有五摄氏度左右。冬季则有一段时间全是漫漫长夜，这时只能看到月光，偶尔还可见到极光，冬季的气温可降至摄氏零下四十四度。

圣营东大门这里的居住区距离老营总部还有五天的路程。宋采文在这里适应了一个星期后，又多了个同伴，那是一个六七岁的男孩。男孩子不喜欢说话，整整一个星期也没有主动和宋采文交流，但宋采文并不在意，西伯利亚到处都是动物，野狼也好，雄鹰也好，雪橇狗也好，只要是动物，就会爱上宋采文。对这个小女孩来说，和那些野兽飞鸟交流，反而比和人类交流要容易得多。

这天夜里，两个孩子原本早早地入睡，但忽然一阵洪水咆哮的声音滚滚而来。男孩一个翻身跳下床，推开窗户就到了屋外。而宋采文比他大了几岁，隐约觉得这样不妥，但还是紧跟着他从窗口跳出。

东大营所有的酒吧和旅店的门都打开了，里面大大小小不同人种的人飞奔而出。有人高声道："兽海！兽海来了！"

男孩皱着眉，望向那潮水声来的地方。成群结队的飞鸟都飞了过来，那铺天盖地的感觉，让人近乎窒息。男孩眯着眼睛，缓缓沉下身子，好像野兽一般的，眼中竟然闪起了红光。

四周汇集而来的野兽越来越多，一群又一群的野狼都蜂拥而来，头两只野狼竟然猛扑向男孩。

周围房中法兰克·陈带着两个男子冲出来想要把男孩抱走，却被如豹子般大小的野狼一下扑倒在地。那两个大汉挣扎着把野狼甩开，翻身重新站起。但那群狼也被激怒，几十条狼同时冲了上去，两个大汉一下子就被开膛破肚。法兰克·陈被兽群一下子冲开，根本无法靠近两个孩子。

那些野狼尝到了鲜血，纷纷露出狰狞的獠牙，向在道路中央的小孩扑去。

法兰克·陈左踢右挡，无奈野狼太多，也被野狼咬伤，而他这时候已经失去了靠近路中间孩子的机会。

看着咆哮而来的狼群，宋采文急忙拦到了男孩身前，对着那些野狼就是一阵咆哮，那些野狼被宋采文发出的吼声震慑住，居然缓缓后退。而这时候狼群之后又有新的兽群奔来，无数头野牛正踩在野狼的头上，狼群一下子被冲散。

那些野牛不顾宋采文的吼声，径直朝着前方奔跑，而两个孩子在兽群正中，根本没有机会重新逃回房子。宋采文朝周围望去，茫茫一片都是野兽，大如野牛虎豹，小如色彩斑斓的毒虫蜘蛛，都近乎疯狂地朝前飞奔。

宋采文紧紧抱着那男孩，两个孩子就好像汪洋大海中的一座孤岛，但奇怪的是那男孩身上扬起淡淡的红光，那些豺狼虎豹在冲到他俩附近的时候都自然地闪躲开来。宋采文茫然地看着眼前的情景，喃喃自语道："这就是西伯利亚冻原啊。"

法兰克·陈也吃惊地看着两个孩子，低声道："看来艾哲尔大人看重的人，的确都有神奇的地方。"

那潮水般的兽海走了大约三四个小时，没人知道为什么野兽会蜂拥出来，也没有人知道它们去向何方。而经过这件事情，法兰克·陈对两个孩子更加重视起来。一个月后他们被法兰克·陈送去了老营总部。

坐在雪橇上，有一搭没一搭地和雪橇狗聊着，那个六七岁的男孩惊异地看着和狗交流的宋采文，露出了好奇的神色。

宋采文拍了拍如一只小老虎大小的雪橇狗的脑袋，然后对男孩说："这个大家伙就要做妈妈啦。这次送我们，是它生仔前最后一次出差。"

那只白色的雪橇狗汪地叫了一下，作为回答。

"可是，你为啥可以和狗说话。"小男孩终于忍不住问道。

"问问题的人，先要回答问题。"宋采文侧头看了看小男孩，笑嘻嘻说道，"比如说，你叫啥名字。几岁啦？"

"我没有名字。"男孩犹豫了一下低声道。

"小猫小狗都有名字。"宋采文皱眉道，"你为啥没有？"

男孩倔犟地抬了头道："因为我要一个伟大的名字，要一个所有人听到了，都会尊敬的名字。在此之前，我宁愿没有名字。"

"小怪物……"宋采文撇了撇嘴，然后又说，"你只对我的能力感兴趣，也不问我的名字吗？"

男孩眨了眨眼睛道："因为你能和野兽交谈，其实也是个怪物，不是吗？"

"鄙视你。"宋采文没好气地给了男孩一拳，那男孩疼得一咧嘴。宋采文才知道对方根本不会武功，不由得皱眉，"艾哲尔大人不会武功的人也要吗？"

男孩没有说话，他在奇怪自己为啥不生气，明明被这个丫头打了，他却不生气，甚至感到心里有些温暖。是了，也许是因为之前从来没有人关心他为啥没有名字吧？人是奇怪的动物，他可以自己不在乎，却不能接受别人对他不在乎。

"你们两个安静点吧。师尊随时都会出现的。看你两个小鬼这个样子，这几年有苦头吃了。"驾驭着雪橇的黑衣人忽然道，那是一个柔和的女声。

"师尊？那你也是艾哲尔大人的弟子？你叫什么名字？"宋采文不由得好奇心大起，她原来以为那家伙只是普通的赶车人，却竟然是个女的。

"我叫飞羽，是你们的师姐。两个小鬼给我安静点！"那个叫飞羽的女孩怒道。

"好吧，我继续和狗狗说话。"宋采文作了个鬼脸，于是她又开始絮絮叨叨起来。

"小老太婆一样……"小男孩再次抱怨。

"总比你小怪物好。"宋采文也不甘示弱。

"噼啪！"两个小孩各挨了一掌，径自各自昏睡了过去。

驾车的飞羽扯下脸上的面罩，露出雪白晶莹的绝美容颜，摇头道："吵死了。也不知道师尊看上他们什么。"

远处的山崖上，艾哲尔和光·恩廷斯并肩而立。

"那个女孩是语言能力者，本身的习武资质也不错。但那个男孩你看上他什么？"光·恩廷斯笑问。

"连你都看不出，那就有趣了。"艾哲尔淡淡一笑。

但光·恩廷斯却不放过他，追问道："那小子身上到底有什么有趣之处？我只听说即便在兽海中，那些野兽也并不靠近他。"

艾哲尔摸了摸胡子，笑道："有趣就有趣在，我也看不透他。"

光·恩廷斯吃惊地张开了嘴，一下子说不出话来。

"但我名字已经取好了，那个小子，就叫独步好了。"艾哲尔笑道。

 （4）时间委员会

（一）

大雨，微亮的天空，摩天大楼间的冷清街道。

　　慕容流浪没有打伞，雨水沿着白色礼帽的帽檐滑落，他点上一支烟，冷眼打量面前的那几个黑衣领带，面无表情的家伙，始终没有说话。

　　"慕容先生，我们老板很快就到，请你耐心等待一下。"其中一个黑衣人低声道，照道理他应该给对方打伞，但慕容只是站在那里，就让这些的黑衣人有芒刺在背的感觉，动都不敢动一下。这样一来，他们自己都不敢撑伞，一个都淋得湿透。

　　慕容流浪依然没有说话，两个星期前，他受委托格杀了对方一个行动组，共计十三人。之前的调查显示，目标和他的雇主是因为某幢大楼的归属权发生纠纷，他的雇主才请他出马。而对方虽然是一个挺有竞争力的商会，本身并没有太多黑社会背景。但昨日，敌人再次发来邀请，约他在右军街的寰隆大厦下碰面。

　　现在对方似乎没有动手的意思，那这个邀请又是为了什么？慕容流浪一生都在寻找刺激，并不惧怕突发的事情，但被他杀死的那十三个人中，有三个很有实力的异能者，这让他对敌人有些好奇。一个小组就拥有三个异能者，那可绝对不是普通商会该有的实力。

　　这时，一部长型的卡迪拉克停在了路边，车窗被缓缓地摇下，露出一张美丽成熟的脸庞。那个女子微笑道："慕容先生，请上车。"

　　那个黑衣人在旁边道："这是我们的老板。"

　　慕容流浪把烟头弹落，也不顾身上近乎湿透，拉开车门坐了进去。

　　那女子并不在乎男子湿漉漉的样子，她倒上一杯酒，交给慕容流浪，慢慢道："初次见面。我叫张磊落。"

　　"很男性化的名字。"慕容流浪摘下帽子，淡淡道。

　　"当面议论女生的名字，可是不礼貌的行为呢。"张磊落笑了笑道，"但我也不喜欢这个名字，可惜名字是父母取的。无论喜不喜欢，从出生起就是我的符号。我也不会想换，如果慕容先生不喜欢，可以叫我小九。因为我在家里排行第九。"

　　慕容流浪笑了笑道："你的名字，我无所谓。"不可否认对方是很漂亮的女子，但是作为一个江湖人，女人他已见得很多。

　　张磊落从座位边拿起一个皮箱，微笑着将箱子打开后，连慕容流浪都愣了一下，这个皮箱里面装得满满的都是金条。根据慕容流浪多年的江湖经验，只一眼就分辨出这些金子，绝对都是实打实的高质量。

"我来的意思，本来是想把这箱子给你。"张磊落把箱子盖上，白藕般的手臂支撑着香腮，用有趣的眼光看着慕容流浪道，"你是一个杀手，并不隶属于任何组织任何人。上一单买卖已经结束，如果我用这箱黄金，甚至更多的金钱买你前雇主的人头，也并不违反江湖规矩，是不是？"

"不违反江湖规矩，但我不会做。"慕容流浪又拿出了一支香烟。

"我知道，刚才我看到你以后，我就明白你不是那种人。"张磊落笑着给他点上，"事实上，在这个世界，这个江湖上，你慕容的名字已经很有名。不管你承认与否，你都已经是最顶尖的杀手。你不再是从前的无名人，不再是那个两手空空，流浪在杀手之路上的人。是不是？"

"你很了解我。"慕容说。

"所以，我想给你另一个选择。"张磊落缓缓道，"见你之前，我就知道你的性格。见你之后，我了解你的实力。"

"是吗？"慕容流浪笑了，有个性的人都不喜欢被人当面说，我很了解你。他细长的眼睛打量着面前的美女，低声道："我得承认，我一点都不了解你。说吧！你到底想要做什么？"

"来之前，我觉得要么买下你，要么杀了你。"张磊落也点上了一支烟，"现在我改变主意。我要给你一个选择。一个我从来没有给过别人的选择。"

"选择？"慕容流浪并不介意之前对方对他生杀予夺的态度。事实上人在江湖中总会遇到一些人，那些人认为自己可以操纵别人的生死。他更好奇的是选择，他更好奇的是对方究竟是什么人。因为自他上车开始，他就觉得对方与众不同，他从来都没有面对过这样的女人。可以感受到对方的活力，但几乎感觉不到生命力。

张磊落换了个坐姿，低声道："慕容流浪先生，你能回答我一个问题吗？你觉得这个天下大吗？如果有机会让你去不同的世界，你会珍惜那样的机会吗？"

"这个天下很大。但正如你所说，我已经到了我这个行业的巅峰。通常人达到巅峰之后，就容易堕落。并不是他们的实力不行，只是因为真的没有什么能让我们再去努力。"慕容流浪看着车外在雨中奔走的行人，低声说，"至于不同的世界？地狱吗？张小姐，我很喜欢你抽烟的姿势。但若是需要，我也会毫不犹豫地杀死你。我不在乎地狱的，如果有地狱，那里的家伙也不过是和我一样的人而已。"

"我说的另一个世界，不是地狱，不是天堂。只是单纯其他世界而已。"张磊落嫣然一笑道，"你相信时间旅行吗？慕容先生，作为一个能够掌控风元素的异能者。你相信时间旅行吗？"

慕容流浪眼中精芒闪烁，而张磊落在他的注视下微微仰起头，她微笑道："如果我给你这样的机会，去其他不同的时间、不同的时空看一看。你有兴趣吗？"

"你知道，我随时都能毁掉你。"慕容流浪低声道，"但我承认，你让我动心了。也许你的话本身就有魔力。那我回答你，如果有这样的机会，我会希望抓住它。"

"我让你动心了吗？真是开心啊。"张磊落拍着高耸的酥胸，点头道，"那么我们的谈判也算是结束了。三天后我在绯红江的凌云渡等你。莫要爽约，慕容大人。"

这时车门打开，慕容流浪发现外面已经是自己住的旅馆。他笑了笑，并没有多说话，戴上帽子走出汽车，慢慢消失在风雨中。

"小姐，你真的觉得他适合为我们委员会工作吗？"司机问道，汽车重新开动。

张磊落道："这家伙可不止是有恐怖的能力。头脑也非常好，我对他全身作了扫描，智商、反应力、控制力都是上上之选。"

"这些我知道，我只是担心他的性格。小姐，他的目光是属于不甘屈居人下者的。"

"要拓展无穷广阔的时空，就是需要这种人不是吗？"张磊落笑了笑道，"他已经看出来我不是人类，而我却越来越喜欢他了。这次回去我们的会长大人一定会夸奖我了。"

（二）

慕容流浪依然是那身打扮，灰色的风衣，白色的礼帽，永远都是胸有成竹的样子。他觉得没必要不相信多个时空的概念，也没必要觉得自己想要尝试时间穿越就是一个疯子。但当他真的来到了时间委员会的地盘，多少还是有些不知所措。

这是一个类似渡口的地方，水中有一个巨大的魔法门，门的主基调是蓝色，但当有东西出入的时候，就变成了红色和金色。岸边是一片片的圆形房子，一般都不高，但在很远的地方有一个透明的六角形建筑，那个大家伙放在任何时代都是庞然大物。

"不要离开这里，张小姐会来接你。"工作人员叮嘱完后，就径自离开。

慕容流浪点上了一支烟，开始观察街道上的行人，这里的人都穿着统一款式的制服，只是颜色各有不同，相对来说身着深色制服的女性工作人员较多。他抬头看了看天空，天上湛蓝湛蓝的，"这算是最理想的天空了吧?"他自语道。

这时，慕容流浪感觉到有人在看着自己，他迎着对方的目光望去，看到了一个和他一样没有身着制服的家伙。那人一身白色的西装，戴着无框眼睛，相貌倒是颇为俊朗。那人看到慕容流浪回望过来，索性朝慕容走来。

"这里很与众不同，是不是?"对方微笑着伸出手，"我叫时飞扬，你怎么称呼?"

对方居然在手伸出来的一瞬间都毫无破绽，这个人有点危险。慕容流浪没有伸手，但嘴角露出一丝笑意："我叫慕容流浪。"

"原谅我没有在这里等你们，毕竟接待日总是很混乱。"张磊落摆动着窈窕的身姿朝二人走来，微笑道，"这一定是时飞扬先生。"她又扭头对慕容流浪说："那么快你们就认识了?"

"这里不穿制服的，只有两个人。"慕容流浪打量着对方的红色制服道。

"来吧，两位先生。我们直接去实验中心的接待处，其他参观者都已经到了，你们是最后的客人。请问你们希望要什么风格的房间?"张磊落道。

"有什么风格的?"时飞扬问。

"东方各个时代，西方各个时代，古典风格、未来风格等，要什么有什么。"张磊落道，"如果我来推荐，我喜欢欧洲经典花园类型。"

"不用了，我要唐朝开元时期的长安馆驿。"时飞扬笑了笑道。

"行家……看来传言或许是真的。"张磊落眼波流动，重新打量了下时飞扬。

"我无所谓。未来风格好了，能多未来就多未来。"慕容流浪道。

"没问题。"张磊落又从包中拿出两份电子记事簿和无线耳机，替两个人选择好房间，分发给二人。"这两个记事本也是你们的房间钥匙，会告诉你们所有日程安排。当然，这几天我们有专人全程陪同你们的旅途。据我所知，你们的行程基本一致。前面就是我们的接待处了。这耳机，是同声翻译器，你们不用担心和那些不同时空的人语言不通。这个东西把信息直接送入你们大脑，即便是不同的文字你们也都能学习得很快。"

接待处是一幢哥特式的尖顶建筑，这里和外面的街道比起来明显人少了很多，叫人一下子感觉轻松起来。

"聚会在这里的五十楼，时间是两小时后。之前你们可以在房间休息，也可以去地下室的酒吧喝酒。我还有工作要做，先失陪了。"张磊落道。

"这里可看不出有五十层。"慕容流浪皱眉道。

"空间的外表多是假象。"张磊落笑道，然后转身告辞。

慕容流浪感觉对方在这里似乎严肃了很多，时飞扬却道："慕容兄不介意的话，我们看完房间去酒吧喝酒？"

慕容流浪点头答应，他拿着电子记事簿，走入电梯，很快找到自己的房间，那个时飞扬有些神秘，到底是什么人？难道也是被时间委员会选中的异能者？

慕容流浪一面想着一面步入房间，忽然就感觉身体一轻，然后他就吃惊地看着周围……他低头看了电子记事本，上面显示着银河历 1000 年的标准间。房间中的一切都是银河材料，没有椅子也没有床，除了一个立式的柜子，整个房间空空荡荡的。他尝试着打开柜子，看到里面有一个人形凹槽，于是站了进去，关上了柜门……

时飞扬坐在酒吧中，要了杯第七时空暴风家族的伏特加。不出他所料，这里的酒吧就像一个美酒宝库，几乎有各个时代所有经典的好酒，真的是酒鬼天堂。这时，他看到慕容流浪坐到了身边，居然有点魂不守舍的样子。

"房间还不错吗？"时飞扬问

慕容流浪皱着眉，低声道："不太适合我。"他看了眼时飞扬的酒杯，问道："你喝的什么？"

"家乡时空的酒。"时飞扬笑道。

"我也要一份。"慕容流浪道，他第一次发现自己缺乏主见。

"鉴于你也是中国人，我给你推荐一个。"时飞扬一口喝下杯中的伏特加，对酒保一招手："来两杯第七时空的'醉生梦死'classic。"他靠着吧台笑道："相信我，这绝对是很适合你的酒。"

慕容流浪没有说话。酒保把"醉生梦死"递给他们，问道："你们也是来参观时空实验基地的？那些人也是。"他指了指另一边角落里的三个穿着奇怪的人。

"这次很多人吗？"时飞扬问。

"嗯，比往常要多，大概有七八个人？一般这种参观的人数不会超过五个。"酒保笑了笑道，"我很喜欢你们第七时空的酒。你要的这些就算拿到别的空间也都是经典，你知道吗？我曾经见过那个发明'醉生梦死'的家伙，绝对有艺术家的水准。"

"是吗？你也常常去不同的时空。"时飞扬缓缓道，他看了眼喝下"醉生梦死"的慕容流浪，那家伙似乎正陶醉着。他拍了拍慕容的肩膀道："你也是个酒鬼，不错。"

慕容流浪低声道："这次的所谓参观，据你所知，到底是什么内容？这个时间委员会真的是作时空研究的吗？"

时飞扬用手指轻轻敲击吧台，微笑道："时空当然是存在的。慕容先生。请不要怀疑这一点。至于这次邀请的内容，我和你一样并不清楚。但我是带着觉悟来到这里的，你难道不是吗？"

慕容流浪细长的眉目也掠过一丝笑意，慢慢道："的确如此。"他递给时飞扬一支香烟，时飞扬却摆了摆手。慕容自己点上，深深吸了一口，慢慢道："还好你不抽烟，否则我就太欣赏你了。"

"在各个时空旅行，香烟带起来不太方便。毕竟在古代，抽这种Marlboro太显眼了。"时飞扬看了看慕容手中的红色Marlboro，调侃道，"Man Always Remember Love Because Of Romantic Only，这个牌子的魔鬼草果然是横行各大时空啊。"

"时空旅行……"慕容流浪叼着香烟道，"原来真的有时间旅者，我以前是肯定不会相信的。"

"你现在信了?"时飞扬问。

"还是不太确定。"慕容流浪摇头道。

"这就对了。"时飞扬笑道,"但这让我相信,你的本行不是警察就是杀手。世界上最多疑的两个职业,同样都是靠猎杀他人而生活。"

"那么明显吗?"慕容流浪站起身,笑道,"我们去集合。我迫不及待地想知道,还有些参观者都是何许人也。"

"时空旅者?你们中有时空旅者?"一个身着牛仔装的棕发男子朝他们走来。

慕容流浪远远看了眼牛仔过来的桌子上有两瓶啤酒一瓶可乐,另两个人并没有站起来的意思,他笑了笑道:"飞扬兄弟。如果万宝路是各大时空的通用品牌,可口可乐是不是也是?你看这里居然也有可乐男孩。"

棕发牛仔愤怒地一拳击向慕容流浪的鼻子。慕容一动不动,但身前立刻出现一道风墙。棕发牛仔的拳头被风墙推起,这个人一下子被抛回原来的位置。慕容流浪上前一步,就滑行到对方身前。

但那桌三人中的红发人站了起来,一指银色的手枪指着慕容道:"别动。"但在他抬枪的一瞬,慕容和时飞扬已经出现在了酒吧门口。

时飞扬一面拉着慕容出门,一面道:"慕容兄,别太计较,对方只是喝多了。"

慕容流浪好笑道:"喝可乐喝多的吗?"

而那红发人把棕发人扶起来,扭头对一直坐着没动的金发人道:"我没看清他们的动作。"

金发人面色冰冷,低声道:"我也没看到……"

(三)

时间委员会实验基地,第五接待处五十层。

长型的会议桌两边各坐着一个男子,一个身着黑色的西装没打领带,长长的鬓角,戴着一个耳环。另一个是剃着板寸的胖子,圆圆的小眼睛上还架着副小眼镜。两个人隔着桌子,各自想着心事。

这时,会议室的大门打开,一个梳着整齐的分头,大学生模样的人拿着公事包走了进来。他看了看耳环男,微笑道:"我叫小山江介,你怎么称呼？我是研究时空纬度理论的博士。"

耳环男没理他，甚至连眼皮都没抬一下。

小山江介拉开椅子坐下，又对戴眼镜的胖子道："我叫小山江介，你怎么称呼？你也是研究时空科学的？是关于什么理论的？"胖子也没有理他。会议室里安静了四五分钟，日本人又道："不知道还会来点什么人。我们大学里面有很多人申请参与考察，结果还是我运气好。"他就这么有一句没一句地在那里自说自话，说了近一刻钟，另两个人却还是当他不存在一样，居然没有让他闭嘴。

会议室的门再次被打开，慕容流浪和时飞扬走了进来。小山江介笑嘻嘻地站了起来，飞快地介绍道："又来新人了，我叫小山江介，二位怎么称呼？"

"我叫时飞扬，他叫慕容流浪。"时飞扬笑道，而慕容流浪没有理那家伙，只是拉开椅子坐了下来。最初在这里的两个男子，各自扫了慕容和时飞扬一眼。

时飞扬微笑着问两人："二位怎么称呼？"

"查尔斯·格里森。"耳环男答道。

"菲克斯·雷诺。"胖子回答。

时飞扬点了点头，坐到了慕容的身边。

"你很厉害。"小山江介赞叹道，"他们那么长时间都没理过我。"

这时，方才酒吧里的三个牛仔打扮的人也走了进来，他们的身后还跟着个黑发的靓丽的女子。日本人又一次地上前关心了那几个牛仔的名字，虽然又遭到了冷遇，但好在黑发的女子交给他了一份所有人的名单。

那个女子打开了会议室的大屏幕，然后道："各位好。我叫林苏雨。欢迎各位来到时间委员会的实验中心。这次的考察，由我来主持。但具体专业方面的介绍，会由小山先生来给大家讲解。"

小山？所有人都不可思议地看着那个日本人。小山江介走到大屏幕前，缓缓道："首先，我很高兴给大家介绍我们时间委员会。因为大家都来自不同的时空，所以一个总体的介绍是必需的。我负责时空知识方面的介绍，至于本实验中心的具体参观安排，还是要看林小姐的。我和你们一样，都是刚来这个中心不久，还不能做导游。"

"有没有搞错……"那个棕发牛仔嘟囔道。

那个小山却从站到了大屏幕前开始，就忽然变得不再猥琐。他容光焕发地在电脑上敲击着，而后屏幕上就出现几排鲜红的大字，"时间是什么？时空是什么？"

时飞扬注意到那几排字都是同一种意思，但分别是用不同时空的好几种文字写就。

小山江介扫视着众人，又看了眼手中的名单道："我相信，大家来自的时代，都没有突破时间的壁垒。时间在你们的各个时间点，在大家的意识中都是不断朝前走，不会停止，也不会后退。和空气气流不同，和光的运动也不同，它仅仅作为一个概念存在，无法被计量，无法被提炼。"他顿了顿，看了看时飞扬道，"对不起。我手中的名单，和我最初拿到的有些不同。时飞扬先生，你对时间怎么看？"

"我不知道。"时飞扬低声道，"我保持着中国人的传统生活态度。不太喜欢给东西下定义，不太喜欢对世界用纯理论去定义。"

"你可以用你的语言去描述，没有关系。"小山道。

"时间点，我不知道怎么去形容。但如果用时间段的视角来看。我觉得时间是一道风景，至少对我来说。"时飞扬微笑道，"对在座的各位也同样有机会感受。你们注意下身边的社区，自己居住的城市，这个十年和上个十年的区别。你们会发现，这是一道风景。"

"这个比喻我喜欢。我冒昧地给大家介绍一下，时飞扬先生的简历。来自第七时空的中国人，时空能力者，时间旅者。"小山江介微微作了个古老礼仪的动作，笑道："请容许我冒昧地向大家介绍你。时先生这样的人，我之前从来没见过。历史上也仅仅听说过一次。"

"胡扯，怎么会有时空旅者？"红发牛仔和棕发牛仔大眼瞪小眼道。

时飞扬没有继续说话，他来这里的目的是收集信息，不是为了推销自己。

小山江介也把话题拉回最初，他道："我这个实验中心，隶属于时间委员会。时间委员会最初是第四十九时空的一个国际科研组织。它成立于第四十九时空的地球历 2119 年。这方面的研究原本只是科幻小说中的东西，但事实上每一代科学家中都有很杰出的人在专门研究这方面的理论，都在研究这方面实验的可实践性。每个时代，你们都会看到类似的记载，带着前世记忆轮回的婴儿，原本失踪了很久的人，忽然又在失踪的地方重新出现，而时间已经间隔了很多年，他们却还和离开的时候一样年轻。又或者，在古墓中挖掘出现代科技水准的东西。"他看了眼举手要说话的查尔斯·格里森，摇头道："查尔斯，我知道你想说这些问题，并不一定和时空有关。但我要说的是，这些都与时间和空间有关，而有很多天才的科学家，一代一代地在寻找突破。"

"这个突破很难。"慕容流浪缓缓道。

"当然很难，走在时代最前端的科学家和哲学家往往是最孤独的人，而研究时空学的科学家，则是所有孤独者中的最孤独者。我们普通的宇宙观和科学常识都告诉我们这是无法突破的学科。但如果你们相信宇宙不是任意发展而成的，宇宙的一切运动，都是有迹可循的。那么时间为何会例外？"小山江介道。

"宇宙间没有东西的速度能够超越光速，基于这个条件我们构架了今天的宇宙观。也因为这个，我们被禁锢在地球，或者说我们无法突破太阳系，朝更远的银河进发。"菲克斯·雷诺道，"我来自第四十三时空的地球历三千年。我那个时代的科技只能在太阳系徘徊。"

"没有黑暗物质的配合，我们是无法突破到更远的地方的。"金发牛仔第一次发言，他的声音有些稚嫩，看上去只有十八九岁的样子，却是三个牛仔中的老大。"我们三个来自第二时空的火星，我们的职业是宇宙赏金猎人。"

"是的，黑暗物质。一切似乎都会和它有关。"小山江介道，"我们把话题回到对时间委员会的介绍，事实就时空的地球历 2113 年，威廉·弗朗茨·马格斯发布了时间定律，并在之后的几年筹备创立了时间委员会。但是 2119 年的第一次穿越实验失败了。委员会的所有计划都被搁置，马格斯爵士在 2127 年完成了划时代的作品——《时间概论》。然后在 2129 年，时间委员会再一次测试时间机器，设定任务的目标为白垩纪，这一次我们成功了。马格斯博士决定把整个委员会的研究转入地下，他不希望尚不成熟的技术，被人利用去破坏历史的进程。时间机器的技术也被秘而不宣。在之后的二十年，我们开始探索同时间线上的非相同空间。"他在屏幕上划出了一个坐标。

时空坐标的设定分为 X、Y、Z：

X 代表向前或者向后的时间轴，Y 代表同时间轴的空间轴，即并行的时间的不同空间坐标。原则上改变任何一个时间节点的历史，都不会影响其他时空的进程。但是那些偶尔产生相互影响的时空，则用 Z 来标出。

时飞扬看着这个坐标，尤其是那个 Z 坐标，陷入了思考，而其他的与会者也同时沉默下来。

这时，小山江介继续讲道："地球历 2137 年，马格斯博士去世，他的研究工作交给了阿尔伯特·伽利雷博士。而时间委员会的会长职务，则由马格斯博士的伙伴，时间委员会的投资人，亨利·冯·霍夫斯亲王继承。委员会的结构也被改组，由最初的历史组和未来组，变更为三大机构和一个中心，也就是战斗部、实验部、监控管理部，以及时间之核。"

"我想你不会给我们介绍时间穿越的理论知识，也不会告诉我们具体怎么实现。那么我们这次参观的目的究竟为何？"慕容流浪的声音不大，但言辞却很锋锐。

"我会给你们介绍理论基础，只要你们不觉得厌烦。"小山江介淡淡道。

"我们不觉得烦，你说吧。"棕发牛仔大咧咧地说。

"我们都很好奇。另外我想知道时间委员会目前的纪年。"胖子雷诺说。

"当下是时间委员会四十七年，但说实话我觉得简单的编年已经不能说清楚我们的进步程度。接下来我会简单地讲一下时空理论知识。从前的理论，说到时空的穿越，人们常常会提到虫洞的概念。而在用科学理论去讨论虫洞的时候，又会发现很多难以解决的现实问题。宇宙论也从大爆炸论到黑洞论，甚至更多其他的猜测，直到黑暗物质真正地被人发现和理解……"小山江介非常顺从民意地开始作理论介绍，事实上这一段他是早有准备的，也是他最喜欢的。

但在座的各位，却除了他这个开场白，其他后面的各个数学模型和理论方程完全就听不懂。小山足足讲了两个小时，才在屏幕上打上《时空纬度理论》的封面，说道："这本书是我最新的学术著作，作为一个三十岁出头的年轻学者，我对自己的成就也很自豪，希望大家能够捧场，买一本带走。"说完他深深地鞠了个躬。

那三个牛仔不约而同地打了哈欠道："买你个大头鬼。"

时飞扬也皱眉暗道："这个日本同学明显是来推销书啊。"而慕容流浪面前的香烟缸已经放满了烟蒂。

"目前，我们时间委员会对发现的时空分为了三个区域，即可以理解和接触的、可以理解但不可接触的、完全无法想象的三种。在第一种，可以理解和接触的时空中，我们又筛选出了最有共性的六十三个时空，做出了编号。在座的各位资料上的时空编号，就是来自我们时空列表，也都是属于这六十三个时空。"林苏雨终于替代日本人走到了大屏幕前方。

所有人都发出一声叹息，这个漂亮美眉现在显得格外地养眼。林苏雨手一挥，在大屏幕上显示出了两个菜单，一个是藏书列表，另一个则是各大部门的参观时间表。"根据行程，我们的活动只有两天，但是各位若想在这里多住几天，也可以。我们安排了大约十天的房间。各位在自己的时空都有非凡地位，且都有一技之长。我们委员会为了进一步地探索时空，需要更多的人手。所以如果各位先生愿意加入时间委员会，我们会提供优厚的合同。"她观察了下所有人的面部表情，微笑道，"各位，休息十五分钟。接下来我们去参观实验中心。"

（四）

"我觉得这里的实验中心，是三大部门的核心。"时飞扬看着那一个个精致先进的实验室，和走马观花的其他人不同，他明显地感受到了时间委员会拥有的恐怖力量。第一阶层的地球东方历史实验室，又分为五十五个房间。每个房间的工作条件都和它标注的历史时间段相同。第二阶层的地球西方历史实验室，同样分为五十五个房间，也涵盖了几乎整个欧洲文明史的各个阶段。

时飞扬细心把握周围的一切时间线，他惊奇地发现这些时间线的另一端都真实地连接着那些时空。依此类推，在看其他的火星历史、木星历史、金星历史等，莫不是如此，只是研究规模相对于地球的要小一些。

这时他们走到了一个"虚拟空间实验室",这里谢绝参观,并且说平时也是与世隔绝的。参观时才加入队伍的张磊落道:"这里是进行绝对时间虚拟试验的地方。"

时飞扬点了点头,假设个人所在的一点就是现在,绝对的过去和决定的未来分别处于两头,这是一个纯净时空中心的概念。这个概念的灵感来自于我们看到的一切都是宇宙的过去的概念,因为我们看到一切是通过光来感应,而从遥远的地方射来的光线,永远都是过去发生的事情。

想到这里,时飞扬看着四周的一切,眼中忽然涌现出浓重的忧色。

张磊落低声道:"我们一直在小心翼翼地使用着手中的技术。我们也非常保守地在使用未来的或者过去的知识。但你知道,我们无法停止,只要我们是生活在时空中,我们所有人都无法停止。"

"直到我们毁灭为止。"时飞扬耸耸肩道。

张磊落在时飞扬身边道:"晚上的活动是战斗部的参观,但我们有个元老想和时飞扬先生吃饭,不知道是否愿意?"

时飞扬道:"当然愿意,其实我对参观兴趣不大。"

他们说话的声音虽然很低,周围那些来自不同时空的家伙依然会用各自的方式听见。但每个人都震撼于面前所看到的,包括那三个星级牛仔在内,没人有心情说话。

林苏雨对众人道:"各位,现在开始到晚饭时间,大家可以自由活动。这里虽然娱乐的东西不多,美酒佳肴还是不会缺的。晚上我们参观战斗部的装备陈列馆。"

"美女也不会缺少。"胖子雷诺道。

"我会把给各位的合作意向书,发到你们的电子记事本。无论是否合作都感谢诸位的到来。"林苏雨微笑道。

月亮爬上天空的时候,时飞扬在美女张磊落的指引下来到接待处的最高层,九十九层的天台。

小提琴声悠扬婉约地在风中流淌。一个老者身着柔软的白色长袍,淡然地立于星空下,等待时飞扬的到来。

时飞扬看着对方,心中一下子回荡起了很多伟大的名字,但这个老人是特殊的。

"请允许我介绍自己，我是阿莱克斯·凌·安东尼。人们都叫我远行者。"老人笑道。

时飞扬点头行礼，道："我叫时飞扬。"

"我知道。"老人极有风度地一笑，示意时飞扬落座。他对时飞扬看了又看，低声说，"有两件事情，我需要道歉。"

"不用。"时飞扬淡淡道。

老人一摆手依然道："第一件，当然是他们冒昧地给你准备的合作意向书。那种东西你是不会接受的，既侮辱了你的尊严，又丢了时间委员会的面子。"

"何以见得，我一定不会接受呢？也许条件够优厚了，我会接受的。"时飞扬微笑道。

"我们是自由的，从来不会因为个人得失停下脚步。这也是我道歉的第二件事情。我们素昧平生，贸然约你见面也些失礼。但我实在忍不住要见你一下，因为我们曾经具备……"老人微微一顿，笑道，"相同的能力。"

时飞扬吃惊地看着对方，久久才道："我理解了。您完全没有道歉的必要。"

"我知道你会理解的。一个时间旅者，最希望看的就是另一个时间旅者。更何况时空能力者这种稀有品种，当然也更希望能遇到和自己相似的人。"老人低声道。

"只是，您为何说……曾经具备？"时飞扬注视着对方的眼睛，那是一双深邃如大海的眼睛。

"因为如今的我已经没有时空穿越的能力了。"老人抬头看着遥远的苍穹道，"在这里看不到真正的星海。但无论怎么说实验中心毕竟建设在外人无法到达的地方，模拟制造的天空能够做到这个水平已经相当不错。"时飞扬没有说话，他在等待老人继续说，而老人举起了酒杯，微笑道："我们先喝酒。能找到一个人聊天真不容易。我今天话会很多。"

时飞扬一口将威士忌喝完，微笑道："没有关系，我很想听。"

"我的能力已经失去有十年了。"老人低声道，"在我还能掌控它的时候，我也能不依靠时间机器穿越在各个时空。在那时候我帮助马格斯博士实践了他很多条理论，对《时间概论》贡献了我的力量。所以我现在依然是战斗部的名誉主席，其实只是挂名而已。"

时飞扬认真地听着，他一直希望能够遇到一个和自己有相同能力的人，但是老人却没有说话，而是拿着酒杯陷入沉默。

过了很久，老人才道："我们两人的对话有些困难。我们知道对方的经历，因此都不希望说出无趣的话题。而这次的谈话由我而起，对一个老人而言更不希望我说的话让你觉得无聊。所以我有一个提议。"

"请说。"时飞扬道。

"很多年前，我曾经加入过一个秘密团体。说是秘密的，其实是星际中游侠的松散组织。在入会之前，新人和入会接引人之间有一个仪式。那仪式的形式就是两人问答。"老人缓缓道，"一起回答三个问题。问题由你来问，我先回答，然后你同样也要回答。当然这三个问题也可以发散出很多别的话题，但必须回答的只有三个。"

"这是银河骑士团的契约仪式。"时飞扬欣然一笑道，"他们的人我遇到过。这个骑士团的历史长达五千年，出过很多有趣的人。"

"的确有很多有趣的人。"老者会心地一笑。

"但我记得这个仪式，通常不止是三个问题。"时飞扬道。

"不错，这个仪式的目的，是让接引人尽量了解一个人。但通常力的作用是相互的，你想了解别人当然也会被人了解。我想，你我之间，三个问题已经足够。"老人笑道，"足够这一桌酒席的时间。"

"这其实是很狡猾的讨论，这样互相询问的问题，必须包容双方的共同点，就问不出太私人的东西了。"时飞扬略微整理了下被晚风吹乱的头发，"加到五个。"

"天地之数，五十有五。"老人想了想，抬手，"那就五个吧。"

"作为一个时间旅者，你去过的最喜欢的时代是哪一个？除了你出生的时代。"时飞扬替老者倒上酒。

"当然是第四十二时空太阳历的圣帝时代。"老人不假思索地道。

"宇宙时期的帝国时代吗？我没有去过那里。"时飞扬好奇地道。

"你有的是机会去。那是外星战争时代，全人类团结在圣帝的麾下，抵抗从另一个银河来的侵略军。伟大的时代，我见过的最磅礴的战争。"老人看着思索的时飞扬，又笑着说，"你一定是奇怪，文明到了这个程度为何还会存在独一无二的帝制。"

"不，即便是先进文明依然会有帝制。若是有杰出的帝王，有完善的制约机制，帝制或许比民主制度更有效率。尤其是在面对强大的外敌时，帝制绝对是一种利器。"时飞扬抬头道，"我所想的只是，圣帝是谁？"

"圣帝是当时太阳系帝国的第九代皇帝，弱冠登基，一百五十六岁去世，在位一百多年。名字叫做路易·圣·安东尼。"老人道。

"和你一个姓氏。巧合吗？"时飞扬习惯性带起坏笑道。

"你相信巧合吗？作为一个旅行者。"老人微笑道。

"巧合也纠结着宿命。"时飞扬低声道。

"轮到我了，你自己回答这个问题吧。"老人喝了口酒，自顾自地吃了起来。

时飞扬莞尔一笑，道："虽然明明知道你在逃避问题，但我不会把其余问题也用在这个话题上的。"

"你去过的最喜欢的时代是哪一个？除了你出生的那个时代。"老人问。

"我那个时空，即第七时空中国的战国时代。"时飞扬缓缓道，"理由是生命力。那是改变地球格局的一个时代，这只有我那个时代生活的人才会理解。尽管最终在这个时代结束的时候，中国人没有把时代精神完美地传承下去。但这个时代告诉我，人类在很古老的时候就可以做得很好。"

"那么在我们这次文明之前，上一次文明呢？那不算更古老的时候吗？也许他们做得更好？"老人问。

"你是说在诸神传说之前的那次文明？"时飞扬微笑道，"或许地球被毁灭过，之后诞生了文明。又毁灭了，又诞生了文明。地球本身经过了轮回，和我们这些渺小的人类一样。但我只能理解自己看到的熟悉的东西。不是吗？就如你会中意一个同样叫安东尼的人。"

老人淡淡一笑道："吃菜。你可以开始想第二个问题了。"

两个人推杯换盏一番，时飞扬才缓缓道："你遇到过的最强大的敌人是谁？"

"那是五十年前，我当时正处于黄金年龄，在各个时空纵横，从无遇到过对手。没人能够置我于死地，在这个基础上，我就是无敌的。因为我总有给敌人致命一击的机会。"老人晃动着酒杯，嘴角挂起缅怀的微笑，低声道，"仍然是我在太阳系中游荡的时候，但并不是在我最喜欢的时代中。我遇到了一个赏金猎人。"

"那不是问题，无论对手多强，你都能逃走。"时飞扬道。

"对方具有特殊的能力，他是能力学习者，比能力模仿者更加高阶。模仿者必须在异能者身边模仿对方能力，离开异能者身边后，自己也一无是处。但能力学习者不同，他学习之后，你的能力就是他的。"老人看着时飞扬道，"这种家伙你遇到过吗？"

时飞扬眉头微皱，神情凝重道："没有遇到过。这种家伙是否能够同时使用几种特殊能力？他难道能够随意控制基因的排列方式？否则他不可能拥有各种的异能。"他想了想又道，"这样的家伙既然可以得到想要的一切，为何要去做赏金猎人？"

"嗜好。你这样的时间能力者也能得到自己想要的一切，何必要在各个世界游荡？而那家伙的嗜好就是收集不同的能力。他只需要见过你特殊能力的使用，并静静地观察你片刻，就能学会你身上的能力。"老人点上一支雪茄道，"现在想来依旧觉得恐怖。"

"你最终是怎么解决他的？我很好奇。"时飞扬道。

"说不上解决。"老者看着桌子上的烛火，沉声道，"他虽然强得超出想象，要杀我毕竟也不容易。我不断地转换时空，转换地点，挑选可以对付他的地方。但我不敢去呼唤其他的帮手。因为我怕他学到更多离谱的异能，更不希望连累我的朋友。那家伙的体力和精神力都强悍无比，即便没有特殊能力，本身的格斗技也达到了第一流的水准。他一路追逐着我，最终我们到达了某个时空的银河边缘。尽管我一路亡命穷途末路，但是一直咬牙坚持，终于我的运气来了。那个小行星群边上出现了漂移黑洞。我早他一瞬间离开那个空间，而他再也没有追上来。"

时飞扬沉默片刻道："你只是不知道他去了哪里，也许他没有死。"

"那么多年了，如果那家伙没有死，一定会来找我。我们两人之间的战争，到了最后已不仅仅是最初的悬赏金币的问题。我有朋友死了，他也有。"老人低声道，"所以，他一定死了！死在茫茫宇宙中。没有人能够对抗那种黑洞的力量的。"

时飞扬点了点头，又道："能告诉我他的名字吗？"

"约翰·风·亚历山大。"老人缓缓说出了名字。

"也是古老的地球亚欧混血吗？这种血统真的是人才辈出啊。"时飞扬想起了很多其他类似的名字，甚至包括面前的老者，中间那个名字，也是古老的东方姓氏。在离开地球之后，地球上的亚欧混血儿作为新兴人类的一个强有力的分支，成为了人类宇宙文明的重要缔造者。

"你不会再遇到他了。"老人笑道，"到你了，你目前为止遇到过的最大的敌人是谁？"

时飞扬微笑道："也许是时间委员会。"

老人哈哈大笑道："只是也许而已！除非你马上对我们时间委员会宣战，否则你还是要说出一个其他名字来。"他收起笑容，低声说，"别告诉我，目前为止你的生命从未受到过威胁。我可以从你的身上感受到你经历过的战役。"

时飞扬从腰中解下宝剑"青山"，长剑出鞘，暗青色的剑锋在夜色下与天地浑然一体。他指着剑锋上的一颗细小的缺口说："这是那个人留下的。"然后他又指了指心口，"我曾经被一剑刺穿。我不知道那个人的名字，我和她交手过一次，我跟不上她的节奏。"

"她？"老人问。

"是的，一个女子。一个相貌平凡的女子，我的朋友还在和她进行他们之间的'战争'，而我很庆幸不用卷入他们的纠纷。一对冤家。"时飞扬道，"有些看似朋友的人，也许是你的最大的敌人，有些看似是敌人的人，或许本该是你的朋友。我不会去找她报仇的，我的朋友也不会允许我去报仇。他爱上了那个女子。"

"他也不知道那个人的名字？这怎么会？"老人奇道。

"爱情总是毫无道理地来。这谁会知道？何况那家伙是多情人，星际探险者中最会惹事的一个家伙。"时飞扬道。

"是你来的第七时空？"老人问。

"不错。"时飞扬点头道。

"斯蒂芬·李·贝克？"老人忽然露出了罕见的笑意。

"是的。你也认识那家伙？"时飞扬吃惊笑道。

"曾经喝过一次酒，但并没有太多的交流。那家伙也是顶尖有趣的家伙。"老人眯着眼睛思索道："这样说来，刺中你的女人，可能是来自剑风星球的女人。我也只知道这些，的确没人知道她的名字。你是不是也爱上了她？"

"如果我也爱上她，那还真的算是刻骨铭心了。"时飞扬调侃道。

"难道没有？强者很容易被更强者吸引。"老人道。

"喝酒，喝酒，我这辈子总是遇到很厉害的女人。"时飞扬再次给老人斟满酒杯。

"这是一把好剑。"老人看着宝剑"青山"轻声赞叹道。

时飞扬淡淡一笑道："第三个问题。"

老人做了一个请问的动作。

时飞扬道："您见过几个时空能力者？我先声明在前，除了我家小妹，我没有见过其他人。"

"时空能力者，时间能力者，空间能力者。"老人感叹道，"都是稀有品种。时空能力者最少，你是我见过的第一个，而另两种还是有的。"

时飞扬低声道："你有没有想过，为什么是我们？"

"三十岁之前想过，后来就不想了。"老人笑了笑道，"难道你现在还在想？那绝对不是件愉快的事情。欣赏你看到的风景吧，这才是应该有的态度。"他拿起酒瓶晃了晃，一瓶酒已经没了，远处张磊落送来一瓶，又退了下去。他才道："但你和你的妹妹，如果都有这种能力，我不由得想是否这个是遗传？我很期待你的后代会是什么能力。我的女儿是空间能力者，但不能控制时间。但我的父亲并不是这个类型的能力者。"

"我的父母根本不是异能者。"时飞扬苦笑道。

老人耸耸肩，笑道："从前古时候人类的寿命只有六十左右，后来到了热兵器时代，人类的平均寿命上升到八十左右。进军太阳系的时代，生化科技大步前进，人类平均寿命到达一百三十岁左右。到了太阳系时代，由于各个星球的环境不同，人类的寿命长度有所回落，但依然在一百一十岁左右。那又如何？你没看到，狗的寿命在十二岁左右，昆虫的寿命只有短短的一个季节。而树木的寿命却可以达到几百和几千岁。这些又都是为什么？地球为何要绕着太阳，月亮为何要围绕着地球？这些问题，至今为止都没有人，没有科学能够真正说清楚。所以，不要在意没有答案的问题了，也许会有一个时空，里面的人都能随便穿越。"他浅尝了一口美酒，低声道："下一个问题。"

时飞扬笑了笑，低声道："你去得最远的未来，有多远？"

老人把杯中的威士忌完全倒入喉咙里，微笑道："未来最远有多远吗？我可不可以说，不记得了？"

"我最远的时空是我们第七时空，银河历 3000 多年，算在地球历上，大约公元 20000 年左右。"时飞扬也喝干了杯中酒，道，"你呢？我对那个时段非常失望，人类文明当时处于崩溃的边缘。你如果去得更远一点，能不能告诉我点有希望的东西？"

老人想了想，低声道："未来是不断发生变化的。没有固定的结局，只有固定的方向。你说呢？我或许去过更远的地方，但也许更远的时代，也是和你遭遇的一样。"

时飞扬沉默了一下，苦笑道："看来我浪费了一个问题。"

老人淡然一笑道："我不为你可惜。但我得承认，你问的话题很有趣，让我想起了很多从前的事情。还剩下最后一个问题了。"

时飞扬拿起酒瓶，给老人满上了，笑道："还剩下半瓶酒，我问最后一个问题。你如果能回答得让我满意，我就都喝了。"

"抢酒喝？"老人莞尔笑道，"无论如何，你都是要问的。"

"你一路上旅行经过了无数事情，有没有信仰过什么？"时飞扬看着对方的眼睛道，"你也可以直接跟我说没有。"

"我曾经信仰过无敌的力量，只要有力量就能征服一切。后来我发现，我们是渺小的。"老人又点上了一支雪茄道，"后来我相信马格斯博士，他的时间委员会成了我的信仰。我相信，只要我们有合适的人做领导，有合适的方法去控制。我们可以掌控命运……但后来他死了。人都是会死的不是吗？把我们的信仰放在短短百年的人生中，就算不是太过短暂，也是太过脆弱了。我现在相信人与人之间的联系，无论是友情，还是团队感情，抑或者爱情，甚至仇恨，都是有用的东西。所以我现在的信仰，是人之间的感情。你也可以说我没有信仰，也可以说我已经看破了很多东西。"

"感情有深有浅，人生有长有短。"时飞扬轻轻感叹道，"你的回答很精彩，无论信仰什么，重要的是有东西能够相信。是不是？"

"你呢？说到感情，你这样的旅行者，这样你的年轻人，是否遇到了太多的事情。是否有过太多刻骨铭心的感情？"老人眯着眼睛，低声道，"我和你一样走过这样的经历，但你比我更容易老啊。太放得开或许并不是好事，但太看不开，则可能无法活下去。命运有时候或许不讲道理，但是命运不会出错。"

"我相信命，但我不认命。"时飞扬淡淡一笑道，"所以如果说我有信仰，那就是我相信天意茫茫，但善恶因果终有时。若有太多不确定的东西，若有太多糟糕的事情，没有人去管，那我就去。因为我有我的天赋，我背负着天给我的责任。"

"你是个年轻人，依然还是理想主义者。"老人缓缓道，"而我老了，所以我是保守主义者。但信仰如果能保持一辈子，才是快乐的事。"

时飞扬把瓶中的威士忌一口喝干，深吸口气，说道："作为前辈，你有什么特别遗憾的事情吗？"

老人愣了一下，低声道："我本想说，我遗憾的是我深爱着我的孩子，但是我的孩子不喜欢我的立场。一辈子我也没见过她几次，更别说靠近她的内心。但我想，最遗憾的事情还是到了老年，我失去了自己的时空能力吧。"

"游荡了一辈子还不够吗？"时飞扬问。

"我不知道，只是其实每个人都有很多遗憾的事，但人总是把最近的事情看得最重。毕竟时间是冲淡一切伤口的良药。"老人轻轻咳嗽了两下，反问道："你说呢？"

"你是对的。"时飞扬站起身，深深望着面前的老者，低声说，"长夜微凉，你我时空无尽，有缘再聚吧！"说着自然地转身离去。

（五）

安东尼老人目送时飞扬离开，低声问："阿尔伯特，你怎么看？"

桌面上跳出一个立体投影，里面同样是个白发老者，正是时间委员会实验中心的领导者阿尔伯特·迦利雷。

"我们很需要他这样的人，在你无法继续参与行动后，我总觉得委员会损失了巨大的力量。而他会是很好的补充。"阿尔伯特道。

安东尼老人道："他或许比我们想象的还要厉害，比我更强。"

"你曾经是最好的，所以我不会拿别人和你比较。"阿尔伯特微笑道，"但你对他的评价究竟怎样？"

"他很难和我们合作，他是一个理想主义者，把自己的原则看得很重。除非有人具有让他折服的人格魅力。"安东尼叹息道，"马格斯博士如果活着，也许他会为我们效力吧？就像当年的我。"

"是吗？理想主义者吗？"阿尔伯特嘴角挂起一丝笑意，"那么即便他不能完全为我们所用，至少也有弱点，有为我们所用的可能吧？"

"对他用阴谋诡计是会引火烧身的。"安东尼老人苦笑。

"没有试过怎么知道？"阿尔伯特淡淡道，"安东尼，我的朋友。你要知道任何一把好剑都需要有使用它的人。我相信会长会支持我的想法。"

安东尼老人沉默片刻，低声道："再见，我的朋友。"

酒吧里。

时飞扬坐在慕容流浪的身边，他一面大口喝着"醉生梦死"，一面问道："战斗部的参观怎么样？"

"不好说，我觉得没啥新鲜的。"慕容流浪沉吟道，"他们展示了过去和未来近六千年间的武器发展。其实无非就是冷兵器、热兵器、生化武器、核武器、光子武器、暗物质武器。而黑暗物质的使用虽然是革命性的，但对于小规模战斗来说，基本派不上用处。所以我觉得没有什么新鲜的。"

"不愧是流氓先生。时间委员会的武器库，你都觉得没啥新鲜的。"时飞扬吹了下口哨。

"那些接待我们的导游美女都是机器人，这点让我觉得很奇怪。人为什么总是喜欢使用机器人。代表高科技吗？"慕容流浪不介意时飞扬随口起的绰号，但他没想到的是，这个头衔未来将跟随他很多年。

"这我也不明白，我去过的时代里，也有机器人造反的时代。但终究他们是对抗不过人类了，人类自诩为万物之灵是有他的道理的。"时飞扬道。

慕容流浪看了他眼，低声道："你的晚宴如何？"

"我似乎看到了自己未来可能的命运。那是一种很奇怪的感觉。而我在这时间越久，我就越感到时间委员会的威胁。'时飞扬笑了笑道，"所以我决定明天一早就走。"

两个人都不再说话，只是你一杯我一杯地喝着。这个晚上时飞扬真的喝了很多，他几乎觉得有些醉了。

"我把房间改成和你那个房间一样的时代了，果然舒服了很多。"慕容流浪忽然道。

"那是当然，唐朝开元时期的长安是很多人梦想的地方。"时飞扬低声道，"又好像王安石改革前的大宋朝，也曾经非常适合我们这种人生活。"

"我决定接受时间委员会的合作协议。我要去更广阔的世界看看。这的确是一个错过就不再有的机会。"慕容流浪道，"我知道，你对委员会有一种敌意。也许我们以后会成为敌人，但我要说的是，一方面是我自己要改变，另一方面也因为我遇到了你，所以我想去更多的时空去看看。"

"无法抗拒是不是？"时飞扬揉了揉脸，又灌下一杯酒，"你的选择是对的。"

"我以前一直在想自己究竟为什么活着，我的异能是从哪里来的，我的灵魂是从哪里来的。人都是被未知的力量推着走，没有自主的权利。就像月亮必须围绕着地球转动，地球必须围绕着太阳转动。我们在这些时空中，也无法掌握自己的命运。是不是？"慕容流浪点上一支万宝路，烟雾中他的声音对时飞扬来说，似乎变得有些遥远。

"以前有人跟我说，'人不能不相信命运'。我不相信。后来又有人跟我说，这个世界很微妙，遥远地方的蝴蝶动一下翅膀，在更远的地方会引起一场风暴。这就是世界万物都不是孤立运行的证明——蝴蝶效应。我也以为我在遥远的三千年前改变了一个历史事件，接下来三千年的历史也会被完全推翻。"时飞扬缓缓道，"但事实不是这样，我改变的那个历史事件，或许改变了一些其他的东西，无论我做的事情多么惊天动地，最多也只是改变面前百年的进程，但千年间的历史进程基本不受影响，更别说更遥远的时间。我们改变的只是个别人的命运，改变不了历史的进程、时空的进程。从那以后，我开始想，如果我有自己的命运，地球有自己的命运，太阳有自己的命运，时空难道就没有？但是如果连时空都有自己的命运，如果这一切的一切都是注定的，我们活着的意义何在？"

慕容流浪静静地听着，忽然握紧了拳头。

时飞扬嘴角挂起倔犟的笑容，低声说："所以，我们不能不去争。宿命论？我不觉得我是。有一点叛逆？也许吧。我只知道，老天给了我们异能，老天让每个人都是独一无二的，我们就要活出自我来。时空如果也有命运，地球如果也有命运，那么他们就和我们一样，都不会知道自己的结局。那么认命又从何认起？为什么不去争？我们不能不去争，去争了才能看见自我。"

"你在时空中穿越了那么久，有没有特别遗憾的事？"慕容流浪久久才问道。

"我在时空中穿越了那么久，有没有特别遗憾的事啊？"时飞扬考虑了很长时间，看着酒杯，"我不知道……也许有太多的遗憾了吧。但是我们要向前看，时空其实并不是宿命，只是一道风景而已。"

出发！去往未知的历史！

时间和空间的问题，永远都位于科学的最前沿。历史和未来的问题，永远都是最让人着迷的事情。试想一下，如果你可以去往过去和未来，如果你可以控制时间，那会是怎么样的情景？

很小的时候，看过一部美国的译制片《时间隧道》，两个主角在时空中随机地穿越，每集一个故事。到现在我依然记得其中的片段，主角在逃亡的时候，在一处岗哨偶遇当时还只是卫兵的拿破仑。他们问拿破仑是否相信命运，拿破仑回答说不相信。

那时候我还很小，但是我很喜欢法兰西皇帝拿破仑，同时也很喜欢这个场景。拿破仑对宿命的看法，我们当然都无从知晓。片子里的观点，只是编剧赋予的观点而已。不过在当时，那真的是一部不可思议的片子。

说到这里，我想大家都会了解，我之所以会开始构思时光这个系列的原因。

我是一个很喜爱历史的人，在这之前已经创作过不少和历史有关的故事，有遵从于历史的短篇系列，也有打乱所有历史朝代的长篇小说。这些经验也让我了解到，要写一个设定完善的故事是多么地困难。但我还是想去尝试，用更新的视角、用更新的观点去诉说我心中的历史。

用科幻的手法、奇幻的人物，去阐述历史的观点，这是我的视角。在书的开篇，我就写到，我们的生活因为每一次选择，不断地发生变化，却没有反悔重来的机会。有时候我们会想，如果当时选了另一个方向，事情会变成怎样？

我相信，这个被很多朋友称之为"时空大冒险"的故事，绝对是一个新鲜刺激的探索之旅。

如果时间和空间不再是一个限制。如果在另外一个时空，我们曾经做过别的选择，我们的生活完全是另一个样子，那么世界又会变的怎么样？

试想一下，秦帝国不再历二世而绝，它可以传承八百年，彪悍铁血的传统成为了大中华傲视一切的民族精神。试想一下，郭嘉未死，他辅佐曹操拿下了赤壁之战，由郭嘉和荀彧处理曹操的身后之事，不再存在三马同槽的传说，一个长达两百年的大魏国。

这样的历史是否让人更为心动？

这个系列创作的最初，我考虑最多的一个问题就是，是否让时飞扬他们真的去改变历史，我是否真的让他们在空间中无所不能。有人建议我要允许改变，否则会没有新意。但我也有我执著的地方，我不想把这个稿子写成市面上最流行的那种故事，随便一个普通人穿越到过去，用那么一点微薄的历史知识，就去肆无忌惮地践踏古人的智慧。

英雄不应该是这样塑造的，历史不应该被这样侮辱，精神更不应该被这样践踏。

时光侦探社系列的创作，是非常艰难的一个过程。我试图营造一个尽可能能自圆其说的设定，虽然在认真思考之后才开始动笔，但在正式开始创作后，我才发现要考虑的事情，实在是太多太多了。

人物的塑造和故事结构的架构自不必说，更要对各个历史时期的相关知识有所涉猎，在涉及到未来时空的故事时，还要有选择地取舍，哪些是精彩的假设我们要进一步挖掘，哪些则是前人已经涉及过无数遍的领域，不用再牵扯进去了。比如资料片中，两个时空穿越者的对话，就需要做一个精细的考虑。

这个系列的核心是历史和未来的交错，这一本的重点在于历史，已经涉及到的有战国、南北朝、三国等时代。希望之后的故事能够开始尝试对未来的接触。也就是说目前涉及的故事对历史比较偏重，以后可能会稍微科幻些。这不是风格的变化，而是在这个系列开始创作的时候，就是这么构思的。而我觉得，这两个方向都是充满挑战的尝试。

历史和时间的话题，向来是很沉重、很宿命的话题。在本书资料片中，我在写时飞扬自述的时候，着重讲述了对命运、对时空的看法。但就我个人而言，还是不希望小说太过沉重。我的小说主要面对的读者是青年朋友。为了让更多的青年人去热爱历史，我觉得应该尽量用轻松的笔调来吸引大家的目光。当然这个系列的确会有更多的思考，以及更丰富的历史知识。相比活泼新奇的《异现场调查科》，《时光侦探社》这个系列会显得更沉稳，更厚重些。

目前已经完成创作的主线故事一共五个，即墨星空、洛阳漩涡、邯郸名将、江东烟雨、大秦骄阳。其他收录在书中的，还有若干关于人物介绍的故事。原本我想多一个主线故事，而省略掉资料片那部分。但斟酌之后，还是觉得资料片能够让大家对这些人物有一个更好的把握。

我个人很喜欢时飞扬自述那部分，里面完整地诉说了他的成长过程。我尝试着用一种平稳的、有力的节奏去写出那些文字。除了他那无敌的超能力，我希望能够让他在性格上更普通人一些。

　　当然，我也相信有人会说，时飞扬的时空能力本身就是一个漏洞，只凭他的能力就能让故事漏洞百出。但我依然会努力作出尝试，来完成这个故事。和科学探索一样，我也从来都不相信别人说不能写的故事，就一定不能写。

　　一个人有穿梭时空的能力是否是一件幸福的事？这个问题，我想很多人都会回答"是"。那么换一个问法。如果一个人拥有强大的办事能力，同时也必须要承受相应的超出常人能承受的责任，这是不是一件幸福的事情？我想，回答"是"的人一定会少了很多。

　　这就是超能力更容易让人轻松、让人接受的原因。这也是我让时飞扬拥有了能力，同时并更多地去强调他的责任的原因。万人敌不能对抗天下的洪流，哪怕他是时间能力者，依然不能对抗时空。

　　所以我觉得他的能力可以是一柄剑，或者一枚钥匙，但不会是故事的漏洞。

　　人类文明的进步，需要的是探索精神。科学如此，文学又何尝不是？

　　无论你觉得这是一个科幻故事，抑或觉得这是一个历史故事，又或者认为这是一个奇幻故事、悬疑故事，都可以，都没有关系。重要的是，你能喜欢这个故事。让我们一起出发，去往未知的历史！

　　　　　　　　　　　　　　　君　天

《X时空调查》新书首发式

"出发！前往未知的历史！" ⟩⟩ ···■■▶▶

君天：大家好，这里是《X时空调查》新书首发式，也是主要演员的见面会。

小鱼看着手里的材料，反复对照横幅上的书名。(记者鱼悠若，简称小鱼，是《X时空调查》的孕育和发展见证人，也是其在《悬疑志》杂志的责任编辑，更是《X时空调查》此书的编辑……)

君天：汗颜……好复杂的背景。好吧，小鱼同学请提问。

小鱼：迷茫中，我记得是《时光侦探社》的首发式啊，难道我走错了会场？

时飞扬：不好意思我打断一下，这个问题我来回答。不！事实上，我们侦探社的成员都很纠结。

王猛：我们老大一直以为书名是我们侦探社的招牌，他也是到了现场才发现改名了！据说粉丝们正在做抗议标语。天啊！

君天：不许叫我……

王猛：天！我哪里有叫你？

君天：我知道大家都有疑问。但是！之所以改名，是有科学理论依据的。

小鱼：请问依据是？

君天：实事求是，按照市场经济的规律来办事。

所有人：……

君天：你们这算什么表情？事实上，关于书名的改动，是一个很长的故事。你们真的要听么？

时飞扬：再长也要听！还我的招牌！

君天：你确定？这年头不仅仅是书名，主角也是可以换的。

时飞扬：……威胁我。

王猛：话说，这本书改了几次名字了？

宋采文：三次以上。

君天：居然有那么多么？

小鱼：当然有。我都亲历了。

司马靖雁坏笑：这里谁没亲身经历这些？

林苏雨：连我这个负责打扫卫生的机器人都经历了！

时飞扬：本书最早的名字叫做《时间飞扬》，然后君天大人觉得《时光》比较时尚，于是更名。

君天：事实上，我甚至觉得英文名字可以用Time，结果发现《时代杂志》也叫这个名字。

所有人：很好很强大……

宋采文：然后，君天老大觉得《时光》在互联网搜索的时候，无关信息太多，因此改回《时间飞扬》。

王猛：临近定稿的时候，君天大人发现《时光侦探社》本身就是一个好名字，但是又不舍得《时间飞扬》这个名字。

林苏雨：于是，本书的名字更新为《时光侦探社之时间飞扬》。

司马靖雁：长是长了点，但还算是一目了然。

君天：可是那么多字出现在封面上，实在是有些复杂。

时飞扬：《时间飞扬》不复杂。

宋采文：《时光侦探社》也不复杂。

君天：有人说时间飞扬有些散文化，所以……我从善如流的把名字改回了《时光侦探社》。

时飞扬：我等着你说"但是"。

君天：但是……我说了不算。

时飞扬：谁说了算？我去砍他！

王猛：对！大叔！我们一起去改变这段历史！

君天看天ing：今天天气不错，哈哈哈！

小鱼：总之现在就变成了《X时空调查》了？其实也很有感觉，很好听啊！

王猛：不习惯……

时飞扬：调查XX你个OO啊。

宋采文：纠结ing

司马靖雁：飞扬不许说脏话，不习惯也要习惯。你看人家流氓先生一句都没抱怨。

慕容流浪作大义凛然状：君天大人说怎么就怎么。

宋采文：马屁精！

君天：还是流氓先生明事理，总之以后这本书就叫《X时空调查》了。小鱼同学可以开始问关于首发式的问题了！

小鱼：时飞扬先生，大家都说你在本书的表现很精彩。这本新书除了《悬疑志》杂志连载的部分，还有什么奇妙冒险么？

时飞扬：除了侦探社的故事，这本书还收录了我们几个主要成员的一些纪录片。其中包括我的个人小传，以及成立侦探社之前，我和慕容初次相遇的那段经历。

小鱼：啊，我真的很期待青涩时期的时飞扬。另外，说到慕容。慕容流浪先生啊！我很好奇你和时飞扬初次相遇的那段经历啊！能不能透露一些？

慕容流浪：主要就是我们两个初次去时间委员会参观，那次经历不亚于任何冒险。关于具体内容，当然要大家自己去看。

小鱼：飞扬和流浪，平时除了在书里面是好友。其他时候是不是也关系很好。

时飞扬：我们基本算是两种人，但是关系当然很好。老友嘛，其实和性格没关系。

慕容流浪：我们经常一起泡吧，一起打架……

时飞扬：你就毁我的偶像形象吧！

慕容流浪：一起冒险，一起保卫历史，一起探索未来……

王猛：大叔，我替你囧一下吧。

小鱼：事实上，读者更关心时飞扬和宋采文的感情走向。

宋采文：脸红ing，讨厌的娱记！

时飞扬：很显然，这个要看君天大人。无论书里书外，我和采文感情都很好。

宋采文：死不要脸……

君天：具体的当然不能透露，但是我肯定会让读者满意的。

小鱼：那么顺便问一下君天大人，有没有准备给小王猛和慕容准备点感情戏？

君天：王猛还未成年，流氓先生的话倒不是不可以。

王猛：我已经很大了好不好！

宋采文：刚刚开始发育好不好！

时飞扬：你怎么知道他刚刚开始发育？

司马靖雁：就是！那可是小王猛的隐私。

林苏雨：鱼记，你能问点有深度的问题？

小鱼：八卦为快乐之本嘛。

林苏雨：人不八卦，枉少年！

时飞扬：其实也没有那么多问题好问，大家都去买书就对了。我每次看到诸葛羽那家伙耍大牌的样子就想打他！

宋采文：你自己也好不了多少，每个时空都有一个美女等着你！

时飞扬：难道你吃醋？

小鱼：时飞扬说得话很对，人气才是第一生产力！我们来个合影做宣传好不好！

所有人站好，林苏雨收起身上的天线，宋采文给王猛整理头发，王猛却觉得头发乱会很酷，不停乱动……

君天：流氓先生，流氓先生你把帽子拿下来。啊？你要带着帽子拍啊？随便你……

时飞扬一手拿掉慕容流浪的帽子，一手按住王猛的脑袋。

君天：效果很好！所有人站好！小鱼也进来！大家一起来，一二三！茄子！

图书在版编目(CIP)数据

X时空调查/君天著. —北京:中国画报出版社,2009.3
ISBN 978-7-80220-455-3

Ⅰ. X… Ⅱ. 君… Ⅲ. 科学幻想小说—中国—当代
Ⅳ. I247.5

中国版本图书馆 CIP 数据核字(2009)第 038714 号

SFU.

特约编辑:鱼悠若
封面设计:第 7 印象·余一梅
版式设计:风 筝

X 时空调查

出 版 人:田　辉
著　　者:君　天
责任编辑:史文良
出版发行:中国画报出版社
　　　　　(中国北京市海淀区车公庄西路 33 号,邮编:100044)
电　　话:88417359(总编室兼传真)68469781(发行部)88417417(发行部传真)
网　　址:http://www.zghbcbs.com
电子邮箱:cpph1985@126.com
印　　刷:北京京都六环印刷厂
监　　印:敖　晔
经　　销:新华书店
开　　本:787×1092　1/16
印　　张:14.5
版　　次:2009 年 4 月第 1 版第 1 次印刷
书　　号:ISBN 978-7-80220-455-3
定　　价:23.80 元